少年书剑在津门

周汝昌 ◉ 著

周伦玲 ◉ 编

天津出版传媒集团

百花文艺出版社

图书在版编目（CIP）数据

少年书剑在津门 / 周汝昌著；周伦玲编. -- 天津：
百花文艺出版社, 2014.4
ISBN 978-7-5306-5967-0

Ⅰ.①少… Ⅱ.①周… ②周… Ⅲ.①随笔–作品集
–中国–当代 Ⅳ.①I267.1

中国版本图书馆 CIP 数据核字(2014)第 060771 号

选题策划：徐福伟　　装帧设计：刁子勇
责任编辑：徐福伟　　责任校对：曾玺静

出版人：李华敏
出版发行：百花文艺出版社
地址：天津市和平区西康路 35 号　　邮编：300051
电话传真：　+86-22-23332651（发行部）
　　　　　　+86-22-23332656（总编室）
　　　　　　+86-22-23332478（邮购部）
主页：http://www.bhpubl.com.cn
印刷：唐山天意印刷有限责任公司
开本：880×1230 毫米　1/32
字数：147 千字　　图数：20 幅　　插页：2
印张：10.375
版次：2014 年 4 月第 1 版
印次：2014 年 4 月第 1 次印刷
定价：26.00 元

目 录

第三辑　沽湾琐话

文之思(代自序)

为什么要写文？答案可以有很多很多。

为什么答案很多？因为因人而异，因时而异，因势而异，因境而异……

文以载道，文以见意，文以表志，文以寄怀，文以遣兴，文以会友，文以自娱，文以传情，文以致礼，文以应世，文以媚俗……哎哟哟，可真是五光十色，举之难尽。

若到了哲学理论家那里，那么一分析，一综合，大约就总结出两条来了。

哪两条？一曰为人，二曰为己。

就从这儿，就出来麻烦了。

写文而不为人，是为自私，谁爱看你那自私的文？写文而不为己，是为架空，谁爱看你那"遁形逃质"、"缺灵少性"的不见真心真情的文？

如此看来，两头都得管顾着，得有"双管齐下"的本领或"神通"才行。这可太难了。

所以，弄笔之人，总应该掂量自家的才力。学艺的还得讲究"手、眼、身、法、步"，学文的又懂哪几条"歌诀"呢？

这么一想时，真是心虚胆怯，自己拿起一支笔在纸上画些字句，就叫"文"吗？

文也得有"凭值"。虽然就在今世这种"洛阳纸贵，中州文贱"之时势下，写一千字也须"付酬"呢，岂不自量？

圣人早就叹息了："觚不觚，觚哉觚哉！"咱们"非圣人"，不妨向他老人家学习，东施效颦，而发一警世之言——

"文不文，文哉文哉！"

所以，轻易言文，即胆子太大而近乎"妄"矣。

"文以载道"，硬说它不对，是"弄左性"，因为反对这个命题主张的人，他自己写文时也还是为了载他自己的"道"——只不过他的道与他批评的人家的道是"道不同，不相为谋"就是了，用反对人家的道来载自己的道，就大言"文不载道"，那行吗？

要"载道"了，却又要先问了：载道，是为人，是为己？

似乎很好答——既载道，道总是大道正道好道，济世裕民，当然是为人的。

但是，思路一转，就"柳暗花明又一村"起来，他那道自以为是大道正道好道的，实际不如他所自拟自料，而是错了的坏事而害民祸国之道，那么事实就证明他不是真的为人，而是为己——为了宣扬自以为是的"私道"。不是为己又是什么？

所以，"文以载道"这四个字斤两太重，不宜轻言妄动。

于是，聪明之士就不再去考虑什么道不道了，且自谈文为妥为妙。

"非道"之文，在今日似乎就是"随笔"、"漫话"、"浅谈"、"戏说"之类的"文章"或"作品"了。似乎"杂文"较为特殊，多少还要载一点点道的。"散文"呢？好像那是更远些吧？我妄揣浅解如此。

提起"散文"一词，我又觉得它很有趣，也不可解。

文怎么叫"散"？"谁也不挨谁"？堆在一起漫无组织章法义理？恐怕不是这个意思。

我忽悟及：原来我们历史上有"骈、散"二体，齐名并存的。"散"者，乃相对于"骈俪"即"四六(对句)文"而立名见称的。

于是，所谓"八大家"式的"古文"，其实就是唐时宋世的"散文"。散者，不对句配辞罢了。

那时候，骈文就没了吗？非也。比如打开《古文观止》，不是也收有才子王勃的《滕王阁序》吗？那脍炙千载人口的"落霞与孤鹜齐飞，秋水共长天一色"的名句，不是一种永恒的文之大美吗？

这种文，今世似乎早已绝迹灭种了。

奇怪的是，早没有了骈文，可还管这些毫无"对立文体"的文字叫作"散文"。这"散"又何所指称、何所寓意呢？

今时还有"杂文"。但又好像没有"纯文"这个称号。这种"一条腿"的现象，该当怎讲？有时有好学之士不耻下问，以此来"请教"于我，我只好回答说，你另请高明吧，我也还要问人呢。

答不上来，愧对问者，愧对自己，就暗自思忖了一番，悟出一个道理。虽未必正确，总比交白卷强些。我这"悟"处，是书呆子式的，因为看到自古的文论大家们都是先讲"文体论"，然后才各下评语。比如魏文帝的《典论·论文》，陆机的《文赋》，刘勰的《文心雕龙》，莫不如是，如出一辙。这绝非巧合。盖中华之文，最讲究"文各有体"，是并不混写胡作的。后世"创新"了，就不再懂什么叫文体之分别，为什么要分？分了有何意义？统统不讲了，于是提笔作

文之思(代自序)

"文"时,管你什么叙、咏、题、跋、铭、赞……都是一道汤,一个味,报纸杂志,报道解说,千篇一律,都那么一个"文体",一个"笔调",所以分不出什么是什么,无以名之了,只好就乱叫起来,尽管早没了"骈",大家都"散"它一回,可谓便矣。

第一辑

沽水年华

著者读中学时像。

少年书剑在津门

相逢若问名和姓

萍水相逢,若有机缘对话,免不了要有一句"贵姓大名"。也许是在火车上、航船上,两人一生只这一次相逢和对话,就各自天涯海角,永无"再见"的可能——虽然分手时口中都这样祝愿。人离别了,姓名却留在记忆里。姓名有的比较平常,没有多大特色的,容易与时光一同流逝了;有的却不如此。难忘的姓名,真像诗人龚自珍称赏宋翔凤那样:"万人丛中一握手,使我衣袖三年香。"好的姓名也有留香的魅力。因此我常想,做小孩童时,父辈师辈给起个好名字,那不但是终生的幸福,而且定会带来好运气。

有友人问过我,说:"据你自己品评,你的名字怎么样? 是如何取来的? 有奥妙没有?"我答,这可说来话长,如今只略表其一二,以供品味。

我家取名,父亲那一代用"梦"字,家严原讳梦薪,同族弟兄有梦莲、梦兰、梦才……父亲是光绪年末一科的秀才,因为科考上的某一原因,改名(即"榜名")景颐,就是景慕宋代宗贤周敦颐(茂叔,莲溪)的意思。到我这一辈,族兄们原是单名排"三点水"的字,如大堂兄周湘，表字春帆；四堂兄周✕(记不清了)，表字雨臣；八堂兄周瀛，表字子登(十八学士登瀛洲)；十堂兄周✕，表字月波。我很喜欢这种名字，觉得诗意盎然，人必不俗——果然他们都是音乐书画的天才，风流潇洒。但也由于科考之故(什么故，我就说不上来了)，他们都改了双名。下一字排"昌"了，如履昌、懋昌、恒昌、泰昌、永昌……其中，大多数是从《易经》卦名取来的。这么一来，哲理味浓了，可诗意没有了。

既然排昌字了，于是我这亲兄弟五人的名字就是：震昌、祚昌、泽昌、祜昌、汝昌。我是最幼的，大排行是"十五"，早年间不讲族谊时幼侄辈偶有"十五叔"之称，此语久已不可复闻矣。外姓人则称我"老先生"——那时是少年，"老"是排行最末，"先生"是对男子的美称。

有人也曾疑心我名字是仿效清代名人丁汝昌而取的。其实并非如此，只是巧合。《诗经》上说："俾尔寿而康，俾尔炽而昌。"尔即汝也。清代又有一位周寿昌，大约也渊源于此。

丁汝昌字禹廷，是取自《书经》"禹拜昌言"之义。家严为我选一表字，初取"寿康"，后取"禹言"。后来，我觉"禹言"侧重昌字，"汝"无联系，且又与丁氏略同，于是改用"玉言"，取《书经》"王欲玉(玉成)女(汝)"之义。没想到，友朋相戏，遂云"玉言"者，岂非"石头记"乎？可见你"命中注定"诀治红学。

我听了，"颇受启发"。于是就自鸣得意起来：通灵宝玉镌的八个字，就是"莫失莫忘(平声，音王)，仙寿恒昌"呀，你看这个昌字多么重要！雪芹选用，倍增声价光彩。

昌者，造字从"日"，故有昌明、昌盛之词，是个吉祥的名字，气象光华。我是喜欢它的，而且，若是从阴阳五行的古哲理来看，贱名真是阴阳调燮，水火既济——因为其中水汽与日光正相辅倚，生机一片。

我给自己的名字找出"种种理由"，以为自颂自夸之词，这实在有点儿老王卖瓜之嫌。老王卖的瓜，不能说自己的瓜苦；我卖的是文，而"文人"是讲究谦虚的，不但不许说自己瓜甜，还要力表其"苦"！此则虽然名字吉祥，职业却未如老王之可以"实事求是"耳。

汝昌——老王——莫失莫忘，一瓜一文，都说味香。

沽水年华

水乡之梦

我生在津沽，其地正在天津老城（卫）与大沽口之间，海河一个大旧弯环处（已裁弯取直）的东南岸，所以我是"饮海河水长大的"一个村童。海河水哺育了我，那水美得很，既不咸，也不苦涩腻。但海河水实际上是什么水呢？

这可说来话长。

乡亲父老口头常语，有两句话：一是"退海地"，二是"九河下梢"。此二语意味深长极了。

退海地者，是说沧海桑田之变，一点儿不虚——这可以追溯到麻姑仙人告诉人们说的那种亿万年的大变迁，"又见东海扬尘矣"！海又在向陆地演化。我出生之地，就曾有远古的"贝壳堤"（海岸遗痕）。

九河下梢者，是说大禹治水，为救华夏生灵，疏导九河，九河之水汇于此处入海。

这也不是"神话"，全系"人史"。黄河几度改道，在宋代还曾由此入海。辽、宋对峙时,这条河叫作"界河"①,故"海河"实"界河"之音转②。而天津(明永乐年方改此名)本名直沽,直沽除了到"三岔口"才汇入南北运河水之外,其主源却是出自北京!

北京古时(尤其西北郊),遍地是伏泉,随处涌出——故有一地得"万泉庄"之名。此万泉甘露,汇为河流,由京城西北门(德胜门)入城,是为御河(包括北、中、南三海)。御河由城东南角出城,是为通汇(惠)河。通汇河经过多座闸桥(地高下降数丈)至通州,始名潞河。通州至天津,又名白河。白河方是海河的主源。

这么一讲,我自幼喝的海河水,其实是神皋禹甸、"帝里皇州"这块大宝地(风水地)的甘泉玉水流到我家门前的不同寻常的水啊!

九河下梢,是民间口语,若在文词,则是"百川之尾闾"。"九"非实数死义,古以九为最多的代表数也。尾闾乃一个生命体的"下部"排泄之部位;移在地理上讲,就是百川入海的最低洼之势。所以当地父老也有一个"经验论":这地方的人家,财富易积而不久即归消完荡尽——没有百年的"世业"与"名门"。

我看这是有道理的:九河挟八方的泥沙俱下,淤垫甚剧,这就带来了"宝",也带来了污秽。是以此地的"人物"风土,情况十分之"杂"。

退海地,古语谓之"海滨斥卤之区",就是盐碱地,寸草不生。可是此种土壤一经引河(淡水)灌溉,即变为十分肥沃的良田,岂止"生桑"而已,驰名海宇的"小站稻",实即由此而生。

---

① 界,古音 jài。j、h 二音常对转,如偈、喝二字之音即其理也。
② 到元代,已无对峙交界,故忌"界河"之名,改称"海河"了。

小站者，袁世凯练兵时所设许多大站、小站之一站也，然后来已转为一个地点的专名，其他站名皆不彰，或归消失。但"小站稻"者，又转为泛词，即今津沽(市东南区)一带开发的水田，皆名米良种的产地。因此，这儿的民户(相对而言)是富庶的，极贫者甚少。鱼米之乡，几乎绝大多数人家是能吃这种饭的，这与内陆的真正农村迥然不同，没有十分困苦的景象与实况。

这儿遍地是小河、小溪、小汊(积水塘)，很多古老的干涸小水道遗迹也多得很。有水之处，芳草碧芦，菜畦绿树，一望无际。这与江南的"小桥流水"或水巷高桥的风格，自然不必强牵硬比，可是自然环境之美，令我总是想念而神往。

这么好的条件，理应大出人才吧？谁知不然。依我的观察体会，此地的人禀赋资质很高明，到处有之，可只是难成大器，差不多都是失学失教，早废早亡……

此为何故？很简单：文化教育十分落后，无人重视，亦无有力者为之倡导发扬。这就是最可惜的一个"要害"，想起来我就感慨叹息。

我絮絮而讲述这些，读者会感兴趣吗？怕是未必。但我的用意是：肯来读此拙著的诸君，总要"了解"一下我这个人，而"了解"的第一层，就是明白我所以为我者(形成了我这样的人)，原来是在此种样式的"时空"、"风水"之中出生而长大的，我怎么也"脱离"不了那一切的"组构"与"陶冶"呀！

诗曰：

碧海红桑系我思，旧时风土几人题。

而今水涸缘何故？芦荻帆樯只梦知。

向学慕学

对学问有特别的爱好，必然也属于天性的范围——少年时当然还没有这么一个清晰的理念，此乃日后所悟。少年"治学"，从何开始？说来可笑，也可痛。

可痛者，那是日寇侵华沦陷时的事，燕京大学被封，自己不受敌伪的招编，自隐于暗室。其文化活动只限于与顾随先生通讯，唱和诗词，隐喻我们极为深刻的爱国抗日心怀。这种可痛也包含着可愧：不能积极地去做抗日的工作。可笑者，如此条件，一无目标，二无根底，三无师承，四无学友，五无书籍……一个弱冠之人，硬要摸索学问，这岂非世上最为可笑之事？

怎么开头的呢？是从语言文字为始入之途，全似盲人行路，只凭"感觉"在那里"摸"，在那里"碰"。缘由也许是从识字问义而萌生了对日常俗语方言的兴趣。

说来也有"奇迹"：在如此可怜的条件下，我颇有收获。例如，那时妇女人人要做针线活儿，常听的"女红(gōng)"，术语就有(纪音)"逢"、"连"、"砌(qī)"、"敹"、"聊"……种种讲述针法的话，可是十之八九不会写，不知是哪个字。心里"过不去"，觉得如此重要的字都不识不知，如何还自称"读书人"？于是下功夫，自去寻索。

谁知老天不负苦心人，我将那最觉发音奇特的"敲"、"聊"，都找着了本字(今皆忘得一干二净)！

于是悟到：所谓"俗话"，实皆古语，本字本义，分明不爽，只是历久人已不明，或竟以他字代替，或音转字讹，迷失与混乱者甚多，却并非不可"收拾"，下点功夫就能有所创获。

不但单字，词语亦然。例如，天津人爱说的表述时间的话，就有不少是古语今讹(或今迷)。如大家都把昨日叫作"夜拉格"；把上年叫作"年四格"。心中纳闷，不知何字何义。及多读诗词，不时可见"夜来"与"年时"，乃悟此即乡语的古源。此悟是否？直到后来果然在唐宋词中发现了"夜来个"、"年时个"，自信完全证实了我自己的假设不误。于是大为欣喜，也明白了那省掉的"个"字是因为诗词字数有定限。此种例子尚多。

这就是我"治学"的萌芽或雏形。

这看似幼稚简单，很多人却不能理解到此。而且这对我日后也有很大作用，比如我研究诗词是"本行"中重要一环，凡读古人之作，在欣赏其艺术韵味境界时，还会注意诗人的选字铸词，体会古人对汉字的功夫，绝非今人所能及。

"读书先识字"——治学更要识字。汉字一大宝库，是中华文化的"载体"，每个字都带着十分丰富的历史文化"信息"。

因此，我总劝青年学子，如欲走学术之路，务必先对文字训诂多下功夫，不然就无根底可言——常说的"文盲"，其实是"字盲"。今之自居为"知识分子"者，一核实际，"字盲"占了惊人的多数！

咬文嚼字，重要之至。

诗曰：

治学方知识字难，几多古语在民间。
小童也拟从兹始，旧训新词可尽安？

少年书剑在津门

故乡是一部读不厌的书。那页页行行,写着我和俦侣们的青春——它经历的路程,它焕发的风华,它遭受的苦难,它含蕴的情怀。

我大排行第十五,小排行第五,都居末。幼子是最受疼爱的,生性又腼腆,怕见生人,又怯弱斯文,因此家里舍不得早点送去上学。入小学,已经九岁了①。小学岁月给我留下印象最深的是三件事:一是反侵略,抵制日货,反对"二十一条",小学生游行;二是闹兵荒,什么奉军呀,杂牌呀,败兵窜来,必然占驻学校,一停课就是多少天、几个月,也不知多少次了;三是逃土匪,那匪是以小站为中心的绑票匪②,以手枪为主要凶器,围攻村镇,绑架勒索,有时也害人命——最令人失"望"的是他们只敢欺侮同胞,不敢抵抗日寇,反而闻风即遁。有一年,我就因"逃难"而借读于别处的一个陌生的小学里。我自己已说不清小学到底是怎么对对付付、七断八

---

① 虚岁,当时的习惯说法,后文同此。
② 这种土匪是直到新中国成立才被消灭的,所以华北沦陷时仍然肆虐于一方。

续地上完了的。

我考进初中，已经是十五岁了。这中学是河北大经路东侧的觉民初中。这个学校是河北省的先生们办的，所以天津卫的阔子弟罕见，而以文安、徐水、河间、献县、沧、景、盐，以至京东诸县的"外地"学生为多。这就是说，它的风气必然是朴实无华，还带点"村"气，可是正派，规规矩矩，扎扎实实。毛病是太死，只让学生读死书，不知其他。校规极严，学生们见了"老管儿"①如避猫鼠儿的一般。到校外去必须请假获准才行，不然，擅出校门一步则记大过一次——三次开除不赦。

我们这些活生生的少年，可闷得慌，实在难受了，到"大门洞"内站站望望——这不算"出校"的。校门外是一大片空场，每天有二十九军的士兵来练大刀。他们的大刀队是有名的，足令敌人闻风丧胆。我很爱看练大刀的，大刀环头上有红布为刀"穗"，十分有气象。一个一个的壮士，远远望去，只见都是红面大汉，威风凛凛，真像三国周郎营中，皆熊虎之士也！

小小的心灵上，深深地留下了这些印迹。自己那时候对一切大事虽然说不太清，但也分明意识到，大刀练得越勤，那风云形势也就逼得越紧了。

觉民三年，我的"文学事业"已经发端。不但作诗填词，都自己摸路而行（当然那是很幼稚可笑的），而且开始写"文章"，竟获一家报纸发表。记得得到的报酬是一册书。

毕业了，要升学，决定考南开。南开和觉民可就大大不同了，一切都两样得很。

---

① 管人的舍监。

我小时有颖慧之誉，记忆力特别好，读过的课本再不要温习，都能一字不差；从小学直到初中，每学期大考列榜，铁定是第一名。因此很受老师、同学的青睐，真是另眼相待。同学们还善意地给我一些美好的"外号"。可是考南开中学，录取榜上名列第二，当时心里真觉得是"奇耻大辱"。但这对我是一个转折点，从此不再那么重视分数、名次，精神志趣逐步转向了课本知识以外的文化领域上去了。

那时的南开中学，真了不起，简直是个小学府。我不知道天下有几个中学能像它这样的有规模有气派，学生的知识来源、思想天地、生活实践，都那么不同于"高级小学"式的中学校。我这时的文学活动主要有三方面：研习宋词、写散文、练习翻译，都在校刊上发表过。

但这些刊物已不易寻检，如今仅仅觅得小词数首，于是就选录两篇附于文内，以见一斑，作为"凭证"可也。

浣溪沙

楼下频番见个人，轻帘薄雾看难真。钿车去后恨香尘。檐亚已无云幻彩，栏回渐有月雕痕。闲挑寂寞倚黄昏。

瑶华

辽空似洗，鞋软尘微，识前番新霁。攀邻闲访春寓处，见说西城桃李。轻衫侧帽，便何用、鱼书先寄。唯只愁暗织浓阴，密缀漫枝青子。酸眸不到南阡，早半亩香泥，一溪红水。花应有恨，如诉与、薄幸寻芳迟矣。晕销粉脸，问几载、人须相似。对四围浅浪轻风，十里麦畦翻翠。

我还试用英文译冰心的短篇小说。而且，对"红学"研究，那抽端引绪，也是在这个时期。

但是我们的学习、生活，不是十分安然的，侵略者的炮火硝烟味，似乎一天比一天的浓而迫近了。那时南京政府的"不抵抗主义"激起了我们这些青年的强烈愤慨。一个寒假，我们一小群学生放弃了"回家过新年"的乐趣，南下请愿，可是铁路局不让我们这群孩子上火车，我们就下定决心用腿走。整整走了一夜，清晨才到了杨柳青。找了一个小学校"打尖"休息。一看外衣领子，自己呼出的气息已经在上面结成了一层很重的"霜雪"……

我们这级高中生，后来在韩柳墅当了"学生兵"，跟二十九军的营连排长们接受军事训练。除了对待学生是客气得多、照顾得多之外，一切体制都和真的新入伍一样，剃了头，穿上灰军装，发真枪（只不给实弹）。整天一刻不休地到旷地去学打野战，什么"散兵线"呀……当时都很熟习了。我的饭量大得自己吃惊，后来告诉家里人，一顿吃六个大卷子，他们都不信，说我说得太玄。

这时已到了"卢沟桥事变"前夕了，二十九军考虑到我们这一大批学生的安全，只好解散这个特别的青年军营。我们刚去时，自然并不都"舒服"，可是到了这时，我们都被集中到大操场，长官正式宣布因为侵略者的逼近，为了同学们的长远抗日救国的前途，决定解散时，泪随声下，我们一齐哭了。

我还记得那些军官给学生扛行李上车时，我们拉着手依依难舍……

爱国，对于我们这样的学生来说，是刻骨铭心的。

诗曰：

门前日日看刀光,年少心胸志慨慷。
深夜步行期抗敌,敝衣曾结满襟霜。

少年书剑在津门

我读中学的时候

　　讲早年的事，很费劲儿——几乎每说一句"老话"都得加上"注解"，不然，今天的中学生就会觉得茫然不知所云了。我上中学的时候已经虚岁十五了，那是因为我的小学时代太坎坷：军阀混战，军队一来先占学校"居住"，于是学生停课，一停就是几个月，复课遥遥无期；有时候还闹土匪，所以，加上"逃难"、"转学"，那经历可写成一部书！

　　我是天津人，出生于近郊的一个镇，离大都市中心有二十五公里路。虽然近郊市镇与农村大大不同，但若进入市里，仍然得被人看作一个乡下孩子。天津这个半洋式都市里的"阔绰派"中学不少，皆是富家子弟的乐园。我上不起，就得找一个省钱、校风朴素的学校。后来我考上了觉民中学，"觉民"的意思是"唤醒民众"。

　　这所初级中学校规极严，今天的人必定认为太怪了，住宿生有事外出，必须请假，倘若擅自出校门，记"大过"一次，三次"大过"开除学籍。这虽怪，也有好处：学生染不上都市的各种坏习气。还有个怪处，虽是初中，一进门就是三门数学课：小代数、平面几何、三角学。而且这三门课一律采用英文原版书，一个汉字也没有。这下子，新入学的少年们可都"傻了眼"。仅此一例，可见那规矩大，水平高，要求严，真是一板一眼，扎扎实实。这个学校的唯一缺点是"读死书"，不让学生接触课外读物和其他有益活动。

我那时在学校是个"超级生"，每学期大考都名列榜首，同学们送我个外号，大意是"铁第一"。河北乡村来的同学视我为"天人"，老师们也都对我另眼相看。我其实不过是记忆力特强，平时功课不用"温习"罢了。

这三年中，我已经开始给报纸写小文章了。

1935年，我要升高中了，这可是个大关口。当时决意投考名校南开中学（周总理、曹禺的母校），结果入学考试名列第二，获得了奖学金，顺利入校。

一入南开，感觉大大不同，与党民相反，学校注重"活动"，有社会视察专课，参观各类工厂，学木工铁工，大量接触课外书籍，了解新的文学思潮……

我本来是"门门一百分"的学生，一入南开，便渐渐发生了变化，在"数理化"与"文科"分组时，决意挑选了"文科"。我开始作英汉、汉英翻译（英译冰心的小说，汉译林语堂的英文随笔），也写散文、论文，刊在《南开高中》校刊上。我得到过翻译比赛的奖牌、银盾……

一句话，我从此走上了文学的道路。

今天回顾起来，觉得这两个学校都对我深有教益。虽然觉民中学只让学生读死书，但我至今仍然十分感念母校的长处，严格的训练方法给学子们打下了坚实的课业基础，培养了学生严肃紧张的学习作风，一点儿都不弄虚作假。南开则是活泼开明、创造型的"教育培养精神"的代表,摒弃了"填鸭"式的硬灌,而让不同的学生有不同发展的可能与余地。

觉民是个严训班,南开是个小学府——它真像一座小型的"大学":连课本都是教师研究自编自创、学校专印的,极富特色,这就不同寻常了。

南开中学门外有两个小书店,专售各种高质量的新书、杂志,学生们买书看书是方便的。除此,我们也喜欢订阅好期刊,那时我订的就有《中学生》和两种英文期刊;几家驰名的出版社如开明书店、中华书局、商务印书馆、世界书局……纷纷竞出高水平的中学生读物。至于我个人,读得很杂乱,不足为训,在此不过聊举两三小例,如冰心的小说、何其芳的《画梦录》、外国名著《爱的教育》,还有《红楼梦》等一流的小说名著……可说是古今中外,兴趣很广泛,"胃口"很大。我读书缺乏名师指点,自己摸索,带着"随意性",这当然是并不尽善的读书方法,不过也培养了我的博览的意趣,开拓了我的眼界心胸——这阶段的成长发育,对我日后的文学文化事业却是非常重要的一种营养因素。

奖 牌

母校，对我来说，早已成了"抽象的存在"，因为它只在我的"神往"的境界中出现，自从"卢沟桥事变"的侵略炮火把我从母校中赶出来之后，再也没有机会去看看它，把抽象的记忆重新"具体化"。直到今年"龙抬头"日——古谓之中和节，这才忽然回到故乡；热情招待我的单位领导同志问我想到什么地方去，给我提供一切协助，我说，哪里都不想去，只想到南开中学去一趟……

我的愿望实现了。交通工具、联系手续，都替我办好了，我顺利地回到了母校。我只觉得有点像是梦中，半信半疑地踏着我在三十年代经常走的那些地面。"这是真的吗？"我问自己。

"具体化"了。然而还是需要很多的"抽象"来帮助这个眼前的"具体"。我高兴，激动，可是又默然，惘然。人的感情是一种很奇怪的东西吧？我自己的感情经验，就常常是复杂的，交织的。

我回到北京，家人不知因为翻寻什么，捡出一件东西，送到我眼前。我一看，愣住了。这是一面小小的紫铜牌，基本呈长方形，上端有可贯皮带的"横梁方缝"，正面两边花纹的形象是蜡烛或火炬,中间靠下是一口钟的图案,斜向左,钟内的铃铛鼻子正击在左壁上,令人如闻响声。钟下还有一丛花叶。钟上是一行横斜排列的四个字:"业精于勤"。再上边,正中一个大篆体(可是方折笔)字:"奖"。

这是什么奖呢?我赶紧翻过背面来,看时,上面却又有五排横列的字迹。第一行是"英文翻译比赛"六个字,铸印凹方格内的凸字。第二行"第二名"三个字,铸法与第一行同。第三行,"周汝昌"三字,是刀刻的阴文,字方端好。第四行是"南开中学奖"五个字,铸法与第一行同。第五行是印就的小凹字,文曰"凤祥金店"。

这是哪年的事?我想起刚刚在津"返校"时孙正恕同志特别把老校刊《南开高中》翻开指给我看,那上面似乎有所记载……

铜牌发着一种像"烧蓝"锻过似的微黝而有"深度"的光,与当年我领到奖品时的光泽没有什么两样。

家人提醒说:好像还有一个小银盾?对,对,还有一个银盾玻璃盒罩——早在文化大革命期间随诸物不知去向了,比如"南开"的八角校徽的银戒指……都不敢留存的,或后来被人弄丢了。

这个铜牌奇迹般地没有"消失",只是托衬它的那个小皮带,已不见了。

孩子问我,那时成绩不错呀!我苦笑着告诉他,当时得第二名是心中颇为怏怏不乐的,觉得不光彩,因为从小学到初中,不论何种考试比赛,从未得过比第一名低的成绩呢。所以那时领到这面奖牌时并不是十分高兴。我又告诉他,南开中学像这样的鼓舞学习、奖励成绩的活动是多种多样的。由制作这种奖品的情况来判断,不难看出那是郑重其事,拿着当"一件事"来办的,而不是"虚文故事",或"草草了事"。

办事认真，是南开精神的一个方面。

铜牌向我闪着那带有"深度"的奇特的光泽。我心中说：你，偶然的幸存者，虽然体积不大，也不够个"连城之璧"式的贵重文物，可是值得珍惜，因为你是南开精神的一个小小的历史见证。

南开忆旧

一

难忘的南开,美好的南开。

在南开中学的岁月,是我青春最好、风华正茂的人生丽景时光,又是邦国危难际会——两者标志着我对南开学习生活中的无限之悲欢,难宣之感奋。

天津的历史,从建城计起,正满六百周年,而南开一校之史,占了六分之一,整整百年之久。仅此一端,令人在史迹寻踪中不禁深觉南开中学的足以自豪,足以显胜。

我和南开中学的负笈之缘,须由我四哥祜昌说起;而祜昌之所以能领引我投入南开,又须从我的老姑丈说起。

老姑丈姓李,"海下"高庄子人。高庄子李家,是那一带最富特色的一个村庄:那儿的教育事业特别先进而发达;高庄李氏的小学、女校,不但是一方仅见的私人办学兴教的榜样,就连市里的一般公立同级学校,也望尘莫及,其声名达于遐迩。

高庄李氏小学——区区一所村郊小学校，其设备之先进，教师之水平，办学思想及教育精神，在当时堪称一流。那么，那是受自何方的影响和感召呢？原来就是南开。

老姑丈和他兄长二人，皆是早期南开学生，与周总理正是同时学子、同窗契友。周总理在放暑假时，就到高庄李家去度假，原因是那儿环境优美，草木芬芳，更加体育设备好。周总理喜欢打篮球，又可在假期创作话剧剧本，于是就和李氏小学结下了一段因缘佳话。老姑丈曾有与总理的合影，正是那时风光的珍贵留痕，后来传为人们时常提及的话题。

——说到这儿，才轮到我再讲四哥：他步入南开中学、大学的小半生的求学良机，就是由老姑丈向父亲一力敦促、建议：必须投考一个好中学，而其首选非南开莫属。

父亲思想跟不上姑丈，把孩子送到了什么"木行"、"铁号"去当徒弟；老姑丈不以为然，从四哥起，这才下决心走上升中学的道路。

四哥在南开的成绩很好，每当假期回家，从校中给我带来了当时极新的少年儿童读物，如冰心、夏丏尊、茅盾等名家作品，也还有《木偶奇遇记》、《阿丽丝漫游奇境记》等译文名著；还有中英文对照的外国名著……他也常给我讲南开中学的学生生活的丰富多彩，令我十分神往而心驰，心里暗自羡慕。

正因如此，我又在他的影响下进入了南开中学的校园，得遂小时候的心愿。

二

寒家本来供不起子弟都在南开上学。我因成绩优异，是南开高中给了奖学金才得就学的——我的初中是河北大经路北端的觉民中学，是个最省钱的初级中学，学生多来自乡下，生活俭朴严格之至。和市里富家子弟集中的高等学校生活是差距颇大的。又正因如此，我一踏入南开，真像进入了另一个境界。

请勿误会：我并不是说南开中学的生活水准就奢华"高贵"了，不是这个意思；我指的是这儿的校风、办学精神，与觉民初中真是大不相同了。

我从觉民初中升入南开高中，第一个强烈感觉就是"南开精神"与众不同。觉民中学是个有名的"棒"校，课程水平高，校规十二分严格，学生"读死书"，课外读物一无所有，气氛沉闷单调。一个初中，数学和英文的教学水平高得令人惊讶——小代数、平面几何、三角学三门全部采用英文原版外国教科书；英文竟又分设文法、作文二专课，是与普通英语教材三堂课鼎足而立的，其水平可知。在这儿，学生只知重视考试"分数"、列榜名次。

一到南开，立刻不同了——在觉民，我这个"门门一百分"的"铁第一"（大考列榜，总平均分数九十八、九十九，没有低于九十七过），只是个规规矩矩的老实学生，也几乎是个"小老头儿"；一入南开，少年的精神这才很快焕发出来，变了样子。

高中试行"分组"了，我选了"文"组，因为天性喜文爱艺，于数、理、化、工相远。"文组"的学习、文化活动方式丰富活泼，"分数"不像理科那么"死板"，设比赛，争荣誉，有奖励，但已不同于抠一个死"分数"了。我就在英文翻译比赛中得过奖牌、银盾。奖牌是铜的，铸有图案、格言，皮质的佩带，可以挂在腰带上。

英语教师有顾先生、柳女士，水平都高，口语也稳稳当当，自如流畅。但我那时已经订阅英文报纸杂志，买《牛津字典》，不满足于"课本"范围了。

国文课最受欢迎的是孟志荪先生的讲授，从《诗经》到李后主的词，都很精彩。他一口道地的"津腔"朗诵南唐李后主的"无言独上西楼，月如钩。……""最是仓皇辞庙日，教坊犹唱别离歌——挥泪对宫娥！"同窗黄裳(本名容鼎昌)最喜仿学，下课后大声学那声调，抑扬顿挫，音韵铿锵，是我们课余的乐事和趣事。

我们的思想自由得很，什么新旧中外都接触了，如当时一批新作家的文学丛书、精刻本的《梦窗词》、洋文原版的名著……一时是兼收并蓄，无所关碍。也无人干涉。

我们的写作生活也展开了，因为有《南开高中》校刊是发表的好园地，我们经常有文章刊出，包括散文、译文、研究论文，也有诗词创作。我有一次将自作诗词送请孟志荪先生评阅，他在卷后写了两句，曰："参透禅宗空色相，是真情种是诗人。"

我们也开师生联欢会；有社会视察课程，有各种形式的劳作练习。在日寇侵华毁校前，我与四五位同班步行"南下请愿"——要求政府抗日。那种爱国精神，也是南开教育的一大重点。

每逢春秋佳日，或夏季白天日长，课余多暇则晚饭后"溜墙子河"是一乐事，即出校门一直往南走，到墙子河旧址为终点，中间经女校的楼舍。记得与同窗黄裳是每晚必行，行一次则讨论乃至辩论，谈笑风生，旁若无人——主题最集中的就数《红楼梦》为第一位。

那时男女分校，只有到化学楼上大课，女同学才过来，常常是坐在后几排——那是当时唯一的"梯级座椅"的扇面形教室。教师要穿像医生一样的白外衣制服。

南开女中规定的校服虽无特殊形样，颜色则是规制的，一律是"藕荷"色，很好看，男生远远望之，不免有所咏叹，好像有的说那颜色如同晚霞，"哪得这般颜色作衣裳"！

<h1 style="text-align:center">三</h1>

南开有"社会视察"课，唐明照先生带领我们到各工厂、机构去了解社会情况，不作兴死读书、读死书。南开精神，毕竟不同于一般者大抵类此。

南开到秋天以菊花驰名津沽遐迩。有一处大花窖，王先生为主持，花种之富之美，不可胜言，每一种都有雅名，如"朝晴雪"、"醉舞霓裳"……十分可爱。

提起这，我还"犯过""窃罪"：有一次，二哥来看望我，似是周末假日，到午饭时我自去吃饭，他独留于花窖，并无一人同在，他就将最可爱的一二种名花的幼芽从根上掐下来带走——原来菊之生命力最强，根下衍此幼芽甚旺，只要掐一小段，插在土里就会生根成活，长成大株，善养菊爱菊成癖的就如此"偷"取人家的名贵种色。我虽未动手"窃花"，却也做了"副手"，罪有应得。如今，二哥早已不在尘世，而王先生的菊种，不知还如昔年否？记此小故事，或可充为我在南开母校的"佳话"吧！

这些往事前尘，大约知道的人不多了吧？南开中学，美好的回忆，说之不尽。

高中母校忆当年

今年十月是天津实验中学建校八十周年的校庆之期。这所中学是我高中毕业的母校。我毕业于 1939 年之暑假前夕，其时年当二十二岁。六十多年前在校的情景，历历犹在目前。信笔追记若干片段，作为对母校校庆大典的献礼，那就太寒俭了，而对比我年轻的校友来说，也许有些趣味，或亦不是全无意义可言吧。

你如问我：为何迟至 1939 年才高中毕业？要回答这一问，可就说来话长了——在此不能详及，把事情简化成几句话：我幼少时所遇的那年代岁月，你是根本无法了解与理解的，连想象也没办法。我的小学时期，是军阀混战、土匪横行的民国年间，败兵窜来，占驻学校，要停课，也记不清有多少次了。绑票匪闹得极厉害，民不安生，逃难逃到亲戚家……如此失学苦度岁月。熬到高中二年级，日寇侵华，平津沦陷，学校解散，又是更大的灾难。因为不受敌伪的"亡国教育"，我只能选觅当时在津的教会学校，于是选中了法国天主教会创办的工商学院的附属中学——这就是我执笔为文以表纪念的母校，亦即实验中学的"前身"。大家口中都称之为"工商附中"。

工商学院设在天津马场道,校舍建筑很引人注目,最高的是教堂顶部的大钟,很神气。附中则在校园的西端,是平房,教室也很敞亮。但我是高中插班生,高三的教室和宿舍却不在西边,是属于"学院部"了。一切设备,都相当高级,胜过了南开中学。

你会又问:怎么又成了插班生?这是因为,我读至高二,不幸沦陷失学,如不升学,就要被敌伪组织搜去为之奴役,失学失业的青年处境最为危险。而我至此年龄,已到了最后一个考插班的机会,我坚决走求学之路,别无选择。

幸运极了!——问明工商附中这年(已到 1938 年)招高三插班生,是个少有的奇事。

投考了,——可真难忘却!

那天,上午考第一场"国文"。"送考"的人是我的一位表叔(名刘裕梁),人总是乐乐呵呵,从无戚容。我手执墨盒(现已绝迹的文房用品了)、毛笔等入场,表叔站在附近的一架"双杠"旁等候。不一时,他见我从考场中出来了,潇潇洒洒,向他走来,——他从未有过的惊讶惶恐之色现于面上,急问道:"怎么出来了!——不考了?"我说:"答完了,交卷了。"他不信:"怎么这么快?"我说:"太简易,我都熟悉。"

这下子,他立刻恢复了原有的满面春风,又添上了加倍的欣喜和赞佩之语气的容颜,表示"这太了不起"。

其实,这不稀奇,我从小的语文水平是可以的,尤其是诗词、古代汉文等,有些根底,与一般少年稍有不同,所以看试卷太容易了。

除了"国文"(那时不叫什么"中文"),我"拿手"的还有英文。

记得这门考试是笔试与口试两次分行。大约是笔试够格的才要口试。那回，主试的是刘策恩先生。全部问答不过三五语，就满意地让我退场了。他说的第一句是："Don't be excited..." 意思是关照考生不要紧张，慢慢答话。我说："Oh, no. I'm quite all right." 然后他只问我姓名和原在何校，何以插班。他见我对答如流，语音正确，频频点首，即表示"好了"，示意没有问题了。

以上两门的"光荣史"，却掩不过我在"数理化"方面的"不行"。尤其是数学，我简直忘光了。

我在初中(河北大经路北端的觉民中学)，并不如此，那时我们小代数、平面几何、三角学三门全用英文版外国教材，我门门一百分，大考外号"铁第一"，棒极了，连老师都另眼看待，温言和语，视为"特殊生"。可是升高中后，我入了文科班，这些课程久已疏远，兴趣骤减，分数下降——加上失学荒废，再让我做这些复杂的"方程式"和"求解"，我真是"英雄莫论当年勇"，唯有叹气伤怀而已。

面对考卷，计无所出——灵机一动，想出一个"非常"的答案：这儿没"算式"等，却是一段文字！

那段话大意是说：我这种学程经历太不幸、太特殊了，客观所致，非一己之情愿；如其他试卷尚可，恳望数学一项许以宽容，视为特殊，以续我努力求学之路程……

大约这份试卷确实是打动了阅卷的诸位老师。榜发后，我竟被录取了。

这种历史经过，我如不记，谁复知之？

高三的一切条件、待遇，实际上是与大学的规格毫无分别了。晚晌自修的图书馆座位灯明地敞，学子自己用功，无人督促。宿舍

著者(前排右一)读中学时与同学合影。

沽水年华

每室四人，相处和睦。有好文的(如我)，有好武的(运动员)。清晨须早起，而少年们"恋枕"，常常遇见老神父来"查屋"，他推门一看，见大家都躺在那儿看天花板，就以洋调的中国话喊"起来"。学生立即坐起——可他一走，就又躺下，再"享受"一会儿……老神父久而知其情，就第二次推门喊："起来！"

教师很齐楚，水平也高。我心里有比较：绝不逊于南开，或有过之。英文刘老师，数学周老师，都负盛誉而孚众望，余者亦不稍弱。因是教会学府，所以有一门讲"道"的课，老师名叫申自天，德国人，脾气很好，满口汉语，自编的教材是用德文拼音写中文——坐在台上讲一点钟，滔滔不绝，眉飞色舞——可是谁也听不懂这长篇大论到底是讲的什么；好像也没有什么严格的考试。

另一个日语教员，是沦陷后校方为了应付，临时聘教的，没人真听真学，全是走过场，教员也明知其情，大家"默契"而已。

同学中似可粗分两大类：一是正规的本校生，走读，家在"租界"，富裕家的子弟；一类是老天津卫、近区外乡、饱经沧桑流转的续学者。前者年轻，活跃，天真，淘气，爱动，爱闹(课堂上小捣乱)；后者老实，安静，沉默，不出风头，不打打闹闹，似伤"老大"，无复少小时的稚气与朝气了。此二者间似略有隔膜，了解不够——此皆历史时代特殊条件所造成的，今日幸福的学子们，又如何能理解那一切无词以形容的情景与心境呢？

淘气的学生"欺软怕硬"，脾气好的老师上课堂，他们几个就打趣取笑，一位萧先生，取外号叫他"萧二爷"；萧二爷从不发怒，他的特点是一边点头，一边摇手——点头是答问，摇手是"劝"那几个"别闹"。我冷眼看去，觉得十分逗人笑！

好了，又多讲了。我愿年轻校友对于上述"历史"，勿当笑谈，应予深思,你们的时年与学校,是得来非易的。比起我个人来是何等的幸福快乐,应当珍惜,应当努力,不负母校的培育,使自己成为一名有用的英才,为中华民族争取更多的荣誉。

我现存的母校纪念品还有三件:一是毕业证书。上面贴的照片留下了我青年时期的面影。此片亲友都说是我照片中最好的一张。

二是毕业纪念册。这是同学自编自印的,内容颇为丰富。其中有我的词曲和墨迹,代表着我那年代的"精神面貌"。

第三件是一枚银戒指,正面长圆形,有花边,花边内是"工商"二字。内面刻有"周汝昌"名字。还有当时首饰店的印记。记得当时印纪念册和制银戒指,一共才收了二元钱。

这都已成了珍品,是我平生学历程途上的痕迹,十分真实而亲切。

母校八十周年校庆献词

津沽振铎念前修,七二春波八十秋。

驰道马场存旧址,英才骏影树新猷。

工商宜纪富民史,实验方以报国筹。

胜业辉光逢盛典,长怀绛帐溯风流。

入 伍

　　自顾平生，一名村童，经历却绚丽多彩：当过绑匪巢穴中的"秧子"，做过津海关"暂用"小员，教过小学、大学里的课，当过出版社的编辑，进过"牛棚"、"干校"，出过国开会、讲学，做学生时也上过舞台串过戏，在"文场"中弹过月琴……给"老外"讲过《红楼梦》……但最不易忘掉的是还入过伍，当过兵。

　　那是1936年在南开高中二年级，学生要接受军训。先是在校内，然后是全市各校集中在北部宜兴镇韩柳墅，正经八百地"入伍"。

　　先叙校内作为军训课程的概况。别校不知，只说我们南开，要统一穿军服，记得是浅绿色海军式制服，胸前是两排纽扣，海军帽，下肢却是打裹腿。派来的教练是正式军官，连长级，有文化水平，南方人，身着呢子军服，佩着军刀，脚蹬马靴，相当神气——这还是政府派来的，与二十九军不是一回事。

　　这时，军训课还限于做"操"，如行、跑、"跪"（这是一种命令口号）……种种集体动作。学生们非常认真，精神奕奕，军官为了显示成绩，命学生队伍出校上街，一声口号，行止整齐，严明之至！老百姓群立观看，那军官见"威重令行"，面上现出得意的神情。

还记得一位连长有一次唤我去为他写字——进他办公室，方知是为他小楷抄写工作报告。

过了一个时期，命令传来，要集中军训了。大家又都兴奋起来，因这与在校大大不同了，又有点担心，又很好奇，等待崭新的生活方式和"滋味"。

这回，可算"入伍"了，不只是校内"操场"的一门"课"了。

入伍什么样子呢？听我粗述梗概——

第一，学生们的"洋式分头"不得留，一律剃光！

须知，这群十六七岁的小青年，从未见过自己的与同学的"光葫芦瓢"，此时互视和用镜子自照，不禁同发一笑：原来"本相"如此！哈哈哈……

第二，发了军装，粗灰布单衣，有皮带。这并非"定做"，是真二十九军的兵服，调来让分给学生，各挑其合身的穿着，立即乔装改扮。

第三，发了步枪，每人负责这一新武器。只不发给子弹。那旧式老步枪，入手沉重得很，恐怕若是初中的同学会"承受"不了。

就这样，军训营在韩柳墅立起来了。最高长官是位营长，下面若干位连长、班长，各司一职。这些都是从二十九军精选调来的，他们身材高矮不一，面容各异，风度也各自不同，有严肃，有和蔼，有幽默……但对待学生却是一致的：爱护，训而不厉，教而不峻，知道这不过是一群青年学生，与旧时的"当兵的"不可同日而语。

这回，就不再只是"开步走"、"向右看"、"稍息"的事了，我们是"兵"了，要学打野战，每个班是一个作战"单元"，学"列阵式"，诸如什么"散兵线"(各列阵之间的相互呼应),时隔整整七十载,已是记不清了。每日凌晨,军号一响,立即起身(无床,睡地板),必须只用三五分钟的时间将一切军装穿戴整齐,并要将被褥叠成长方形摆好,外面要用白单子包得"见棱见角",差一点也过不了"关"。然后,列队出发。

这一出去,就直到晚饭时才回营,中午是带"干粮",小休。那时,北郊是"原野",找块地,有小坟头,有沟,有菜田……各样"地形",学会利用地形隐身,是"守",然后左右前后,同班联络,向"敌方"进攻。

那"战斗"也很"激烈",在野地里爬、滚,浑身是土,不能算不累,但这种"新兵"却都无"怨言",精气神让军官们十分称赞。

我们那位班长不怎样能干,是个笨人,无甚文化,说话也不太行。一次,"打野外"时他没安排好,也不听命令,连长怒了,喝命"跪下",拔出军刀,狠抽他的脊背。这班长乖乖地听命受责。看来,军令是不能含糊的。

我们的食量惊人的天天增长。我刚入伍,只能吃半个"刀切卷子"①,后来竟能吃到六个!家里人听说后评为"瞎说",绝不相信。其实,我这疲弱孩子在班里是最不能吃的,最高的"纪录"是一位同班,一顿吃十一个大卷子!

秋季,渐渐凉了,有一天遇上雨,都淋湿了,军令不来,谁都必须严守阵地,一动不动。军官们很高兴,给予鼓励嘉言。晚饭前,先准备好了绿豆姜汤,怕学生受屈生病,真是无微不至。

夜里,轮值站岗。深夜起来,一切穿戴合格,房门外来往巡逻

---

① 即不团作图形的发面馒头类。

探望。其实,还是长官们不畏辛劳真站岗,学生不过是个"样式",让我们"经历经历"就是了。

我们学会二十九军的不少歌,"一天工作又完了,平安快乐去睡觉……""夜深风雨要听音,站岗特别要小心……"我们唱得响彻云霄!

侵华日军的风声愈来愈紧了。我们军训也越加带劲儿。我还作了一首抒发爱国抗战的词,词牌早已忘记,词曲也只记得一句:"冠发指樱京!"交给"营"里,颇获好评赏。

然而,烽烟日益迫近了,考虑学生的安全,最后终于宣布解散,军训结束。营长正式集合大队宣布此令时,全体无个不落泪。

告别了,依依难舍,军官们为我扛行李上车,紧紧握手……

别了。这些中华好男儿,再也没有重聚。他们为了抗战,怎么样了? 至今想念他们。

今选录当时所作诗两首:

(一)

雪剑霜刀次第过,春回一线到沽河。

鬼花人兽所南句,明月小楼后主歌。

风软难温心似铁,柳舒曷展背如驼。

韶光若会先生意,天上人间两贲幡。

(二)

盖地旌霓逐队过,英雄杀敌渡关河。

两行香烛黎民泪,一语金铙壮士歌。

生去无妨择骏马,死归何必倩明驼。

著者军训时戎装像。

为言心血谁先瘁，大将须眉暗里皤。

爱国不是一个空洞"名词"。我这小小的回忆之文，也许还有历史意义吧。

抗战心声

　　抗战,只有两个字,可是它所代表的内容太丰富太深刻。民族的存亡,国政的隆替,烈士的精忠,人民的苦难,个人的命运,亲友的遭逢……无一不是可骇可愕,可歌可泣,所谓"万言难尽",犹不足以形容那段历史的悲壮与奇伟、辉煌与惨痛。但是这些,纵使都能讲得出说得尽,而身未亲历之人听来,也总是渺渺茫茫、笼笼统统而已,他们怎能想象那当年的一切真情实况呢? 至于像我个人的这种追怀纪念,点滴鳞爪之喻也仍然是个夸大的修辞,真是提笔之际,万感中来,百感交集,自怜手中这支弱笔,又能写出些什么称题见意的文字呢?

　　我这辈子命中注定是个书生,投笔从戎,不曾有那缘分与才能,只能是"纸上谈兵"——这是说,我年轻时写的抗战爱国的诗篇,充满沸腾的热血、昂扬的壮志。这些诗以七律为多,有一小学同班友,抄来拿给一位老先生看,老人读了,感动至极,写来了溢美的赞语。

　　我读初中时,是在天津,那学校很严,住宿生不许到校外闲走，只能在校门的大门洞观看二十九军的壮士们列队练大刀。大刀宽长短柄，柄上系着一条大红布。那些壮士各个红光焕发，真与刀光交映，不愧熊虎雄姿。

每日必看，看之不足，心有所触。年纪虽不大，心中十分明白，他们练刀是为了什么。

那年代报刊上的用语，是"时局"日益不佳，"风声"时刻险急。迨我升学入了著名的南开中学的高中，已经实施军训。我们剃发入营，换上灰布军装，发了步枪——很沉重的真枪，只不给实弹。一切规矩，与正式军队无异，只是对待年轻学生自是客气多了。那时从营长到排长，都是二十九军派出的好军官，学生们后来与之交深情切，十分和睦。那训练是整日的，打野战，夜里站岗，辛苦异常——累得很，食量大增，我在班里是个身体最弱、食量最小的孩子，初入营时只吃半个大"实心卷子"——谁知后来竟增到六个半！告诉家里人，都以为我是编造神话！（最大的饭量纪录者一顿吃十一个大卷子。）

可是时局天天恶化了，最后不得已，竟决定解散军训营——为了学生的安全。

正式会场上营长宣布了解散令，说明了国势的危急、平津的局面、学子的保全、解散的用意……

全场鸦雀无声，每个人都哭了。

临分手，营、连、排长们亲自给学生们扛行李，大家恋恋难舍。

在高中，寒假不回家，参加"南下请愿"——到南京去请政府积极抗日。火车不让学生上车，就连夜步行。走到清晨，看见自己的外衣领子上已经结了一层冰（自己呼气的凝结物）。

但是，我是个受历史、受地区所限的学生，平津落入敌手，我只能做一名沦陷者。

南开中学遭轰炸，学校毁散了。

辗转挣扎，总算考入了燕京大学，因为图它是个沦陷国土的一处"孤岛"，不受敌伪的干扰。

我用一切能行的办法来寄托我的爱国拒敌的本志与天职。谁知，只到了1941年冬，"珍珠港事变"的同一时刻，日军又围封燕大，驱散了学生（久后方知老师们入了山东集中营）。

敌伪大学"招编"燕大"流亡生"，坚决不去受编。我与先师顾随先生通讯唱和，仍然是那一片至诚至切的爱国真情的抒写。

我那时无法得知国势战局的真消息，只知道乡里父老群民们的心与我一样——与他们相见，不谈则已，一谈就是"听说"如何打败了日寇——其实都是非真的，那时侵华日军正节节"胜利"，沦陷区的传闻只是一种自慰的、不认输的、忠贞的民魂之心声罢了。

抗战英雄们的名字，在父老们口中显得格外响亮、有劲儿，那么亲切，好像就是讲述人的至亲好友一般，光荣、骄傲——信任、付托！

无法尽述的苦难岁月，我们终于熬到胜利，这是天大的喜事！

平津很久是个空白区，后来报上登出：国共言和，平津正式收复。我在乡里还举办了一个家庭庆祝抗日胜利的会（这后来成了"文革"时的罪款）。因为，我经历沦陷之痛，深知国是不能亡的。百万烈士的热血才换来了胜利，他们为了什么？不仅仅是为国保民，也更为了中华的振兴与光大。

爱国，并非一个空泛的名词观念。我这书生的追怀纪念是太不足道了，但愿年青一代能多读些追述抗战史实的好书，勿使前贤往哲、烈士仁人白白贡献了他们为国为民的英灵伟魂。

世间难事

　　世上事,容易的极少,几乎无事不难;但从文字功夫上讲,其难莫过于自叙了。不过一般人对此未必体会得到,也不一定承认。——这也就是为什么讲小说的人们(受了某种理论的影响)极轻视自传性的著作,更不肯服膺《红楼梦》是曹雪芹"自叙"这一真理,因而在理解《红楼梦》之伟大的缘由上,失去了极重要的一条主脉而不自知,还在批判别人。

　　自叙为何最难? 兵法最讲"知己知彼"。《老子》教示:"知人者智,自知者明。"("自知之明"这句话出典在此。)所以自叙必须"知内知外"——内即己,外即物 (包括时空环境社会人物等一切条件)。这既要"主观",又忌太主观;既须"客观",又不能昧己以徇(殉)物。

　　陶渊明的《五柳先生传》、张岱的《陶庵梦忆》、曹雪芹的《石头记》,乃至《浮生六记》、《老残游记》之特别吸引人,另有一番独特的魅力,其真正缘由正在于此。

　　我的自叙,最不行的就是知己知彼与知内知外的智慧与"功夫"。我身上的"矛盾"很多,也很大。比如,大学读西语系,教书教外文系,英文在燕京大学时颇有一点小名气,可是我内心一点也不喜欢西方文化,年老至衰到了"严重程度"——对之有了"反感"!

我真心喜爱的,是中华的文化、传统的文学艺术、文物衣冠、社会伦理道德的精神、民族审美的意境……

我自幼"智商"不低,记忆力超群。"过目成诵",简单的能做到一半多,难的可到三四之一。如一篇《滕王阁序》,默读三遍即可背得下来(虽不巩固)。初中、高中,两次几何课名师在黑板上"卡"住了,都叫"周汝昌,你来解释"。我上了讲台,在黑板上毫不费力地列出几个"式子",很快解答了本题。我这份"聪明"在师生间是公认群推的——但我记不住一个"西历"(今曰"公元"了)的年头儿,只能记"贞观××年"、"康熙××年"!平生爱诗迷词,可是那些名篇我大抵只能背诵几个断句,总也记不住整篇!

智商不低——只是学不好下棋,一试必为对手"制伏"。于是"自知":我对钩心斗角无能,也不感兴趣。

至于数理化,我能门门考一百分,但一到高中,对那些只有"数据"、"逻辑"而毫不关才华情志的课程,逐步失去热情,"分数"下降,兴致索然。

于是我发现:我做不了政法家、科学家。我只能在"文字海"中浮沉。

我也喜欢人文社会科学,尤其史地与语言学的考证与解说。如借用后来在"文革"一类运动常见的一句批判用语来说,不客气:"走的是白专道路。"这不太光彩,可是我无法"打扮"自己。

我极爱重的是不受其他因素干扰的、不被人为利用的真正学术研究。我喜欢"国货"，喜欢民族节序风俗。我喜欢民族建筑、民族音乐……

对这些方面，也许有些人看我很保守、落后，甚至冥顽不化。

不了解这一切，很难理解我为何后来走上了"红学"道路，为何持有如此这般的学术观点，为何又如此地执着痴迷，甘受百般挫辱、诬陷、排挤、攻击，而无悔意，也不怨尤。

诗曰：

聪明灵秀切吾师，一卷《红楼》触百思。

此是中华真命脉，神明文哲史兼诗。

聪明第一与两次失败

　　小时候的我，大约真有些惹人喜爱。我记忆中听得最多的赞语是三大"方面"：一是生得特别白洁，二是异常"文气"——此二点结合起来，使亲戚中的女眷不约而同地赞叹："像个闺女！"（乡语不使用"姑娘"一词。）"比大闺女还文气！"等等语小异而义大同的话，常在耳边。第三就是聪慧过人，超出我那生长地方的孩童者甚多甚多。

　　所谓"文气"，就是安详加腼腆，与村野顽童有异。所谓"聪明"，家里父母兄弟等从未有此表示或向人说道，他们对此并不甚敏感和在意，倒是西院里的八堂兄[①]，见了人就"介绍"："这小孩聪明！"

　　他是本地小学校长兼教员，有一回为了向学生们"显示"我的聪明，把我从（低年级）本教室叫到他所教的高年级课堂去，还有一位同班者赵生，命二人立即读指定的一段书文，限几分钟，然后

———————————

[①]　本名瀛，字紫登、子登，号爱庐、耐庐，工书能画，才气豪迈。

当场背诵与大家听。

可是我失败了，没有背全——人家赵生却完成了这番考验。我记得很清楚：八兄既未不悦，也无失望之色，只向学生们说："听我讲(历史)入了神，却忘了背书。"这是为我辩护、"圆说"。

此事我倒并未认真在意——比方很觉惭愧——没有多大内疚，因为让我背的是高年级课文，文言很深奥，词句还看不大懂，如何愿意"死背"它？觉得无意义，没兴趣——也更无"卖弄"与"好胜"、"竞争"之心愿。我有点"自负"的聪明之一面，实是在于领悟能力胜过同辈。比如说，一看就入，一学就会，一学就透……我在这一点上天赋略强。

"聪明"使我每学期大考必然榜首鳌头，几位教师无不青眼另待。经过了历史的灾难(军阀混战、败兵、杂牌武装、土匪、逃难、插班转校……)，好容易熬到回本校毕业，已是十五岁了，正赶上天津小学举办"会考"，当时老校长陈先生满抱着一团"为校争光"的希望，亲陪我到市里去"赶考"①。所有各门，考绩是优异的——谁知在一道答题上跌了跤：好像问日月食的"三方"位置，我不知怎一走神，给弄错了！于是让大家默然失望——我没有成为状元魁首。

这是我平生的第一例"失利"。

有点奇怪的是我并无多大愧怍羞辱之感，没拿它真当回事，也毫无挫伤锐气的意念。这似乎表明我从小对"名位"并不真在意，不想与人"竞争"——听任自然。

我以为，这也许是我的一种"美德"吧？

———————————

① 科举时书生赴考的俗语。

另一次不是大考,其时已在津门名校南开高中,高二举办英语比赛(不是口语),我第一个交卷,觉得无懈可击。教师柳女士找到我,说:"太可惜了!——你把第一道题的单字解释看成了汉字释义,你答得一字不差,可是不能算分(计分数),只得判九十分了!"

因此我名居第二。得的奖品是个二号小银盾,而人家头名的银盾大多了,很神气。这回却有点"在乎",心里不大是滋味——只因那大银盾太可羡。

平生失利,只此两例。

还有一例,但那与课业优劣无关。说来十分可笑:小学毕业后筹划升中学时,家计紧张,堂侄周大惠(字慕侨)在铁路局做职员,就介绍报考局办的扶轮中学。

我到考场一看,校舍、环境,与考的男女学生(大多数是同事员工的子女)等,印象俱甚可喜。第一天上午考得还是很"得意"。场后就发给了很丰富的食品,其中一个很大的高级面包,我这村童吃来甚为甜美可口。饱食之后,忘了这就是人家给的午餐,不多时即开考下一场。可我却迷里迷糊,走回旅店去和送考的四哥(祜昌)述说头场的"得意"。等我走回校,寂无一人!有点惊讶,推开考场门,见满室鸦雀无声在执笔答卷。主考者迎上来说:"你迟到了,不能再入场。"

这个"打击"不小。这回我未"泥金报捷"、"衣锦还乡",灰溜溜地打道回家了。

这是"聪明反被聪明误"吗?算不得。

其实,我的"光荣考史"倒是笔不胜书的。今只举一例,聊见"英雄"当年之"勇"——

那是 1936 年日寇炮击南开,学校封闭,我失学一年;隔一年为 1938 年,为了升大学,必须找个可以插"高三"的学校,接受这样插班的很难找,而且又想找不受日本势力影响的地方——于是寻得了天津工商学院的附中,是法国天主教会所办,故此日伪只能让它添一名日语教员,其他不能干涉。

这回热情送考的是我表叔。我进了考场,他站在校园一个双杠旁等候。

不一时,我轻轻松松地拿着笔墨出来了。他一见,面现惊愕,几乎"失色"——说:"怎么……怎么你不考了?"我答:"答完交卷了!"

他的面部表情立刻转了一百八十度,喜笑颜开!说:"没见这么快的!……"

此后,他逢人便"描述"当时我从容出场、他几乎"吓坏"的情景。

我自幼最不怕考,可谓身经百战,每战必胜。

诗曰:

聪明难得也难凭,自有灵机管浊清。

年少人人夸俊秀,不知人海有人英。

舞文弄墨

我"命中注定"不是飞黄腾达之人，定是一名文士书生。其"征兆"之一端就是从小喜欢"弄笔"为文。为文之际，还代人"捉刀"。

作诗填词要另谈，此处只讲一个"文"字。最早的"捉刀"之例是某乡古庙久荒，殿宇将颓，热心者为保存古建筑筹划修茸，这要有一篇"募化"的启事文。那位先生先是找了一个本地"能文"者作了一篇，不太满意，来求父亲。父亲对修庙不"内行"，为文感到语意空泛，有点为难。于是我就斗胆代笔。结果颇受鼓舞，以为比那已有的简陋不成文的启事稿好多了，既有辞藻，也能打动人的情怀。

一位设塾课徒的刘先生见了，甚加称赞，但他提出一个疑问：开头叙中华寺庙的起源时，用了一个"鼻初"的词语，说从未见过，担心不太妥当。我当时的理由是鼻字本有"始"义，故人称最早的祖先叫作"鼻祖"(似乎古谓人在胎中，最先成形的是鼻子)。如此，鼻初即最早的萌芽，怎么不可以？

"捉刀"之例也替父亲作过亲友间的挽诗，早不记得其词句了。到燕京大学时，我读西语系，却不知缘何有了"文名"。一次，名教授张东荪先生受友人之嘱托，要为一部书法史制序，张先生很为难，因为对书法并无研究，只讲哲学。于是想找个代笔人。其时整个燕园无法寻到能担承者。哲学系的吴允曾兄①就来找我。我应命交卷。

张先生很高兴，因素不相识，仍由吴兄做伴，邀一晚餐为谢。（记得我初到张先生家只有王钟翰先生在座，他是邓之诚先生的高足。）

再有就是不止一次为张伯驹先生代笔了，有七律，有信札。记得郭沫若贬《兰亭序》为伪迹时，张先生非常反对，定要上书与周总理，命我代笔撰呈函。我也作了，但心知这根本无用——周总理如何能管得了这样的奇事？

至于不属代笔捉刀的自己为文之例，也举二三，以存雪鸿爪迹，彩"豹"斑痕——

我还在初中之时，年只有十六岁，每逢星期日，二哥必来探看，因星期日可以不请假而出校，故偶尔相伴到附近走走。一次，在学校西侧隔马路不太远，忽发现一处鹿苑，空场中养着不少梅花鹿，有大有小，十分可爱。问知此乃乐仁堂老药店乐家的地方，养鹿专为取茸取角以为珍贵药材。二人观赏半日，不忍离开。

随后，二哥忽萌一念，可以说是本无可能的"妄想"。原来，我家一位老表亲刘子登，在吉林经营木行，他有一年慨赠爷叔（我父亲）一对鹿，养在我们小院里的西北角上木栏里。那鹿是用巨大木笼运来。因他只买到雄梅花鹿，配了一只不相称的高大的母麋鹿，

---

① 他已是教师，但与我是"同辈"，我隔六年才又回校"当学生"。

而且在路上伤了后腿，成了瘸子——这不成"对"的夫妻无法生养小鹿。二哥的奇想是：向乐家主人洽商要一只小母鹿，不知能成与否。反正不成也无妨，他就让我写信去"撞"一回试试。

于是我得到了"弄文"的机会，依嘱写好付邮。

这本来是"异想天开"的事，也未敢真抱什么希望。谁知，乐家主人对一名初中学生的如此一份不情之请，竟然很快回信，慨然愿赠小鹿，嘱派人前去领取。

二哥高兴极了，马上信函报告与父亲。这一新闻性消息在敝乡传为罕闻的盛事佳话。

幼年往事，尚非真正本领；等到升高中，直到入大学，因家境不丰，难支费用，皆是靠成绩及一份奖学金申请书来办大事。

我的年级，不算小学的多次停课耽误，单说中学，本应是1937年毕业生，只因日寇侵扰，我到1939年方得投考燕京大学，次年入学，文学院院长是周学章先生，批准了"全免"的奖学金数额。抗战胜利后，1947年才又以"插班"身份再次考入燕大。这次入学，则周院长早已作古——我回燕大，先是向他夫人联系寻求协助的。重到燕大时文学院院长是梅贻宝先生（巧极了，周、梅二公皆津沽人也）。手续逐一办毕后，方见院长，呈上各种单据、选修课表请审核签字（方能交注册课，算是正式入学，否则无效）。我见梅院长时，他问了我两句话，用眼打量我，似有所思，然后签了字，我致谢而退。

以后，有同学张光裕兄者，为梅先生做助理工作，一见我，必然先说："梅院长夸你是个才子！"我问梅先生从未看过我的文字呀！他说："梅先生说你的申请书写得最好，怎么说没见过你的文笔？"

此言张兄特别津津乐道,仅是向我重复讲说,就不止再三了。

那时的文字,仍很幼稚,但能获梅先生的青鉴,却感很大光荣,至今难忘。

诗曰:

　　书生弄笔似寻常,奖学年年赖主张。

　　更有奇情兼盛事,梅花乞鹿乐仁堂。

"红学"之起步

　　人们见了我，最常发的一问就是你怎么走上了"红学"的道路？

　　既然大家对此话题颇欲一闻其来由缘故，我也不厌其烦地向他们陈说一遍，详略虽殊，事情粗具——大家的好奇心让我也深感这原来不是一件"小事"。

　　我治"红学"，既有很大的偶然性，又有深刻的必然性。两者相交，适成一种历史文化万象中之一象。

　　先说"偶然性"。

　　偶然性与必然性的真正关系之微妙难以尽究，最是耐人寻味了。比如说，我的"红学"开端是由于发现了胡适先生久寻无获的《懋斋诗钞》，这是很大的偶然性现象；但我不到燕京大学，怎能在那无比丰富的图书馆去发现它？这就又要问：我单单到燕大去读书，这是偶然性还是必然性？——这下子，就又牵扯到日军破坏我的南开中学母校与他们复又破坏我的燕大母校的侵华、抗日的无穷历史因由事故交织而成的特殊事相而"降临"到我身上的这段"传奇故事"了。

一切事情，细想起来，都包含着"万层"因缘，"有缘千里来相会，无缘对面不相识"，确实如此。你与某人某事无缘，就是近已"交臂"，也会毫不相干，连"失之"也谈不上，因为根本不发生"交臂失之"的那一要求与理念。而"缘"，又该如何作出"科学解说"？我至今还是极盼有人能开我茅塞。

因此我以为，假使我不入燕大，不曾发现《懋斋诗钞》，迟早我也"必然"以另外的方式去投入"红学"的研究。

这个"必然"何在？在于：一、我向学慕学，天生有"研究癖"；二、我自幼受母教，长大些受兄长启迪，爱文学，喜小说，初中高中时期已与《红楼梦》结下不浅的因缘——在高中时与同窗黄裳天天大谈《红楼梦》，我说我课余下功夫学英文是要将《红楼梦》译为外文，向世界介绍(如林语堂之译《浮生六记》)；并且还说：我要创造一个新英文字：Redology——"红学"。

你看：我的"红学之路"是早就"走定"了，到燕大的后话，不过是一种"继续"或"发展"罢了。

如今且说《懋斋诗钞》。

如果把发现此书一事孤立起来看待，那就很偶然——也太简单了。

苦度八年抗战之后，1947年之秋于百般艰难曲折中重返燕园以续未完之学业。其时家四兄祐昌仕途蹇顿，失业家居，寂寞无聊中，以一部"亚东"版《红楼梦》(借到的旧书)遣闷。他读卷首的胡适的考证文章，引发了对雪芹其人的仰慕之情，见胡先生寻得敦诚的《四松堂集》，而敦敏的《懋斋诗钞》竟不可得，深以为憾，就写信来嘱我留意此书的踪影。

我接信后，几乎是立刻，即直入图书馆，去查卡片柜。

使我惊喜，此书竟在！

燕大图书馆好极了，只填一个小借书单，馆员用"吊篮"传送到楼上书库，不一会儿，"篮子"下来，书在其中！把借书证备妥，附在书的存卡上，签了名（或"学号"），就能抱回宿舍任情翻阅。我在馆中借书何止千部，未见老馆员有一丝嫌烦的表情。我至今感念他们。

此刻要说的有三点——

第一，记得原书卡上是空白，这多年来没有一人曾借过此书，一奇也。第二，粗读一过，就看见有六首诗是明文咏及曹雪芹的（敦诚的《四松堂集》，只有三首涉芹诗）。第三，这是清缮本，字迹工整，而由于此本的发现方又引出了原稿本的出世（今归国家图书馆收藏）。

如果你问：发现这么一本薄薄的小诗集，到底有何意义？

答复是：这标志了"红学"自1921年正式开端以后（约二十五年之久）的重新起步，也记录了"曹学"的一大进展。意义十分重大。

这句话是五十年后回顾学术史而得出的客观结论，不带任何主观夸张的色彩。

发现之后，我草写了一篇不太长的介绍考论的文稿，就放在宿舍书桌左肘处一堆书物的中间，心中并无多想，除去完成家兄所嘱的任务之外，即无他念——当时不要说什么"名利思想"、"轰动效应"之类，就连发表的意愿也不曾萌生。

隔了很久，燕大未遭日军封禁之前即在校任教的顾随先生，一次来信忽然提道："你课余是否也可练习撰作文稿，如有，可代介绍发表。"

我即将久存"肘旁"的两篇小文寄与了顾师:一为考辨《皇甫君碑》并非欧阳询的"少作",相反,正是晚期的杰作与奇迹。另一篇即此敦敏诗集中咏芹诗的介绍,题目将主眼放到了生卒年考订的方面。此二稿,顾先生交付与赵万里①先生,他正主编一家报纸的"图书"副刊版。

赵先生一见拙稿,立即编发了后一篇,而对考欧书的一篇置之弗顾。

文章刊出了,引起众多人的瞩目。在随后的第二期上,即又登出了胡适先生给我的一封短信。

胡先生的来信,是赵先生转给我的,我接到时他早已将此信札全文编发了。这当然引起了更大的影响。

我的"红学"起步,暂记到此,后文下回分解。且附记二事:一是我问邓之诚先生是否知有此诗集,他说:"我早知道;胡适早就来问过我。因我不喜欢他——已成'半个洋人'了——我没告诉他。"此诚秘闻也。

其二是燕大藏本后为哈佛大学调去,遂藏在彼。今影印者乃原北图(今国家图书馆)之藏本也。

诗曰:

> 残编一卷懋斋存,母教兄言忆旧恩。
> 难忘师情群辐辏,百川归海大文源。

---

① 北京图书馆善本室主任,著名学者。

我与"红楼"有凤缘

　　我家与姥姥家都是"海下"养船的人家,母亲姓李,纯粹旧时家庭妇女,没有名字。母亲为独生女,当时她还没有赶上有"女学校"的时代,自幼深慕读书的堂兄弟们,偷听他们念书的声音,能仿效当时学生朗诵唐诗圣杜甫的五言律诗的声调——北方特色的抑扬顿挫的"美读"法。她因此发奋自学,竟能阅读一般的小说、唱本,也能学戏台上的唱腔。一句话,她是个酷爱文学艺术的村女。

　　重要的是,她有一部《红楼梦》。

　　奇怪的是,她的这部书(还叫《石头记》的版本)竟是日本版!

　　我第一次看《红楼梦》,就是看母亲的《石头记》。

　　怎么是日本版?原来,这书是她的堂兄(我的大舅)在她出阁之后前来看她时,给她带来的礼物。那是清光绪二十三年(1897年),母亲年方二十。那书后面印着"明治三十八年一月十三日",绿色布面精装上下两册,带批语,绣像。

　　我那时太小,看不懂,就丢下了。

母亲却津津乐道，常提《红楼梦》的名字，讲给我听。给我印象最深的是她向我追述早先我家盛时的一些往事。我家曾有一个傍河依水的小花园，有小楼，有花木，大树很古老，百花竞放。爷爷很爱惜，也很得意，春秋花盛时节，各院年轻的女儿、少妇们，盛装打扮，花团锦簇，到园中去看花。母亲追述这些，就是为了一句话："那时家里的姑娘媳妇们，穿的戴的，打扮的，真是好看极了！我们一群，一齐来到园子里，那真像《红楼梦》里的那么好，那么热闹……"

我听得很神往——可又似懂非懂。

但是，这种追述，对我来说，也就是一种熏陶。从此种下了很深的"缘"源因子。

我长大了，家境比母亲追述盛时的那年代更败落了，园了也被族中败家子弟拆毁卖了"材料"。

我上大学了……沦陷了……重返学校了……我在校学西语，志向是精通外语为了向世界介绍中华文化、文学名著——我在南开高中时，英文成绩就过得去了，英译冰心女士的小说……暗自立下一个志愿:准备英译《红楼梦》。我和黄裳是同屋同窗，每晚墙子河边散步，两人热烈讨论的主题不是别的——就是《红楼梦》。

经历沧桑，重返燕京大学，我已年龄"老大"，心情十分抑郁，落落寡合。这时，四哥祜昌在家乡读三哥泽昌的旧书，因三哥少年时是个小说迷，当然也就有《红楼梦》等有关的"闲书"。四哥因而重看起《红楼梦》来了，对作者曹雪芹之为人产生了强烈的兴趣与求知欲，就写信给我，希望我对他(雪芹)作一番考察。

这一封信不打紧，却一下子引发了我这个早先读不懂芹书的人的极大兴致，一头扎进了"红学"的无边乾坤世界里去了！

从那以后，我与四哥两个人在四十几年中，无有一时一刻不在为"考芹研红"而努力。什么困难险阻、挫折中伤，都没能使我们两人改变初衷，失去信念。

我与《红楼梦》的夙缘，始于家庭母教与手足之情，但更始于中华民族文化的极深至厚的培育灌溉。

再说我的母校燕京大学，没有那样的学术环境我是无法做"红学"功夫的，特别是那座了不起的图书馆，凡是我想用的书，那儿几乎一索即得，那藏书太富了！可是，只没有《红楼梦》的好版本。后来，经过我的提议与张伯驹先生的努力，使得珍贵的"庚辰本"成为馆中珍笈——彼时的情况，那种古钞本无一人重视，任其流落湮没，如不得入此名馆宝库，其命运真是不堪设想，难以揣量了。

"庚辰本"我得见的先是一部珍秘的照相本，已在我得见"甲戌本"之后。"甲戌本"是胡适先生的珍藏，世间首次复现的乾隆精钞朱批、未经高鹗等篡改的《石头记》原本，中华无价之宝。我与胡先生素昧平生，斗胆借阅，他竟立即托小说专家孙楷第先生捎给了我，报纸包着，上以浓朱笔写我的姓名和"燕京大学四楼"。那年暑假，我与四哥拿定主意，为保护纸已黄脆的原本，全力经营，钞出了一部副本。

后来，北平和平解放之前，情势不可预卜之际，我想把这珍本交还物主，因为人家胡先生自从借与我，从未催询过一字，这种对一个陌生的学生的信任，世上少有，我不能做不道德的"攘为己有"的昧心之事，就专程送还。到了东城东厂胡同一号，出来的是他的长公子，将书收到手中，我不入门而告辞。事后很多年方知：那时胡先生正要坐南京派来的专机飞离北平，临走只携带两部书，而这部古钞"甲戌本"竟是其中之一！

以后，台湾首先影印了它。这年适逢甲戌年，"甲戌本"诞生两百四十周年，台北寄来请柬，方知高校学府将于六月举行甲戌年纪念研讨大会。这不禁使我忆起了上述的种种事情。

我与四哥为了大汇校，写定一部真本，聚集了一些历年搜得的比较难得的本子，也包括胡适惠借的大字"戚序本"。未及"文革"，大约是"破四旧"时，四哥正在运用的那些本子全部被"抄"走了，至今不知被谁"中饱私囊"。母亲的那部"启蒙"的《石头记》，因为存在我处，却得以幸存，但是总不忍翻阅了。

我与《红楼梦》有夙缘。真是三生之幸。

少年书剑在津门

自家的癖性

文人情趣，也是个大家喜欢的话题。其所以如此，或缘好奇探"秘"，或欲"求其友声"，也种种不一。这方面我倒不是不想谈一谈，但总嘀咕——先得够个文人，才有资格谈自己的情趣，而文人者，并非与一般知识分子乃至作家之群是同义词的，自己原不够个文人，又何必妄谈情趣？因此久未落笔。

友人有善诙谐者，向我说道，你就作为一名"准文人"、"候补文人"甚至"冒牌文人"也好，何必认真"鉴定"？就来谈谈嘛。经他一鼓舞，我的勇气果然"大幅度增升"了。

我这人兴趣广，嗜好杂，条理乱，不谈时倒不以为意，一谈时方知大不简单。虽不比一部"二十四史"，却也不知从何说起才是。

古文人似乎离不开琴棋书画，被人视为雅事，但雅过了分，已变为"俗套"了，一提起真觉太"酸"。我看还不如书剑二事，就无那股俗气味儿。老杜的名句"检书烧烛短，看剑引杯长"，写得真好！又古时书生，常说是"书剑飘零"——就是飘零也显得那么风流潇洒,定非俗物。

因此,窃慕于剑。我买了三把,一是龙泉的,木鞘,黄铜凿花护饰,钢与木皆本色,不电镀,不抹漆,不贼光刺目,我心甚喜。挂在墙上,大红丝穗子,那斜悬的剑姿,启人美感。有时抽出剑来舞上几下——"自造"的"剑法",取其"意思到了"。比如陶元亮的琴,不张弦,不也是"意思到了"?又何必学会一套"青萍剑"呢?

提起琴,我与古琴、瑟、筝等无缘,交游名家室中常见,但未触过一下。而凡是"今"世(指我少年时)的"俗乐",不拘弹拉吹敲,几乎所有民族乐器都弄过,丝竹二大类,只管子不能,因无那一段充沛惊人的气力。京剧的文场武场也都乱来不惧。还有津门特有的法鼓——大鼓、铙、钹、铛、镲为"五音",都很"拿手"。我酷爱京、昆剧及大鼓曲艺,京剧还粉墨登场过,演《春秋配》、《玉堂春》、《虹霓关》的小生。

耳朵一坏,这一切都绝了缘。似乎老天不愿我那么胡闹,将我"改造"成一个"内向"、"面壁"的书呆子。

我从未落一个笨的称号,平生在学总是"名列前茅"、"鳌头独占"的,小时颖慧,"过目不忘"是丝毫不掺假的——可就有一样极拙极笨:不会下棋。走象棋,"马日相田"是懂的,但总难制敌取胜。不知为何,对这样去"钩心斗角"的耗费神思,觉得了无意味,只得敬而远之。

书画自幼皆喜涉笔,但不成"气候",也都荒废放弃了。

——那剩下的还有什么吗?

答曰:有,不但有,还是不少。我酷爱民间工艺,过年过节的,孩童得以为宝的,我也喜而宝之。我这人有点怪,不喜欢"高档"、"精品",职业工厂"生产"的那种"宫廷摆设",有钱也不想买,莫说无钱了。那种东西工虽精细，可是越细味道越薄，全无魅力引动我。而民间的手工艺，泥垛的、纸糊的，其味无穷，可爱之至。旧时的年节庙会，棚摊路摆，人人买得起。可惜，这种宝物已很难见到了，每逢节日，总想寻个赏心悦意的小玩意儿——总是失望而归。心中有一段难言的惆怅之感。

我特别喜爱红烛、纸灯这种"过年"的东西。不用往远说，五六十年代北京街头，腊月底就有挑担子卖红灯的，秫秸细篾片圈成的八棱灯骨架，油得半透明的大红纸糊得挺挺的，在阳光下发出喜庆的光彩。白日买一个提着回家，路上引得小孩童睁大了眼，投以惊羡的目光。夜里点上，那微微晃动的内蕴而外溢的红光，真是一种人创的仙境。小孩们若打着红灯在院里走，远远地看去，美极了！

它和电灯的光亮、气氛、境界，是如此的不同。其理何在？愧非科学美学家，不能自问自解。

还有走马灯，迷人极了。民间巧手，用秫秸棍儿扎成一座楼阁，糊以白纸，中燃红蜡，火气上冲纸轮就能旋转起来——周围系着纸剪的"皮影"人子，男女文武，影映纸上，宛如相逐而行。小时面对此景，真如人间天上，神往意迷！

但是不知为何，这也再难享受了，好像绝了迹。有一年鼓楼举办灯会，过元宵节，报上宣传，我特意赶去——一见之下，原来尽是些小电灯泡的玩意儿，用反光刺目的人造绸绢之类制的，一个转盘，坐立几个绢人子，单摆浮搁，了无意韵，但见电流通时，盘子转动，几个呆板的绢人就那么毫无意味地兜起圈子。我感到索然兴尽，后悔为这个挤车奔波一大阵子。以后也再没有看过。

在海外逛商店时，看见那琳琅满目的形形色色的蜡烛。他们吃晚饭,故意去电灯而点彩烛。圣诞节的烛光炫影,更不可缺少。这不禁又使我十分困惑:西方是电的世界,可是蜡烛仍然魅力未减。在北京,我想买支红烛点点,领略一丝诗词中引人入画的"绛蜡"、"兰膏"、"蜜炬"的意味,却无觅处。

此仅一例,已写了这么长,看来谈情趣也很麻烦,何况再论文人乎?

"对对子"的感触

三十年代之初,我才十多岁,小学尚未毕业,那年四哥读完了天津南开中学,上京投考清华大学,不幸因倾盆大雨误了场,使他一生抱憾。他当时回家就告诉我们:国文试题有对对子,出的是"孙行者"。一晃六十多年过去了,这事我却忘不掉。今年的《北京大学学报》上,我国一流大学者季羡林先生撰文论及我们的几部文学史的不足,应该重写,并连带说到学校语文课须教给学生对对子,学做中国传统的诗——这样才能亲切体会赏鉴古代文学杰作名篇的好处何在,才能有深切公允的评价。①我读了本刊讨论对对子的文章与季老的建议,心中着实有所感触。

寅恪先生和羡林先生是两位文史宗师,先后辉映。他们之所见略同,大约其中必有道理,我们不应漠然置之而无所思考。寅恪先生已把对对子的意义揭示于人了,我非常赞同他的见解。因为对对子这种传统教学方式,并非只是科举的要求、文人的习气。它

① 以上是大意,是我凭记忆的一种"转述"。

产生于中华汉字语文的极大特点,而绝不是人为的无聊的文字游戏(有人把它当作游戏,那是另当别论的事)。我们的语文"天生"具有"对仗性"而且人人运用,天天实践,只是自己不意识自己是在对对子罢了。比如,你说俗话、谚语就离不开对对子。许多成语,其本身都是对子,若列举是举之不尽的。"半斤八两"、"大呼小叫"、"桃红柳绿"、"鸟语花香"、"黑灯瞎火"、"和风丽日"……你能举得完吗? 只要你一想,便恍然大悟——原来自己每天说的读的听的记的,处处是对子!

"有理的五八,无理的四十"、"八月中秋云遮月,正月十五雪打灯"、"人是铁,饭是钢"、"脸上一团火,心里三把刀"……这些也是谁也举不完的。这都是群众百姓的创造,他们怎么了?难道能说他们患了"语文病"? 再不然是受了文人墨客的"毒害"?

都不是的。这种喜欢对对子的现象,根本原因就是我们汉字的极大特点特色:它单音,但又有声调的变化,现代已将当时复杂的声调简化为"四声",而对对子的又把四声归纳为平仄①。如此简而又简了,可还有人嫌"麻烦",认为什么都可以不懂也不讲,胡来乱来也是"语文"。那恐怕是不大对头了。

汉字的对仗,是"天生"的,不是人生扭硬造的。"天对地,雨对风,大野对长空。"这种"歌诀"式的"对子示范",不但显示得清楚,相应的两个字不但义对、音也全对,而且你念诵起来,其音调节奏非常之美! 除了我们中华汉字语文,未必还有如此优美奇妙的"思想符号"了吧?

对此,岂能一不自知,二不自惜呢?

---

① 阴、阳平是平声,上、去、入是仄声。

爱国首先要爱自己的民族文化,而爱文化首先要爱自己的民族语文,爱语文则首先要明白它的优点美处何在。

"洪宪"点滴

"洪宪",中国历史长河中的最后一个朝号与"年号"。到而今,除去几位耄耋"老朽",大约知道它的人已然不多了。

"洪宪"是袁世凯的创造。袁氏乃清末不可一世的风云人物。我的故乡向南走二三十里就是"小站",产稻名驰寰宇——"小站练兵",是讲民国史者所不能省略的一章。站本是"兵站",有大小之分,小站也不止一个。但今日的"小站",已成史地专名,不再具有泛义。

文人的习气,称袁世凯为"袁项城",以籍贯为名号也。民间则呼为"袁大头"。

"袁大头"的绰号,取义似乎有二:其一是袁公生来头确很大。二是因为袁的头像铸入银圆,而当时流通过的银币①有三种:一是"洋钱"——此名也就兴于那时的外国所制的银币,上铸洋人之像。二是"龙洋",此乃光绪年代"改良"所制银币,仍用大清国标团

---

① 银币重"七钱二分"。每枚叫作"壹圆",俗语则谓之"一块钱"。

少年书剑在津门

龙为记。三是"袁大头",即此号之由来与盛行也。

袁公做了大总统,仍不惬怀,遂有称帝之雄心壮志。他的宏愿并不止于"想象",而是"付诸实施"的。他终于"登基"①了。这个新朝,就是"洪宪"。

"余生也晚",绝不能冒充"民国史家",所知所闻,至为有限,本文所记,不是采自书册文献,也非"道听途说",是几个点滴——却系亲切经历。

我二十二岁结婚,那时的中等人家嫁女还得讲"陪送",即须陪上一批物品陈设,箱笼衣饰等俱全;我之岳家所"陪"的,中有一套茶具,托盘、壶、杯,杯是"盖碗"。这套佳瓷的每件之底圈上皆有朱笔书写(烧就)的四个字,曰"洪宪年制"。

我"认识"洪宪,是由此为始的。

我到京郊燕京大学读书时,与张伯驹先生因词学、"红学"而过从,以至结为深交。他居住校西的"承泽园",康熙时果亲王之郊园也。入园所见,迎面是一座小楼,上层住的是画家秦仲文,下层则是袁大公子克文的居处(皆张先生供给生活)。袁克文时是独孤一人,满室是德文书,是位翻译家——如"洪宪"传位的话,他身为"太子",当为第二代皇帝。我见他时,萧然一儒素也,很少下楼散步,难于觌面。

燕大遭日军封闭,抗战胜利后我方重返燕园。记得一位新生初到,身材魁梧,人皆指与我:"他是袁世凯的后人(但不详为哪一支)。"同学们传说:他在历史课堂上,当讲到袁氏史迹时,他站起来为"家祖"辩护,说与事实不符——因未亲闻,今已说之不清了。

---

① 基,是俗写,本应作"极"。

张先生与另一公子至交,即风流文采的袁寒云(他二人是当时"四公子"之两名流),著有《塞上草》词集,能串京戏,成为一绝。

张先生向我说过的袁氏逸闻只限两点:一是袁公姬妾多,案上一个瓷罐装的是鹿茸粉,他随时开罐抓一把粉吃……张先生幼时过年贺节到袁府行过礼,其余并不多有来往,故所知并不甚多。有一次与袁公之子开玩笑:"你是皇八子——幸亏令尊是皇帝,倘若原是封王,你岂非'王八子'乎?"此张先生于五十年代到敝屋(东城无量大人胡同)亲口告诉我的,相与腾笑。

大约六十年代,当时北京旧书店十分丰富,常去之处熟识了,可到"内库"检书。一次,在隆福寺街修绠堂,在一堆残书中忽见老照片,看时确认是"洪宪"时众"大臣"陪祀天坛的摄影。我很惊奇,原来洪宪朝的君臣,服装是头戴"平天冠",身着长袍,大掩襟,腰系丝绦,足蹬薄底官靴——是乃有意地"反清",这打扮是要"恢复""汉衣冠"也。

至今后悔——当时残物太多,收不胜收,也没那么多闲钱;如此珍罕之照片,不拿它当回事——其实店里若知我欲存,也就送我了(本无价目可言)。

讲历史是一件难事,我一向深知其中甘苦曲折、真伪风影,往往去事实远甚;妄论是不自揣量的。目下影视,"王朝"走红,历史学家一言不发,我岂敢多呼。聊记所知,略资谈笑而已。

第二辑 津门忆旧

著者十八岁像。

少年书剑在津门

卖艺人家

　　年纪不如我大的,大约很难想象当初的鼓书、相声等演员的社会地位和工作心情是什么样子的。他们是贫苦人家出身,没有"高"路可走,拜师学艺挨打受骂,百味尽尝。所以自悲自叹。比如白发皓首的鼓王刘宝全、白云鹏二老,一到台上,仍然要自呼"学徒",说演唱是"伺候您……"白云老永远口上是不能错的:"学徒我云鹏。"

　　至于相声段子,令我惊讶而又感动的是他们说着说着,不知在什么当口儿,忽然加上了两句:"落在江湖内,都是命薄人!"说这话时总是声音不高,并不是真让台下赏音,而是自伤自喟。

　　这两句话,连我的南开中学老同学黄宗江的《卖艺人家》里也曾引用——他们那时确是在"走江湖"。

　　相声大师张寿臣,是以相声来"收台的"第一人,他的名段子《对对子》,就说:"人过新年,二上八下。我除旧岁,九外一中!"然后自注:"人家过年了,包饺子,两个指头上边捏,八个指头在下边托着。我则不然,包不起饺子,年五更还是蒸窝头——九个指头在外团团转,一个指头在中间捅窝儿!"

大家见他手比划着,正哄然大笑之时,他又接下去:"横批:穷死为止!"这也是一种自叹,不只是逗笑儿。

张寿臣什么样儿?光头,两眼滚圆,小嘴儿——一脸的烟气,蘸青(抽鸦片)!永远是一件黑大褂。他不说"对口",是单口相声,没有帮衬,这很难讨好。但他口才好,受欢迎,不冷场。他有艺德,不以出洋相、廉价的胡言招人哗然一笑。

据我记忆,有一回可真失败了。那回是《拉骆驼》。说得又冗长又啰唆,而且台下没笑。这样,时间越拉越长,听众在等待一个"哏儿"、"包袱",可是仍然没有。看他没了办法,只得鞠了一躬,转身下场。我望着他的背影,为之凄然。

张寿臣是"老段子"拿手,不像侯宝林有自创之才。侯宝林的长处是逗笑中寓以讽世讥俗的内涵,品格较高。"说、学、逗、唱"四美均佳。学戏的底子,身段好,嗓子甜,给使唤。学什么像什么。

侯宝林学白云老,一上场的那几步走——一边胳膊甩动,神似至极!然后那"冷雨凄风不可听,乍分离处最伤情……"也令人倾倒。到"二人的双感情"这句,两手相接一比划,然后骤然往回一抽,学得像极了。——但此时副手问:"这是怎么了?"他答:"他怕电着!"台下哄然一笑。我的感觉是:这溜坡了,虽招了笑,却俗气得很——因为和曲文太不协调了。

有一回很逗:侯宝林倒数第二场,下面是白云老的京韵,他临时抓彩,说了白云老家里的故事,听众大笑。跟手儿白云老上来了,《开场板》一住,白云老的悦耳的京白开始了,他说:"今儿学徒我差点儿来不了了,因为什么?我家里出了那样的事,还能赶场伺候在座的各位赏音吗!"台下又一场大笑!比刚才的相声拿人逗笑更精彩。

　　往事如烟。没有录音录像，我这支拙笔如何传他们二位大师的"绝活"？只有叹愧惆怅而已。

关公·费宫人

日昨，一位友人告诉我他看侯少奎演关公戏——梨园术语叫"红净"。想起侯永奎的《夜奔》绝活，而晚年拜尚和玉为师方学红净戏。我都看过。

不知怎的，忽然一下子又想起费宫人。

老天津北马路上，有一处名胜古迹，叫"费宫人故里"，胡同口上立有一块长方木牌，上写这五个大字，记得像是华世奎手书。

这处古迹，久已不存。也不见有人再提起它。原因并不复杂，就是费宫人刺杀了要污辱她的李虎，而李虎是农民军李自成的部将——这样一来，费宫人过去被人敬佩为烈女的津门人物，就成了"反对农民起义"的罪人，那当然这个古迹要除掉，岂能宣扬这个"凶手"？

费宫人，天津弱女，选入明末崇祯(明思宗)的宫中做宫女。农民军破了北京，杀入皇宫，崇祯砍了自己的女儿(公主)，然后自缢于煤山①。李虎②进宫后强迫费宫人做他享乐的工具,费宫人不从,假意应付,奋勇刺死了李虎,然后自刎。

这段故事编入了昆曲剧本,名曰《刺虎》,成为名剧。昆班泰斗韩世昌演此剧最为出名。京班则梅兰芳也学得不错,早年"灌"(录音)有唱片,而且赴前苏联献艺时剧目即有《刺虎》。

如今此剧早已绝响,原因即是它反对农民起义。听说联合国教科文组织列昆曲为世界非物质文化遗产后,昆剧院要抢救整理六百出昆戏。不知《刺虎》尚在考虑之列否。

我是说,设法保存传统剧目是戏剧史的学术艺术之事,不一定就等于宣扬它,也无须为之"恢复名誉"。但曾被批为"叛徒"、"卖国"的《四郎探母》,经多年严检之后,现已复现于舞台荧屏之间。历史毕竟是历史,一个弱女子,为了自卫,为了保贞,抵御强暴,就一定算是"反革命"行为?她那时候何尝能够懂得什么是革命?

这类问题,并非绝无仅有,比如《三国演义》,至今刘、关、张是"正面人物",从未有人说"不",可是书有明文——连刘宝全唱京韵段子,也会常常涉及"破过黄巾兵百万;力斩华雄酒未寒……"试问:破黄巾是功是罪?黄巾是汉末起义军,难道关公倒不算"反革命"而单单一个费氏弱女子倒难"原宥"?

天津卫去掉一个"费宫人故里",算不了什么大事,我也并无其他建议,只不过是因为追忆往事,让后人略知天津这块宝地的某些常识提起话题,便想起了北马路,想起了费宫人,想起了我看

---

① 今为故宫后门外的景山公园。
② 名岩,绰号"一只虎"。

过韩世昌演"费吏娥",听过梅兰芳唱"谎阳台雨云,莽巫山秦晋。可知俺女专诸不解江皋韵。俺含羞酬语,揾泪擎樽……"我还能为这支曲吹笛……

我的拙著《红楼梦新证》还费了不少事替雪芹令祖曹寅辩诬——因为过去误传《铁冠图》即刺虎的全本是曹寅之作。事实是事实,议论是议论,考辨是考辨,只要头脑不混乱,任何问题都能够说清的。

燕赵悲歌

　　天津时调,地方色彩高居首位,别的都难与比肩(比如大鼓书,并非津沽本地特有,皆是外县传来),它的极大特点是以女艺人而引吭高歌,迥异于纤柔、娇媚之韵,而是一派燕(yān)赵悲歌、苍凉慷慨之音。这实在奇极,别处所绝无,连"近似"、"同类"的也不曾有过。

　　在我记忆中,三位时调大家是难与伦比的,即高五姑、姜二顺、赵福。

　　五姑是乡亲式的亲切称呼,粗俗些的则叫她"大老五",只因她腿长个儿高。到底本名是什么,愧所未知。

　　在我见她时,那打扮仍是老式:不穿旗袍,上褂下裤两截衣,缠足,并且还是"扎腿儿"①。

　　她一上台,老熟人在台下便叫好鼓掌"捧场",她便扭身面朝后台,不理那些彩声掌响——不屑乎,还是自伤老大乎? 无人能解

---

①　扎裤脚,是妇女规矩;散裤脚是不太正当、无礼貌的表现。

其心境。

——转身向后台，静等弦子的过门。那把弦子可真了不起!

记得清清楚楚:琴师是位年岁大的人，头留着"帽缨子"①。坐在台上，目不斜视，低头凝静，"抱"着那把大弦子，右手一挥，嗡嗡作铜响!若用文词就是"作金石声"!不是如此洪亮厚重的弦音，是托不住五姑那条"超金嗓"的!

时调的弦子"定弦"是365，与大鼓等调门儿151不同。那声韵特显刚劲高亢，听了令人不是飘飘然，而是沉重，是激越。

五姑一开口，声如鸾鹤，高揭云霄，不，真是不可迷宫状。世上哪有这样美的女声!英气，爽气，悲凉气，慷慨激昂气!

所唱段子，以《青楼悲秋》为歌坛一绝。凡听过的，永远萦绕于耳际，难以忘怀，也难"淡化"。

"皓——月、当——空、明——如昼……"那好听极了。

然而，只因那曲词是妓女悲叹身世命运，而妓女是旧社会的不良产物，今日当然不能有此调此情——连我今天写她也让人感到很难"措辞得体"了。

说心里话，若只为讳言、回避，假装历史上并无此种艺术，刨根儿净，埋没这特色极大的民曲艺术与艺人，是否就"应该"而"正确"? 我看是个问号。

时调的曲牌很多，段子也各个不同，《七月七》、《喜荣归》、《劝闺女》、《妈妈娘你好糊涂》……已难尽记。可惜，广陵散尽，绝少有心人为之整理记录，为津门曲史留下珍贵史料，供专家研究，供艺术家吸取精华而掩其糟粕。

---

① 清末民初刚剪辫子的男人所留辫根短发。

今日津沽，似乎只有一位王毓宝了。记得她从几岁的小女孩就登台献艺，弦师就是她父亲，那指法异常潇洒，与别人不同风格。有一回正月初，刚开始，王毓宝也是一身红（津门风俗"满台红"）听众报以掌声。当然，新社会的她，所唱虽说还叫时调，无论声腔、词句，均异于昔时，不可同日而语了。

至于高五姑，很早就听说，她的最后命运是死在街头。此说确否，我自然无从核证，只是闻知后心中十分难过。因为以彼时社会情状而推之，艺人受恶劣环境的熏染，多有"嗜好"（抽大烟、吸毒）。衣食无着，寄身无处，冻饿而死，是有其事例的。

高五姑的悲歌，是自叹自伤，不只是一副绝无仅有的好嗓音，而且也是用一腔血泪来发为宫商韵律，故非等闲可比。

忆鼓王

"落在江湖内,俱是命薄人!"当年的鼓书、相声艺人们在"说话中间"常常忽然插上这么一句。似乎是在人前叹息、感喟,但又毋宁说自语,好像轻云微和蔼,好像琴弦上偶然飘出的一点细微的泛音,随即消失,根本没有敢希望能得到听众们的注意和同情的表示。可是稍微有心的台下人,不难听出,这寥寥十字,诉说着多少辛酸啊!

我是在思念着久已作古的鼓王——刘宝全。他虽然唱到"鼓王"的身份,但仍旧是在"江湖"上流落一生。他已然无法看见艺人们在我们新时代的变化、发展,所受到的尊重、爱护。那十个沉痛的字,永远成为我们怀念追悼老艺人的"史话"了。

幸会得很,我赶上他献艺的年月,正是他年近古稀、炉火纯青,可是又没有被一场大病摧残坏的那几年可宝贵的日子。那恐怕是大约从 1930 年到 1940 年之间,他长期在天津"歌舞楼"演出的时节。

家兄当时住处和歌舞楼相邻,每日两场,必定听鼓王吊嗓两次,照样响遏行云,也从来未见他偷懒马虎过一回。

亡友邹君,江南人,一到天津,便爱上了鼓王的京韵大鼓。他在一个工厂当技师;一次,回到卧室,累得可以,一次躺在大板床上,嘴里却极有味儿地学着鼓王《白帝城》的腔儿:"躺直在了龙床上——叹气——嘻——声——"逗得人忍俊不禁。——谁说这玩意儿只属于北方人呢?

有一个时期,人们最迷他的《大西厢》(后来还灌了一套唱片)。可是据他自己说,却是这样一种意思:《大西厢》,主旨在于唱"小丫鬟"红娘,描摹一个聪明活泼的少女,到"西厢"去请"书呆子张老二"的喜剧经过。这个题目文情,据刘老说,该是归"小姑娘们"(当时台上唱鼓书的,为数最多)来唱才最为合适。"像我这样一个'老大帮子',怎么能唱这个回目呢?"因此,他最少"贴"这一回书。人们见他最不常贴,以为是自己珍重、"轻易不露"的意思,便越想听他这段最"拿手"的"绝活"。"其实,"他说,"我一点这种意思也没有的。"

有人认为这是鼓王的谦抑,不相信那些解释。——"你听听,把《大西厢》都唱活了!还说不是拿手的!"我倒认为,鼓王的话,确是诚恳无伪的。若说"唱活了",哪一段叫他唱,不会"活"起来呢?他唱《大西厢》当然还是精彩无匹的,但终究不能说他最得意之作却是这段半诙谐的玩意儿。他的拿手绝活,还该推《三国》、《水浒》诸段,《马失前蹄、关黄对刀》、《华容道挡曹》、《斩蔡阳、古城相会》、《刘先生托孤白帝城》……那些,才真是"活了"!

可是,在我有限的记忆中,最不能磨灭的印象却是有一回听他的《闹江州·李逵夺鱼》。

前场一段一段地"换"完了"耳音",各个鞠躬而下。华灯增加了亮度,大家舒了一口气,全园已渐活跃,听众的语音构成了一片嗡嗡声,夹杂着笑声、茶壶碰茶杯声,串座的"茶房"推售瓜子零食声……突然,一下子静了下来。

抬头一看,白发鼓王已然从上场门走了出来。精神饱满,满面春风地向"碰头号"答礼。一头白发,可是嘴上剃得干净。笑吟吟得一语不发,从鼓面上,右手拿起鼓剪子,左手拿起歌板,轻轻鼓动。那一支鼓剪子,落在他的鼓上,却发出如此悦耳动人的声响。配上弦子和四胡,一曲"开场板"(照唱"单弦儿"的老词儿的说法,这是"试试弦的高矮,散散前场的声音")轻拢急挑,真如行云流水、花落风飘,如饮醇,不期然已使人醉了。

及至"四弦一声如裂帛",前奏戛然而止。这才是鼓王把黑缎子马褂(这是上台向听众致敬的礼服,他从来没有省事过)脱下来,露出黑坎肩。把一条极大的雪白丝绸手帕搭在鼓架子上。检场的人接过马褂收好,送过来茶杯和唾盂。这时,他开始和台下娓娓而谈了。如不经意,却句句引人入胜,绝不使人有什么"套子"的感觉。

"学徒宝全,"他说,"上来侍候各位老主顾。"唉,六七十岁的人,光着嘴,穿马褂,向"主顾"们卑躬献笑地当"学徒",口口声声是来"侍候您"!我倒还没有听他口里说过"落在江湖内……"——然而,还用他再说吗?

待到话引到正题,语音提高,报出:"这一回学徒报效您一段'大闹江州,李逵夺鱼!'"台下春雷、爆豆也似的一阵掌声——就在掌声方起未落之中,那"小哥俩儿"早已"把丝弦弹了起来",鼓王轻轻地用脚踢拨鼓架的内面两脚(调整鼓面的高低平颇),一面起手用鼓声指挥着"小哥俩儿"的节奏。——这时他敛容整肃,照例要漱口润喉(他从不饮场),如大将临阵,准备全力以赴。

　那真是活了! 他从"李万"、"长千"二位长解押了"好汉黑宋三"奔向江州关唱起,先是弟兄们看见城外精致,"车走吊桥咕噜噜地响,马蹄沙尘红日翻";随后便进入城中,上了"天泰轩",把"烧黄二酒耍了几坛"。话要简短,不久就"唱到热闹中间"了。

　我还是坐在拥挤得"牙牙叉叉"的"园子"里,可是分明身到了江边,眼见了江景。不用说别的,单是一节,就"绝"了:他学起当年木船上扯桅篷的"打号儿"的,"喂喂——嘿,喂喂……"学得像极了,以他那一副嗓子(圆、润、亮、脆),学这种劳动人民自己创造的歌声,简直好到难以形容,而且不只是"学",是更加美化了,是融会贯穿到他的大鼓腔儿里面去了。最妙的是,能寓韵律于变化之中,而又能使变化不越于韵律,忽然似散似缓、似无板眼,实际一起一落、一停一歇,无不应节赴奏。叹"听"止矣! 令人不禁想起前人说柳敬亭说书,能于闲中设色,说到武二郎进酒店,振声一喝,酒瓮皆洞然应声作响;也令人不禁想到《老残游记》中写大明湖上听鼓书一段描绘,才相信那实实不是夸张,出色超群的艺人,实实有此境界;眼前的鼓王,若和那两位老前辈比起来,正不知谁高谁低!

　等唱到黑旋风、浪里白条两位好汉在水中扭打,则又是江涛翻滚,龙争虎斗,紧张精彩,眼花缭乱,令人透不过气来。唱到黑旋风被浪里白条灌水灌得肚饱,又是滑稽突起,令人眉飞色舞,——其中若只是这一点情节,倒也罢了,那就和看看《水浒》无多差别,要紧是好腔层出,出神入化,整个场中,有听众如痴呆、如木雕,忘了鼓掌;有时掌声如惊涛、如骤雨,兔起鹘落,刚一爆发的掌声,总是被下面一个更意外的妙腔给"吓"回去;好腔层出不穷,掌声永远不得不爆发,而又永远不得尽情爆发。

犹如学生最怕怕不过没有"发挥"的老师"照本宣科",听书人最怕怕不过没有"戏"的艺人"照词宣唱",结果是一个:昏昏思睡而已。唱大鼓难在文武双全,生旦净丑,百样声口,喜怒笑骂,无不如见其人。鼓王在台上的身段、面部表情,也是万难学到——那时也有不少学的,大都是学个"骑马式",拉个"单刀架",伸伸胳膊腿之类,相去已不可以道里计。至于他面上的"戏",我看连学也没有敢学的了。

鼓王的绝活,也还不能忘记算入他那两位"驾弦儿的"——本人不只会唱,还是个极高明的弦索能手,弹一手琵琶、好三弦,大鼓书中用四胡伴奏是鼓王和霍连仲的创造,正如梅兰芳同志把四胡运用到京戏旦角唱腔伴奏中去一样。给他弹弦子的——后如王文川,前如白凤岩——都是他一手调理出来的,"托"他的唱,真可说是水乳交融,相得益彰。没有好"弦儿",他万难唱得如此自在;没有鼓王,那样的好手也难施展绝技。听听有些人的丝弦儿,——和唱一样,只是一个套子,流水般不费脑筋地顺推下去,只听一片声响,不辨眉眼。但是听听鼓王的"弦儿"吧,完全不同了。两个人抱着乐器,"如临大敌"一般,如"弹定"之静,却又以脱兔之警;其静时,几乎怕触着丝鼓的"神经末梢";其警处,"得空便入",在唱的小空隙间,用极熟练超妙的手法,极轻、极精、极恰地只拨弄上三五个音节,那样合适!那样对准!收了落腔,圆了神韵,启了下情,使唱得正好又开口!

这才叫"驾弦儿"。也正是这样的驾弦儿才无人因其是驾弦儿而敢轻视,相反的,倒是衷心钦佩,五体投地。这种境界,是那些总想拿弦子的响声把听众震得叫弦子的"好"的人梦也梦不到的。

鼓王往矣！《广陵散》也许还可以重新发现"恢复"；鼓王的绝艺，永远不可再得了！"往者已矣"，没"往"的老艺人还有，不难把他们的绝艺"抓住"，他们的声容笑貌，都非全部记录不可，后起一代的艺人，要想揣摩、创制，岂能不参考这些"无价之宝"呢？

话说梅花调

　　梅花大鼓是鼓书中一绝,不但曲文曲调美,而且音乐美。这种音乐美异于别种鼓书:过门一般是简短而一律,只为托腔"换气"而已;梅花鼓书则不然。一是三弦四胡之外,又加上琵琶、扬琴。二是大过门几乎成了曲牌大合奏,可以"脱离"鼓词而"独立"起来,那真是琴师们开心"用武"之地,可以大展才华,争奇斗胜——曲苑中的特例,无有第二家。

　　梅花调的创造者是满洲八旗高人。最末一位梅花鼓王金万昌,就是满族艺人,辛亥以后满姓多改姓"金"了。就连荀慧生京班里的小生金仲仁,也属此例之一。

　　金老大高个儿,身材魁梧,大下巴,因为"咬字"特别考究,人们就见他大下巴的"动作"格外显著(后来曹宝禄唱八角鼓,似乎略有近似之处)。

　　金老为人大约是风趣的。例如《红楼梦》段子那是"严肃"的,可是一唱《王二姐思夫》,那"逗闪"劲儿就不同了,脸上笑眯眯的,咬字出怪节奏,又用鼓来向丝弦逗趣。《王二姐思夫》的"十针扎"

最精彩了。"……七针扎,七个小星攒北斗。八针扎,八仙过海各把宝贝拿。……"这时每一"扎"都配上民间俗曲的牌子,如《银纽丝》、《莲花落》、《夜夜游》等等不一,那真好听极了!

金老个子太高,站在旧式传统园子的台上,显得蠢天蠢地——他必然意识到这一点,所以总弓着腰,不敢伸直。

有一回特"逗":唱王二姐,十分精彩,台下掌声中他鞠躬下场时,大弯腰——这时掌声彩声益发热烈,他连连行礼后,就弯着腰一直走进后台,活像个大虾米!台下哄堂大笑不止。

这就是我说的,鼓手民艺,台上台下亲切一气,乡土味也特足,何苦把中华的美强拉向西方的洋歌厅派?

金老的传人不多。当年有一个金月笙,缠足,刚兴"剪发"式的半长头发,旗袍。她是纯正的金派唱法,不杂一丝别调。她规规矩矩,台风如闺秀大家,给我印象很深。后来"花派"占先,那样的风格就少了。

梅花调中的花四宝,堪称女中豪杰,她将金派的圆润变为刚健——拐硬弯儿,大顿挫,实在难得得很。

史文秀(艺名花小宝)较为特别,她能运用金、花两派之长,韵味加厚,实为可贵。惜已作古。史文秀对我说:她是"良家女儿",只因与赵小福住近邻,赵发现她嗓音好,劝她学唱,方入了艺界。幼时买一个烧饼当饭,站在园子里唱金老万昌的梅花段子。后来金老注意到她,亲予指授。

史文秀唱过我写的《秋窗风雨夕》。她早年《探晴雯》的录音,极好!我百听不厌,唱得令人感动,几乎可以催泪。

南开负笈忆梅缘

我听梅兰芳先生的戏,又见到他本人,并且得到他的签字,都是我在南开中学读书时的珍贵记忆。

听他的戏,最难忘的是《奇双会》(亦称《贩马记》)。那当然是在中国大戏院了。见到他本人,则是在南开中学的校园中。

那回是他和张彭春到校参观。其时,课外散步之人很少,连同陪他的张先生、王舍监,一共只有七八个人,而我是学生中巧遇者之一。

时当秋高气爽,他身着厚呢西装和外衣,手执一个高级相机。在严范孙楼等处,已拍过了片。这时似将离去,我见几位机灵的同学正赶上去围住,要他签名。我知此缘难得,向同学讨了一张笔记本上的小纸,不顾王舍监的拦阻,硬是"抢"行不退——果然蒙他签了——给这最末一个的请求者。

我那时的"伶俐"不知从哪儿忽然大大生发,心知和他同来的有琴师徐兰沅,素日钦慕,就跑到后面去寻,正好走了个"对碰头"——他身穿黑缎马褂和浅色长袍——当时礼服,文质彬彬。我急切中只好将梅先生的签名之纸翻转过来，请他留名。徐先生用眼瞪了我一下，不发一言，写下了三个芳名行书字。

这件宝迹，我珍藏了多年，却不幸被我福民二兄他家的孩子给撕毁了！我也不好说什么，只有暗自痛惜。

梅先生的《奇双会》，得姜六爷为之搭档饰演褒城县令小生赵宠，真是绝唱，"此曲只应天上有"，今日连这戏也不见"贴出"了，广陵散矣，可叹！

我看梅先生《奇双会》，还有一回是小生宗师程继仙饰赵宠。程已年老，"意思"到了，风流潇洒，不及其令弟子姜先生了，只能说是"炉火纯青"——但当我见他"下乡查旱"刚回来，一上场那"溜边儿"几步走，方知全是学的老师程的"家法"，惟妙惟肖，令人喝彩。

姜先生在《光明日报》发表过文章说："梅王"赴日本演出，这出《奇双会》感动了观众。文中说，当《写状》之前，《哭监》一场，父女相逢之后，梅王从前台下来，满眼含泪，静静坐下歇息——准备就绪，紧接着又要上场……

我总不能忘此情景。

我自己年少时也学过小生这场戏，所以总忘不了梅、姜风采。

后来住北京了，爱买旧书，得到一本东北印的《梅兰芳》，是珍本书了，章回小说体，叙梅先生在长春演戏成名的事迹。说有一个"梅迷"，每次戏散，他在园子后门外站立，敬候梅先生出来，一睹芳颜；这一天，下大雪，他照样立候于园门外，及至散场，梅先生出来一看，他头上堆的积雪已然像"三尺"小"塔"了，不禁令人捧腹大笑。

我四哥祜昌更是崇拜梅艺，他将梅之唱片全部记录成乐谱，也借看过梅戏五线谱全集,尤爱王少卿之二胡为京胡增色,他也特买一把好二胡在我们"家庭戏班"中拉二胡为"专职"。

这些少年情事,今日回首,真是如同"隔世"了,梅、徐、王这些大师,岂复可见比肩者乎?

津门"杂耍"园子忆旧

现今名曰"曲艺"者,乃是改革创新的"雅称",在过去你若跟
"老天津"说这个,没人懂——因为那叫"杂耍"。"杂耍"(耍字"儿
化"读音)是地道的津语。"曲艺"嘛,规格高了,品位尊了,艺人的
身份也大大不同了。

为什么叫"杂耍"?

那"杂"字是不虚下的,真是"传神"之笔。杂耍园子里坐坐,享
受得太丰富了,单就我少年时赶上的来说,就有以下诸般节
目——

鼓书,有京韵、西河、梨花、梅花、奉天(后改辽宁),还有滑稽
大鼓。有河南坠子、荡调,京戏段子清唱、时调。有太平歌词、相声、
双簧。有单弦八角鼓。有踢毽、抖空竹、耍钢叉、耍坛子。有戏法儿。
有五音联弹……

让你听个够,段段精彩,样样神奇。

如果让我"点将",那可真是数不胜数——而且有不少名字已
追忆不清了。只可随我"文路"所及,略举一二。

园子集中在老南市，常到的是天晴、燕东（昇平）、玉壶春。"法租界"则以天祥市场的"小梨园"为一大胜地。这些地方，我都熟悉。

"杂耍园子"风味特殊——天津地方特色最浓郁了，令人倍感亲切——所以至今难忘。若问亲在哪里、切在何处？我不客气地说出心里话吧：老园子是"平等"、"一气"的，台上台下没有"畛域"，是乡亲、熟人、好文武的聚会，互相致意，彼此融合，真得其乐。曲艺改革是把这种民间演艺拉向"高贵化"——高高的台，夺目的灯，不可亲近的"艺术家"，高高在上的派头架势……让你像到了异国的"歌厅"，天津味、乡亲意，淡薄得趋于"净化"了。也就是说，演者与观众之间的距离拉得太大了。这就是"曲艺"与"杂耍"的不同之处。

老天津的园子里，也有"陋习"，改了是对的。"看座的"给熟客留好位子，要"小费"，"手巾把儿"满天飞——两个人相距很远扔来扔去而"万无一失"，是绝技，但很扰人的视听。还有卖糕干的乱串，闹闹哄哄，改掉了是好事。但在"回味"中，那"气氛"又有令人留恋的"成分"。总之，事情是复杂的，简单化的思维与对待，往往连好带坏一齐甩掉，变得十分乏味。

拿唱大鼓来说，老规矩长处不少，听我一说。

我赶上的时代已是"文明杂耍"，不许有下流的书词和表演出现。女演员总是在检场人用铃声一催，绣帘揭处，款步走向鼓架子，轻轻拿起檀板、鼓箭（简）子，琴师拨动了丝弦，一曲"开场板"，行云流水，出神入化——那精熟至极的指法弓法，令人心醉，正在"神观飞越"的音乐调享受之中，忽闻一声鼓板，戛然而住——"此时无声胜有声"，人们方从陶醉中"醒"来——已见那花枝招展的

"鼓姬"(旧时俗词)慢启朱唇,向台下说出一段动耳的"京白"。京白内容有长有短,名角高手随机应变,不拘死套;一般新上台的小姑娘则还不会自己运化,大抵是这么一个模式——

适方才,×××唱了一段(梅花,或其他名目……),唱得实在不错。她唱完了,换上学徒我来给您换换耳音。学徒初学乍练,唱不好——唱得好与不好,诸君多多原谅……

这之后,方报出今日要唱的段子名目——而就在同一片刻,那二弦、四胡已悠然启动,款款奏来……

可是,这一切美好的安排,久为听众欢迎享受的传统,由"曲改"一下子都扫净了——演员都是"哑巴",上台一语不肯发,只一个很"简短""直不棱登"的过门儿,便开口唱鼓词了。早先的那种台上台下亲切"交谈"、"对话",全是"一家人"的气息,完全消灭了。

我至今想不太好:那原先的规制有何"大不妥"? 改了之后,又有何大优点?

更奇的是,单弦八角鼓,京白夹叙夹唱,报告曲牌的变换名目,是"说唱"的最大特色——也一概"免"了! 累得那演员满头大汗,气力不加——而听者只闻一片"眉毛胡子一把抓",什么节奏抑扬顿挫都"天上有"了。

买灯记

上元灯节，似乎以北宋东京为最盛，书上记载也多。那时代灯夕之欢要经历数日：从正月十三起即张灯结彩，名为"试灯日"。平常到十六为"收灯日"，但人们逢此佳节，乐趣倍增，三天还觉雅兴未尽，就将节日延长至十七、十八这才收灯。"残灯末会"了，人们怀着惆怅的心情，依依不舍地和花灯月夜告别——直须等到明年，方能再度享受这种诗怀仙境。

说也奇怪：闹元宵的特别的乐趣当然是热闹繁华，可是也另有一种特别的境界，只有很少数的人才得领略其况味——让我引一下东坡居士的故事：有一回上元夜，他偏偏独个儿走往承天寺去，他为此写下了一篇游记。其中有几句话，使我由少年初读直到如今，总不能忘却，总觉另有滋味。

承天寺并非灯火热闹的去处，东坡看时，只见青灯佛火略有幽辉而已，然而正是在这种光照之中，却看到那殿壁的景象：画僧踽踽欲动。

著者手提花灯。

好一个踽踽欲动,那简直是活了!

如今且问:画僧之欲动,原因何在?是烛光佛火之焰气微微动摇?是壁画名手所绘之僧人本来即有气韵生动之势?——还是东坡在此夕此处、此际此境中的特殊感受,使他眼神儿不禁自己灵动起来了?……你可想得好?说得对?

这就是一种艺术感受力所特有独享的境界——记住这"境界"二字联词。

提到灯宵境界,那繁灯似锦,万民如绣,是一境界;孤灯照壁,独慕幽栖,是另一境界。还有小时候我一个人守着一个走马灯,即是此境的良例佳综。走马灯什么样?我年幼是村童,无从见到高档次的大号走马灯,只见过村民心灵手巧者所制的小型者:那是用玉蜀黍秆儿"建筑"的一座小戏台,一座小楼上有花脊,下有雕栏,当中有门窗式纸字帘幕。当中心只点上一支红蜡,更映出了一队队英雄、美人……我目不转睛地瞪着,看得入了神,入了迷。

这座精美的小戏台,内藏明烛,纸壁上映一武将,肩插军旗,头分雉尾,挺枪跃马,向前追赶……也有姗姗美女,缓缓前行。这些人转起来,周而复始,小孩子却总看不厌,而且心中选定了最爱看的,盼着他又"来"了!格外高兴。

可惜,我总未有重见走马灯的福分和乐趣。在京,一次鼓楼办灯会,听说有走马灯,大喜!赶去一看,原来是一个圆盘上明摆着四个绢人儿,通了电,在那儿转,有个什么意味?愧不能领略这种"洋化民俗"的妙处何在。

提起灯,还有一点也很觉奇怪:多年所见,一色是扁圆形,好比像个肥满的倭瓜似的,只下面加上穗子,那叫"流苏"(音转也叫

"络索"了），也成了"千篇一律"。当初并非如此单一乏味，因为那些灯框式造型都各个不同，有丰富的审美享受，如果一万个灯都一般无二，那么"逛花灯"的千千万万人们，只要守着一个灯就够了，"逛"又何必了呢？

昔年，四兄祜昌也最喜花灯。一次发现劝业场一家店铺里竟有成套宫灯，六面所绘皆是《红楼梦》故事，大喜！但因为小职员，买不起一整套，只能挑两个，算一对，他选上了一个画着两个人抬着一盆海棠，旁有一人随行——"这是探春起社，贾芸送白海棠，故取名为海棠之诗社呀！"我们真乐得合不拢嘴……后来大年夜悬在父亲的客厅里，也在上元夜移在"同立木号"的临街铺面的厦檐上。"过会"的高跷到了，一定要在这一对红楼灯下尽兴表演一番。

我对这种百姓自发自创的民间文化活动，永难忘记——尽管那些工艺珍品、民族乐器、二三百年积累，都已随浩劫而化为云痕梦迹了。

以后，过年了，清贫困顿之时，也还是对家人说："我什么也不要，只要一盏灯，就有年味了。"——这灯直挂到元宵灯夕。

"每逢佳节倍思灯。"

劝业商场忆旧年

阔别津门劝业场屈指算来已经五十二年了。我从 1952 年之春跨越秦岭入蜀之后，就再也没有机会去看看这处旧游之地，今日的新劝业场已然变成什么样了？我无法想象；而我所熟悉的那所老劝业场，今天的天津卫人士恐怕也和我一样"无法想象"。

我逛劝业场时还是个初中学生，到高中时去的机会较多，却是沾了四哥祜昌的光。当时，劝业场所属地是法租界，梨栈大街的一个大十字路口，就是天津最繁华的商业聚集点，它占了十字路口的一个角，而四哥恰好也占了一个角——这话怎讲？原来，他在浙江兴业银行做了一名小小的职员，正和劝业场斜对角。我在南开中学时，每逢周末照例要与四哥相聚。银行的宿舍很高级，我可以住在他屋里，星期日这一天，我们可以到各处去游玩散心，而最近的这处劝业场几步便到，于是它就成了我们最常光顾的好地方，那些百般的商店都不想去看，上了楼就直奔旧书店，我俩和书店的老板已然相当熟识了，可以问他有无某书某帖，若遇到了留给我们。有一次，四哥高兴异常，因为他发现了一部《聊斋志异》。

这部《聊斋志异》并非什么善本珍版，可是打开一看，每一个故事都有一幅插图，绘者是钱慧安①。我们哥儿俩是"钱慧安迷"，年轻时学画，从画谱中偶得钱绘二三幅便如获珍宝；可这个《聊斋志异》里却出现了这么多的插图，我们的惊喜还用多说吗……四哥当时就说："此旧书店里各样版本的《聊斋志异》我都见过，这部带有钱慧安的宝绘却从未入目，也没听人说过。"我问店里老板："常见这样的版本吗？"他答："没有。"我们便更加自信自幸，认为确实得了一件宝物。真的，我们此后未曾再遇到过同样的"钱绘聊斋本"。又一次，忽然看到了一扇画屏，好像是由方圆扇面形的小画幅装裱而成的一张大画屏。细一看时，全是红楼人物，画得非常精细，胜过我们在画幅中所见的那些作品。我们这一喜可真是有点"若狂"了！我们蹲在屏前看了又看，不忍离去，心里都在计算这太值钱了，我们是不敢梦想可以到手的宝物，所以连个价钱也没敢张口一问，抱着惆怅难言的心情离开了画屏。此刻为文提到它，不知落于谁手，至今完好无恙否？又一次，四哥从那旧书店得到一册《老残游记二集》，是良友图书公司出版的软精装袖珍本，十分可喜。我们本来很爱读《老残游记》，还总想能买到续集，却不知道有这个《老残游记二集》。哥儿俩读了之后又都着了迷，这个《老残游记二集》真可称为天下又一奇书，部头不大而内容太神奇了，写的是一位出了家的奇女子和一位少年公子相识之后，两人对面开

---

① 钱慧安，字吉生，号清溪樵子、双照楼主。画风高雅，一种清秀之气扑人眉宇，别家所难企及。早期参与津门杨柳青年画创作，多有佳品。后居沪上，名重一时。专家评论他实为大画家顾恺之流派的一位最后的传人。双照楼主似用杜甫诗鄜州中秋之名句。近闻上海豫园将举办钱慧安专题画展，惜不能专程前往一赏，温我少年艺业之梦。

诚布公、推心置腹讨论男女之间的感情问题 (当时还不使用什么"爱情"的词句)，此处不细说，因已离题太远，我只想表明一句：《老残游记》作者刘铁云自叙中已然表明，他才是曹雪芹的真正知音 (破译了"千红一窟"、"万艳同杯"的真意)。所以他写这位奇女子完完全全是受曹雪芹的影响，引发拓展而来的，其中对话的文词之美、境界之高真是令人赞叹不已，我那时简直就是崇拜得如神圣一般了。

关于这些旧书烂帖的故事还有很多，不宜罗列。只有一次我在三义庄、小白楼一带一间旧货店里，无意中遇到了一部刊本《全唐诗》，书品很旧了，本头很小，好几十套蓝布旧书函都已破裂凌乱，书却完整，卖者不知它的价值，我以极贱的代价购得了，用洋车装满了一车拉回寓所，欢喜无限。可惜后来因为太穷，又把这部《全唐诗》卖给了劝业场书店，所得售价也很微薄，这是 1947 年上半年的事情。我为何特提此事？因为这年的下半年我就回到了燕京校园，返校不久，就开始了《红楼梦》、曹雪芹的全面研究，而《全唐诗》原刊本正是曹雪芹祖父曹寅在江南一手编成刻成的宝物，我却把它卖掉了，真是后悔莫及！

以上讲的都是书呆子的种种事态。如今换一个主题另讲一事——可能令你大吃一惊，什么事呢？就是我将要离乡入蜀的那时候，我和一位朋友因事偶过劝业场，他热情地拉我进去看看，我就随他重逛这处有我不少足迹的地方。走到某层一个橱窗那里，我站住了，觉得特别熟悉，我没有在这里买过东西呀？然后忽然醒悟，脑中涌现出了一件谁也想不到的往事：若干年前，这个门脸是一家相面的命馆，那一天不知由于何故，我独自来到这里(四哥忙于一件事未曾同来)，相面馆题有词句非常风雅，我动了灵机，口袋里还有一点儿钱，我不知勇气从何而来，大步迈进去求他给我相一相如何？那位先生坐在我对面细细打量了一番，然后说出这样一句："尊兄面如处女，日后必不可量。预卜您二十五岁时大名就见于报刊。"我听了这话有点不知所措，不会回言，还望着他希望多听两句，以满足我求知问欲的心理。但他不再多言，却说："把手伸给我看一看，可以更细地推断您一生的吉凶祸福。"我正要伸手，见玻璃板下有：相命一圆，相手一圆。这不是白看我的手，要用他的精心安排拉我进入再一层的安排布局。我有点明白了，况且穷学生口袋本没有几多闲钱，便起身告辞说："因事忙改日再来。"我匆匆离开了这处相面馆，如同从一个圈套里逃出一般，说真的，那时一个大孩子就像经历了一场什么惊险事件那样，心里还在跳个不停。

　　请别见笑，我生性到底迷信还是不迷信，至今我自己也还说不太清。那位算命先生的话灵验不灵验，我一直没有考核过，我二十五岁是哪一年？那年我有了什么重大的表现能在报纸上见了我的"芳名"？至今都没弄清，可这句话这么多年了我却还记得，一字不差。您说我是不迷信吗？好了，这不要紧，相信若由有兴致的好心人，总会对我的平生加以推考，那时，相命的灵验不灵验就会水落与石出了吧。

胡琴铺——雅韵斋

　　我没赶上过庚子国变以前的事,所谓老天津,实在不足以言"老",已都是拆城修成"马路"的情景了。马路东西南北四条,我最熟的是东马路,北马路次之。但对北门外北大关以及那条长街,却印象深刻。

　　这是何故?因为我们弟兄都是戏迷、大鼓迷,喜欢吹拉弹唱,"无所不为"。这样,我们要有乐器,要寻手艺高明的胡琴铺子——如今叫什么"民族乐器厂"了吧?

　　我们最熟的,亦即还能记忆的,有两家,一家叫雅韵斋。三哥的珍惜不离手的好胡琴,皆是他家制作。这两把胡琴都是蛇皮筒,上等湘妃竹担子。其音宽、亮、清、脆,四美具备,一入手,发音动耳,凡听过的无不称赏——真不愧"雅韵"二字之牌号也。

　　后来,因我寻购好月琴,正好二哥也是个月琴特赏者,他少年时"学生意"路过胡琴铺(也叫弦子铺),痴望着窗内摆的月琴,必驻足不忍离去。于是为我的琴迷,便到处去寻找。不知以何因缘,他在北门外大街寻着了一家,铺主姓尤,熟识了即称之为"老尤"。

老尤为人能干、和气，也不太市侩气，嘴头很甜，但不俗，惹人喜欢——也就是会做生意、领徒操作的好手。

多年的品位，老尤铺子所制，材料精良，手艺扎实，式样美观，足以列为上品。但我们买他的，以月琴、大弦子、二胡等为多，胡琴只取过一把蟒皮的，音质不错，但觉宽亮不及雅韵斋。这也许是蟒皮蛇皮之异，尚不敢论定。

老尤自言："我们在本地不大争市面，除老顾主，知者不多，因为我们不是零卖的路子，是每年成批地对关东的买主，那边我们牌子硬，受销，所以生意挺好。"

我们买的，皆是定做，不要一般现成的粗品。老尤很尽心特制。

有一回，定做了一把大弦子，好蟒皮，金丝楠担子，乌木垫板，黄杨轴，工艺精良，音色也美。月琴就不止一个了。我们选的是出音特别"空灵"的，愈远听令人心醉。

这些良器，在我出生的老宅（春晖里）的南屋一面墙上，排满了挂起来，各式各样，蔚为大观，好看极了。中华的乐器，其形制、其音色、其演奏姿势……无不美得很，迷人得很。

我随二哥到过老尤店铺，今日却想不起它叫什么斋了，只记得铺不小，院里晾晒着各色好木料。门口则悬一"市招"——凡我们传统乐器店，门上必高悬一个青白两色布做的招子（俗云幌子），其形则是一面琵琶。这个文化传统很久远了，大约唐代已是如此。我喜爱得很，做了一首专咏琵琶招子的七律，以为古今未见别人做过此题，特有风味。我写给了张伯驹先生，他很高兴，立即和韵一首。此二诗可贵，然而我一生不留底稿，今无副本（盖皆随手写，随时寄出，不当回事）。今日思之，实在可惜。

不但此也，我出生的老宅，已被拆除；那成排的精选积惜的好乐器，也早随浩劫俱尽。有一把通身紫檀的小南弦，是三哥为我买的，爱如珍宝，至今念之。我们也有法鼓铙钹，全部被抄走。文化艺术，积累不易，毁坏却是一朝罄尽的。

中山路——大经路

　　天津卫过去没有很宽敞的街道,例如"古文化街"未建以前的宫南、宫北大街,名虽曰"大",其实窄小狭隘得很。你走过这条街的时候,如果平伸两臂,大约左右都要挨上街两边店铺的门脸儿。如果你要问:"那么,哪条街才是天津最宽的街道呢?"我会毫不犹豫地说:"河北大经路。"

　　啊?什么大经路,哪有这个街名字?

　　年轻人是这么说话的,上了年纪的人就会向他解释:大经路,就是中山路。

　　惭愧!我算是天津人,但很晚方知"大经"改为"中山"之事。于是就想:这个"中山",由何而来的呢?"大经"不是很好吗?改了"中山",那"天纬"、"地纬"等横道,又往哪儿去"挂"呢?……一时想不太好,姑且还说"大经路"吧。

　　我是"海下"人,自从十多岁考上中学,到市里负笈读书,就只知道"河北大经路"——也从未敢离开它往别处乱走。大经路从金钢桥的南端,一直往北延伸,不但笔直,而且宽阔平坦,走在这里,总觉得胸怀开拓，步子迈得舒展而健快。

昔时的大经路，南端是金钢桥——北端呢？我记忆中，这个"端"并不明确，甚至十多岁时把正在修筑的宁园视为"北端"了。这条大街，其实在津市来说，属于最不"繁华"、"兴盛"的地区。找不到哪一点可以构成特色和吸引力。然而对于少年时的我来说，它最可喜，也最可留恋。这条街，不但中央车道宽阔，两侧人行道也是舒展的。两旁商店、街道，都是老平房、小门脸儿，连一个两层（木结构）老式小楼也没有——那是宋、辽、金、元时代商店的典型建筑。可以证明这是很晚才开发的。书店，则是我最常"光顾的去处"。

大经路上车马不多，平静而不喧嚣；只有时有外乡来卖胡琴的走过，给你耳边送来令人心醉的乐音——他穿的是"半截大褂"和"布袜青鞋"，肩上背一个"褡裢"，插着几把胡琴，他自己手中一把，边走边拉，从容不迫，那乐音非常清脆悠扬，就是一名高手琴师，引你萌动也买一把来拉拉的愿望。而其实，那种胡琴都是很低档的"行货"，所以价贱，不过，到了你手里，你就拉不出那么美妙悦耳的声音来了。

路名"大经"，经者何义？这须看到：此路的走向是纵的，而其两侧的许多横的"支道"，则以"纬"为名，如"天纬路"、"地纬路"等，是以《千字文》的字句来排次的。于是"经"、"纬"之交叉整合就当下明白了，这是源于我们自古纺织布帛之专用名词，竖线为"经"，横线为"纬"，后来则借用于其他许多领域，如地球上不是就有经度、纬度吗？自从"大经"改为"中山"之后，经纬之文化历史关系可就闹不清了。

有一次，我"冒险"走新路，即从大经路的东侧，穿行众多纬路,而由南往北返校(觉民中学),见其地坑坑洼洼,水泽难走。这就是接近河东老地区了。西侧,我想定与东边不同,可惜我只到过两处:一是曹家园子,二是乐仁堂乐家的鹿苑。曹园者,据说是曹锟大总统的园子,其中只见垂柳成林、翠丝委地,偶然露出朱漆曲栏,知是小桥。这种风光,让我流连忘返,至今还觉境界不凡。鹿苑则有一段佳话奇缘,我向乐家主人写信,请他送我一只小鹿……其事我有专文记在《天地人我》书中,今不赘述。

从天津地势来观察,这条大经路是一条重要的交通命脉。往北直达京师,往东遥通海口而连接关东(即东北三省),它的修筑成型不是偶然的。而在另一意义上又是东马路、北马路的最繁华街道的衔接延伸,沟通了海河流到此处的南北两岸,真是何等之可喜可念。大经路如今怎么样了?我已无法想象。津中来人,说是:高楼林立了,早非昔时的"补陋"之光景了……不禁又喜又觉惆怅——少年时的故乡故地,随着时代而迈进,不会因为我的留恋而保留其"本来面目"的。

诗曰:

经纵纬横织锦工,金梁高跨海向东。

津城远瞩高瞻处,宫阙京华一脉通。

太平乐事·上元灯

熟悉我的朋友,知我是个戏迷、诗迷、民俗迷、大鼓书迷……只还不大知我更是个花灯迷。

老作家施蛰存有一部书题曰《上元灯》,我少时一见书名,便觉无限欢欣,吟味不已。后来研"红",又获见曹雪芹祖父曹楝亭先生所撰《太平乐事》,此乃以上元佳节"放灯"、"出会"为专题的一部剧(曲)本,又不禁庆幸:古今虽隔,情性可通——重要一点,我更深信:只有身在太平盛世,方能感受上元灯火的美妙况味与深刻意义。

何谓"上元"? 梅花大鼓圣手金老万昌的"拿手活"《黛玉葬花》,头一句就是"孟春和风庆上元"。只因我们中华古历法传统上有一年三元之节:正月十五为上元,七月十五为中元,腊月十五为下元。正月十五,民间叫灯节,即元宵佳节了——诗人词客,则用雅称"元夜"、"元夕"。

中华之民,自古每逢此夕,真是彻夜腾欢,"金吾不禁"。

什么又是"金吾不禁"? 原来古都城是有夜禁而不准通行的,

那守卫皇城的军士叫作"执金吾"。金吾者,是一种棍棒形兵器之名,"吾"要读为"衙"音。执金吾的卫士不再拦行人了,故谓之"放夜"。概元宵佳节,特许万人同乐,夜晚观灯,此又"放灯"的放字之由来了。

这一夜,家家户户都要悬挂彩灯;灯之形制,那真是新雅精致,争奇斗胜。旧时商家店铺,尤重灯宵,他们各有一套上等的花灯,届时展示,获得游人聚赏,指点灯上所绘故事,那是一种特有的节日光华,开春吉光。

元宵,开年首次月圆放彩,但因是初春日寒夜,不免冷月无温——于是聪慧无俦的中华之民,就想出了妙策,点燃上万盏春灯,这不仅仅是"灯月交辉"的景色之事,更蕴含着一层深厚的民族生活哲学意识:天工人巧,人天合一,阴阳交泰,万象回春——预卜物阜年丰,风调雨顺。

天上一轮皓月,地上万盏花灯:由人的智慧灵感而创造出整个人间的一片诗境!说诗境还不够好——我总是叫那元夜风光为"仙境"!

因为"金吾"的"放夜",也引起了古代家庭妇女的特殊"放假"自由。这一夜,久居于深闺的女儿们,可以上街看灯了——看灯,也看人:女看男,男看女!那时不像现代这么"开明",那是男女难得对面的。这夜的妇女例穿雅素衣裳,这正是民族民俗高级文化审美的"规定":因假若此夜也还是穿红挂绿,厚粉浓脂,那就破坏了灯月交辉的境界,而变得"俗艳"可嗤了。

这夜,也会有令人感动的诗情画意发生——

去年元夜时,花市灯如昼。月上柳梢头,人约黄昏后。

今年月夜时,月与灯依旧。不见去年人,泪湿春衫袖。

多么美丽的"故事"(其实只有几句话对比,本无"故事")却读去令人陪那词人而泪下。

东风夜放花千树,更吹落,星如雨。宝马雕车香满路。凤箫声动,玉壶光转,一夜鱼龙舞。　　蛾儿雪柳黄金缕。笑语盈盈暗香去。众里寻他千百度——蓦然回首,那人却在灯火阑珊处。

寻他,寻他,由热闹直到月坠灯残,已然无望了——可不然!一回眸处,那人也如我一般,不曾离去,伫立于灯火殆尽之幽处!

是知我寻他吗?是他也曾是彻夜寻我?⋯⋯两处目光一对,倏然如电掣,如月永流,灵体震撼——这千金万金的一瞬息,一刹那!

元宵是美丽的,美好的,美妙的。真正的好元夜、好情怀只能发生在太平盛世。

我确是个花灯迷——中华民俗迷。我在《范成大诗选》、《千秋一寸心》等书中,所选元夕诗词特多。这是我的"偏好",我承认不讳。这些诗篇,此处不便尽列。

今年元宵故乡传来要有万盏花灯闹元宵的佳讯,真是高兴极了!少小时的欢乐遗痕,涌现在眼前心上。幸福的乡亲,你们生逢盛世,太平乐事上元灯,尽情地享受和感受吧。

民俗是个民间老百姓自发的、自己选择、自己创造的美好境界,因而有其独特的历史传统和民族个性,当然也包括地区特点特色。这是不可以都借口"现代化"而乱来的。比如，花灯之绝妙诗境、仙境，绝不是光的"亮度"——说"月明如昼"，说"花市灯如昼"，是修辞格，打比方，艺术夸张。若真是"昼"，就什么灯趣也无了。灯之真趣妙境，正在它于夜中点染出万点"星"辉，那烛光从灯内"透"出一种迷人的光亮，而且微微闪烁不定，动摇着你的心灵思绪、精神向往——假令都变成了"一千度的电灯泡"，那么中华的上元灯，也就变成了西洋最大的繁华都市的夜景，也就与"正月十五逛灯节"全不是一回事了。

逛花灯，与"闹元宵"紧紧相连，不可分割——那"闹"者何？即"花灯社火"的社火，即民间的"出会"、"过会"。《太平乐事》写得最好。但已不及备述，只可另谋专篇了。

津门小吃

小时候还赶上一点儿津门老字号的气味,那些如在目前的情景现时说与人听,竟像讲"古迹"一般了。

我有怪脾气,怕赴大宴席,去过的几处大酒楼饭庄,觉得他们的东西摆样的多,中吃的少。于是尽想当年的一些市井小食,真有绝品。我试举一二,聊作豹斑。

第一要举黄叶村的烧饼。

黄叶村在哪儿?这西沽旧有黄叶村之别名,是两回事。老天津卫,没改建的老南市,风貌独特。有一处,迎面看见一座灰砖小楼,是个圆拐角,上面悬着长春堂"八卦丹"的广告牌:一个长须道人手捧八卦。此堂还有避瘟散,皆极流行之常备药。由长春堂的圆拐角左右分为两路:往左,较冷清;往右走,则是商店聚集的热闹去处——华楼街。街上没有洋楼大厦,一色传统门脸儿。有一个小烧饼铺,牌匾三字:黄叶村。那店铺名字,初见时使我暗自称奇,心说天津还真有高人,一个烧饼铺,竟然取出这么清雅的"诗意字号"来!

这小铺面也与别的烧饼店不同,十分干净,一点儿"油脂麻火"气也没有。看那烧饼,一色娇黄,而不是焦黄,面是雪点儿白,瓤层儿细,入口爽香,不禁叹为"尝止"。

黄叶村的烧饼计分两种:一即上述的"普通型"的,另一种是酥而不脆的"淡甜型",比点心还好吃。提起这,还有一段故事:一次,给父亲买了这后一种"淡甜型"的,给他老人家当点心,某日和他一样有"养菊癖"且极有奇观的"菊友"——裕丰和布铺的掌柜李锦堂来串门儿,就款待了他一个。他吃了,一声不响,告辞回去后,"撒开人马"搜寻此种"绝饼",把一个天津搜遍了,也没买着。失望和无奈之下,来打听,那烧饼是从哪儿买的? 如此这般……这事在我们家传为谈资与"佳话"。

且说这黄叶村的烧饼如此迷人,倒是怎么发现的呢? 说来话长。那时我上南开高中,因母亲特喜戏曲,尤爱刘宝全、白云鹏诸大师的鼓书,二家兄祚昌字福民者,在宫北敦昌银号供职,就接母亲来市里,住在南市福安旅馆,它离"燕乐"等"杂耍园子"极近便,连白云老带着女弟子方红霞姊妹也就住这儿。夜场散了,有时竟是与白云老等同时步行回到旅馆二层小木楼的宿处。白天还可以看见将要上台踢毽子的小姑娘在院里练艺,真是有趣得很。

为了省钱,不能一日三餐去"下馆子",于是自出妙招:用煤油炉炼得稠香的小米粥,买烧饼,不远还卖熟野鸭,只七角钱一只,很大,浑身是喷香的瘦肉——这三样当饭,真比什么山珍海味都吃得快活舒服。这样,在烧饼上,是二哥"发现"的黄叶村! 以后每提起来,他总是得意极了。

二哥这种"偶然发现"不止一端,给我印象深的还有一处"小蒸食",堪称绝品。记得它似在北门里,并无门市。据说都是熟人老主顾才知道，每日做的供不应求，本不外卖。那面不知什么法儿弄得异样清香。小细模子扣成各式花样形状，面分几色：水红、淡黄……看着就新鲜可爱。每色都是不同的馅儿，有枣泥、山楂……胜过当时名点"一品香"十倍！那才叫好吃。因为也说不上个牌匾字号来，无以名之，我们只叫它"小蒸食"。

蒸食是一种专门学问技艺，好的比点心好吃，与一般家常面食不同味。北京的蒸食有专铺，门面细雕砖花围成，高层石台阶，里面一色红漆特型装修陈设，极富特色。但可惜凡略带特色的店铺传统，一个个地都被消灭，变成了十分乏味的一般"现代"装饰的服装店什么的等之类了。

那时候，当然也不会有塑料袋、绳。凡干果鲜货，包装送礼，都是"蒲包儿"，即蒲草编的软篓儿，装好了，上铺红绿纸长方形店签，然后用"麻茎子"捆扎好，以便提携（津语"提搂着"）。如东门里"老郑记"的糖炒栗子即如此。麻茎子又是什么？是麻的纤维丝缕做的绳儿，都是要染成红色的。如今年轻人听了一定"目瞪口呆"吧？

点心呢？用盒装，但早先，都是木盒子，木板不是极薄，因为盖子要能插进四壁板上的"沟槽"里去。以后才有马口铁皮盒子。到用纸盒，那真是"每况愈下"了。

提起"老郑记"的糖炒栗子，我想"老天津"们一定还能记得，那真有点"他人百计效之，终不可及"的意思。我小时候，每逢过新年时，常听老母诸兄谈笑中戏效上辈亲友的声口来说老话、唱乡谚，十分有趣。那些歌谣中有些是使小孩子容易留下深刻印象的，"数落吃"的更不例外。记得有一句是："卢长顺的大丝糕"，至今未忘。

老天津的点心、蒸食、烧饼、馃子,都质高味美。还有津式糕干,戏园茶楼托着卖。至于南糖的用料、制作、品类,其质之高,说与今时人,总难"体会",也许还会认为讲这话的是"怀古"、"夸张"吧?

天津一地,在制作食品方面有特艺专长的类似的字号、人物,真不胜枚举,只是日久年深,多数无人能详了。

城·红楼茶社·三毛

天津的食品街，出了大名。我这个从北京回到"故乡做客"的人，自然也是想去一开眼界的——"口界"倒是实居次位。到了那里举目一观，方知完全不是什么未见时所想象的老南市那样的"街"，却原来是一座巍峨壮观的城。这座城，城门上丽谯高耸，门两旁石狮雄踞。心中暗暗喝彩，到底是咱们天津，办点事儿够个气势，是有高人。但随之即又私下忖度：明明一座好个可观的城，为什么不取名叫作"食品城"，却只叫它作"街"？难道"街"比城倒壮观，倒叫得响亮？思之不得其解，闷闷在心而已。

我见了这座城，心里是高兴的，因为也曾走过不少"名城"，都未见那城何在。"进城"这样的话，人们嘴里还颇为流行，可"进"的是无城之城——报刊上不是还总有"城市建设"如何如何的大标题吗？可是"城"往哪儿去了呢？时常自思自问的，也弄不清楚。又想，咱天津卫原来也有城呢，大概是闹庚子的时候拆了，后来才有了围"城"转的"白牌电车"。我总想"看看"咱天津的城什么样儿。后来竟在日本人刻印的《唐土名胜图会》中找到了它，不禁大喜！

——您大约已经明白，为何我一见食品城，就意外地惊喜起来了。

城内只是个十字街，一点儿曲折掩映之致也没有。一个民族味的招牌幌子也看不见。心中又叹道：民族文化、中华风味，为何就如此的为人不喜欢，弃如敝屣？昔时那商店的"门脸儿"，简直处处家家是个独特的艺术杰作，真是美极了。现今洋玩意儿，你看着它就那么"顺眼"？心里更是纳闷得很。

"十字街"转了转——这话原不太通，你想，既是十字，怎么能"转"呢？确实这语言"有问题"，只好改成逛了逛。四门俱到之后，我出一门，想围城转转——这叫"转"字可用对了，心里又十分得意。

不转犹可，一转时，却看见一家店铺，门楣上大书"红楼茶社"四字！我这一惊，非同小可。不客气，连忙举步就往里走。一进去，迎面一照，又是一惊！原来一匾高悬，上面四个大字，竟是在下所书。

我忽然想起来了，有一天，津门张仲同志来访，说是咱们天津开办了一个红楼茶社，有名画家建议，找我写块匾才对景，偏那天我也高兴，立刻动了毛笔（这是不常有的事），"当场挥洒"，交与他带走了。——事已数年，今日忽入眼帘，"似曾相识"，觉得着实有趣。

这是卖茶叶的柜台，"看头"不大。于是我踱入左边的隔扇门。啊！这方是茶座。好精致的茶馆，一色硬木桌椅，悬着宫灯，又有屏风，隔扇隔断着后间"内部"。我看那隔扇框内贴的工笔彩绘的红楼人物仕女，风格甚高。说真的，这类画见得太多了，真能人赏的，实在寥寥。我对着这些幅佳画，心里十分喜悦，暗说，到底是天津！在别处还没见这样合意的红楼画。我也有点累了，正想坐下，享一享这个雅致茶社的红楼意味,忽觉桌椅是空空的,有的还垒起来,样子是不卖座,我很觉奇怪。

这时,从隔扇屏后转出了一位负责的同志,客气地接待我。

我就把方才的感觉与疑问,说与了他。这位同志文质彬彬地回答我的提问。我得知,他们是杭州人来此营业的,开办了一段时间。我又问:"早听说还有古装打扮的'红楼女服务员',今何无缘一见。为什么不办了?"答曰:"很难。来的座儿本不多,座客文雅的更少。有些是现代青年,对这个'境界'完全不具有文化感情,他们不好生品茶赏艺,一时胡言乱语,一时挥霍蹦跳,把熏人的臭脚跷起来搭在桌上。硬木珍贵家具,不知爱赏,乱折腾……"大约还有不像样子的"活动",那同志没好意思对我尽情倾吐,另外不乏出丑之态。

因此种种,茶馆不好开,暂时停了——希望还能重张再展,届时欢迎我来。

我听了,默然无语,想不出得体的话来安慰那办社的同志。叹了几口气,与他作别告辞而出。

转眼又是三年过去,没得机会重访,心里却总忘不了那个美好的有意味的地方。有时我料想它大约早已关闭了,真是可惜!但愿我料得不准。

天津能开出一个红楼茶社,是个有独特性代表性的文化生活现象,别处没有,值得自豪,值得珍惜!可是它的命运不佳,我心中无限地惆怅叹惋。

要说凭咱天津偌大宝地,养不住一个茶社,这话必不科学,那么问题何在呢?难道"红楼"二字不能吸引人吗?怕也不然。其中有何缘故与奥妙,便非书生之辈所能通晓了。然而求知之欲甚盛,还不断寻找解答。

最近看津门报纸，见有文章大书曰：曲艺已处于困境。曲艺界的工作者，正在为此苦恼，正在不断折腾"创新"。于是，我从这儿获得了"启发"。是呀，鼓书"杂耍儿"，今称曲艺者，那从来是天津的文化瑰宝、天津人的审美毓灵的境地、天津地方的骄傲，它都"困境"了？！难信，难信——可又是事实。那么，曲艺风流都"困境"了，你红楼茶社又算老几？办茶社的和我访茶社的两类傻瓜的无声慨叹，不是正好可为"时兴"的洋玩意儿、半洋玩意儿提供大发一笑的可怜的嘲讽资料吗？

近几年来报刊上早就提出了"文化断层"的问题了。有人很不以为然，说是那不对，根本没有断层。断层，有没有？我又闹它不清。后来又看见某种文件，呼吁重视"教育断层"、"师资断层"了。看来，不但地壳常闹断层灾难，就是脑壳也同病相怜了。

我忽然福至心灵，自家觉得机灵了一大块，居然悟出一番道理：茶社的暂停，曲艺的困境，还有等等之类，莫非就与"断层"有关？

目今，人人知道中华文化之弘扬是一大课题了。中华文化在哪儿？它什么模样？怎么一个弘扬法？这些先决问题，倒还很模糊。那进行弘扬工作，如何防范偏门歧路，有何困难阻挠，什么样的问题亟待逐步切实解决？似乎同样模糊。

什么叫"断层"？"断层"究竟有没有？由专家们去讨论，为的是咱们普通人不宜多说外行话。天津曲艺为了"生存"和"生活"，如何折腾得能够"新"到像红得发紫的"歌星"们扭着身躯拿着"唱筒"那样，以"争一席之地"，我是心头惴惴——迟早有那一天吧？我也是只能杞忧而已，谁管得了呢？但我还有一点奢望：等到茶社由"暂停"升级到"永闭"之时，我写的那块匾请张仲同志替我用劈柴换下来,也算得是日后的一件"文物"吧?

忽又想起,台湾女作家三毛生前有一次到北京来,报上对此作了一小点描叙:采访者见她疲劳不堪,以为当然是聚会、游览各种活动太多,把她累坏了。谁知一点不是这么回事。她连故宫、长城这些必到之地都顾不上去,一头扎进了琉璃厂的古旧书店,再也"出不来"了!这位女士,在五十多个国家漂泊了二十九年,在台湾定居下来,只有几年的光景,已很有文名传播四方了,但是却无从求获她所酷爱的中国古书。好容易来到北京,这可真如旱苗喜沐甘霖一般,就不想离开了。她一共买了多少书?都是什么?我们自然不得而知,只听说她特别提到有《红楼梦》线装古本四种。问她时,她说很多读者投函赞赏她的"现代笔调",殊不知这个笔调的"功底"是古代文学!她说,没有中国古代文化的熏陶,那是写不出什么能吸引人、有价值的东西的,她半生读《红楼梦》,不知多少遍,不能真懂,只觉每读必有新感受。这就是到了北京"累坏了"的真情实况。以后她依依不舍地离开了北京——她听了北京人的语音语调,像是美妙的音符进入耳窍,灌入心田,她说文人而不到北京听听北京人说话,那太遗憾了!

我于是乎不禁又胡乱忖度:她到上海拜认了"三毛的父亲"张乐平老画家;她到北京买了线装《红楼梦》;若她到了天津,那她该对什么地方发生兴趣而不想离去呢?

自然,有人说"十景嘛",盘山沽水文化街嘛!三毛女士未必欣赏"大麻花",但是她若来到"食品城"(实在没她好瞧的),忽然发现红楼茶社,我料想她会惊喜异常、感慨万千的。三十来年五十多个国家的经历,她发现了一共几个红楼茶社? 她一定爱如珍宝……

果师卢长顺

　　唐代大诗人白居易,读者一定熟知这个名字,也一定熟知他那些《新乐府》、《秦中吟》、《长恨歌》、《琵琶行》等名作。可是,他的一首绝妙的《烧饼诗》,读者却不一定熟悉。那诗写道:

　　　　胡麻饼样学京都:面脆油香新出炉。
　　　　寄与饥馋杨大使——尝看得似辅兴无?

　　这是他在四川忠州时写给万州杨使君的。写得实在有风趣,读了不禁令人也想尝尝那新出炉的又脆又香的芝麻烧饼。

　　但是,末句所说的,你尝尝看,像不像"辅兴"的味儿? 这辅兴,揣想定是当时京都长安有名的烧饼铺,可惜到底是怎样一个详情,我知识浅陋,也不知是否有人考证过,未明详细,不免于心歉然。

　　宋代大诗人陆游,记下过:"故都①李和,爆(炒)栗名闻四方,

――――――――――

①　汴京,今开封。

他人百计效之,终不可及。"北宋亡后,李和儿流落燕山①,怀念故国,跟以鱼羹闻名的宋五嫂流落杭州,遥遥相对。顾羡季(随)先生抗战沦陷时期居京所作遗诗有云:"秋风瑟瑟拂高枝,白袷单寒又一时。煬(炒)栗香中夕阳里,不知谁是李和儿!"即用其事,我自己也曾是深抱沦亡之痛的人,每诵先生此诗,真是万感交集,难以为怀。——但李和儿的详细,也不可得而知。

因此我常想,假如当时有人把历代人民中间的这些有专门造诣的特殊技艺的特点特色以及其宝贵经验都作出记录,以贻后人,那该多好。

提起糖炒栗子,使我想起"老郑记"来。"老天津"们一定还能记得,那真有点"他人百计效之,终不可及"的意思。天津一地,在制作食品方面有特艺专长的类似的字号、人物,真是不胜枚举,只是日久年深,多数无人能详了。

小时候,每逢过新年时,常听老母诸兄谈笑中戏效上辈亲友的声口来说老话、唱乡谚,十分有趣。那些歌谣中有些是使小孩子容易留下深刻印象的,"数落吃"的更不例外。记得有一句是:"卢长顺的大丝糕",至今未忘。我虽没有吃过这份出名的"丝糕",但从小深信他是"丝糕专家"的。

不料后来才知道,并不如此,卢长顺原来是天津的名"果师"。《蜷阶外史》有一则说:

> 天津卢长顺,以贩鲜果为业。北地苹婆果(苹果),重(被重视)于南方,闽、广、苏、杭,皆其包送。秋日果熟,积如山;果

---

① 今北京,陷于金。

师一人，以手度果，身后伺者不下百人，师曰"此宜闽！""此宜粤！"苏、杭、豫东，唯所命。承之者奉命惟谨，分置大瓮。其极熟者，乃售(当地)市肆。……凡送远，以旬，计日必达，达则果熟，无一朽败者。故果行群推为师云。

这记的是清代道咸年间的情况，是很可宝贵的天津风土史料。单看他一人凭他的研究，估计果子的生熟、路程的远近，能使到达外地时不腐不败、恰到好处，这事真不简单，无怪那"不下百人"都要听他的话，奉命唯谨，尊为果师了。

那位笔记者还因此发生感想，说："专心致志，而巧生焉：扁之轮、僚之丸，庖丁之牛，其致一也。苟得其道，可以悟学，可以为治。"这话，倒有些道理，不管什么事情，只要用上心，都能有特殊成就，行行出状元。长安辅兴的烧饼，汴梁李和儿的炒栗，天津卢长顺的水果，都不是偶然享名的——这也就是我说应该有人注意记录这些民间专家的缘故。我们新社会里的各行业劳动人民的特艺专家们更多了，我们的记录也要超过古人百倍千倍才是。

至于"果师"怎么和"丝糕"发生关系？我至今不懂。难道是"西瓜"的音讹吗？盼望有知者能告诉我。

老掌柜的

　　早年还能看电影。看电影中，有一度是单位安排、大家必看的"批判对象"或即"反面教材"。记得有一部片子叫作《林家铺子》，这片子演的是一个很小的小杂货铺里的悲欢离合、世态炎凉，铺子"成员"只有掌柜的和学徒的两个，两人相依为命，在生意上、世路上共同为生存而苦干。

　　那时看它，是为了批判那片子调和阶级矛盾，迷惑观众。

　　不知怎的，我看了之后，却想起了幼少年时亲见亲闻的自己家里的一个小铺子的情景。更不知怎的我却对那老掌柜的深有好感——这是不敢对人明言的，因为有一个阶级立场的大问题。而更奇怪的是我家的铺子与那林家的小店完全不同，我的"审美联想"不知从何而建立起来的，煞是有趣有味。

　　我家的铺子，正名题曰"同立木号"，俗呼则叫"木匠铺"。"木号"则攀一攀高就会够上"木行"、"木庄"的势派，可是实际上它只是个做木器的手艺店铺，比如门窗户带、桌凳板盖，乃至水车、棺椁，样样能制作精良。

别小看了这个木匠铺，鼎鼎大名的胡适先生与我通信时，他就在信封上写过好几次"同立木号"呢——旧信封幸存，可以作证。所以，这"木号"将来在"红学"史上也会有其"地位"吧？

我家为何开的是个木匠铺？

原来，寒门本是天津海河湾里的一个养船户，大海船专跑"关东山"，航运的货品就是东北的粮食和木头。因此，自家就经营米粮店、油酱店、酒店、烧锅①，以及木号。这些店，都以"同"字领头，如"同达"、"同源"、"同和"、"同立"，是一连串的命名法。只是到我幼时，家门已过最盛之时，只剩下了这个"同立"。

小时候，我最爱站在临街的木号里，一面观赏街市行人，男男女女，一面"体察"铺里的师傅、学徒们的锯、砍、刨、凿……各色的"木匠活儿"。那时满地的木屑与刨花儿，一年烧用不尽(那时做饭要烧柴)，而那木头都有一种特殊的气味，师傅们身上衣服上总带着这种气味，因为木头好，也会发出一种香气。

我是在这种"木香"中长大的。

铺子里有掌柜的(铺主)和管账的(会计)，是两位老头儿了。如今单说老掌柜的。

老掌柜的名唤韩兆安，表字竹轩，取"竹报平安"之古义也。他原本是个木匠师傅，哪有雅字如此？这显然是我家先人替他拟的一个好"号"，我二哥与他感情最好，称之曰"老竹"，于是我们弟兄也就都采用了这个亲切的雅称。

---

① 即酿酒者，后面是甑房，前边是铺面。

他是天津南乡八里台①附近大韩庄人,自幼在我家学手艺,心灵手巧,很讨我祖父的喜欢,以后慢慢地成了一铺之主。

祖父名讳是周铜,表字印章,一生酷爱各种各样的艺术形式,并热心扶持倡导,镇上的秦腔、高跷等票友与社火②都是他主持开展的,一伙老"同乐高跷老会",技芝高超精彩异常,驰名于海河一带。

祖父又酷爱工艺文玩之类,于是韩兆安师傅就成了助他布置制作的好副手(做各样木匣、木联匾、木座、木架……在书斋陈设中起了异样喜人的作用),这是韩师傅升为掌柜的主要原因。

我九岁时祖父就去世了,没赶上祖父的好时代,但从小看到的享受,都离不开祖父留下的斑斑遗迹,而那些总带着韩师傅(我们始终如此称他)的美术创造。

可是,后来的年轻小师傅与学徒们,却不时对我说他的坏话。这坏话,其实又毫无具体内容,不过是管理铺子有点严、老规矩不许错、嘴碎、爱絮叨几句训徒弟的话而已。

到后来,有亲戚也说他的坏话,说他不善经营,一年结账,假报"红单",实无利获,而且很值钱的棺木,一年让人赊欠抬走的,不计其数,赊账永远讨不回来,实际舆论早称"同立家是舍材厂"。又说别的木铺都兴旺赚钱,养家丰盛;只同立这么"白干",东家(指我家)境为难了,它一点也帮不上……

这些话,逐步地浸入了我的心间,对韩"老竹"的好感情,也慢

---

① 八里台不是南开大学之所在地的市区同名地,是远郊的,那真是一处方方正正的高台,高台之上建起的聚落民居,房子很整齐坚固,胡同行道都极窄,是古代海滨浅水洼地中的小块高地,俗称此类地方曰"台"。
② 俗谓之"会",即迎神赛会的"社火"。

慢发生了变化。

终于老掌柜不在了，换了别人来主持了——我在这件事上还起了作用，以为换了新人，会有作为，改变原先的局面。

可是，不但没有改变和改进，反不如先了。

老掌柜在时，柜房里外两间，清清洁洁，规规矩矩，板板生生①，进入令人生喜悦之感。辞了他，没过几日，那多年保持老体统的柜房，一切变了样儿和味儿，东西挪了——没了，乱了，处处罩着一层尘土。铺子已带上了"霉"气与"晦"气，令人感到不是味儿了。这又该怨谁呢？

到这时，我方才晓悟老掌柜的优长，真不可及。说他坏话的人接办了之后，却连人家的百分之一的长处也跟不及！

到这境地，我才体会到"老竹"的不可及处，我才加倍地想念他——也深悔少时的无知，轻信了一些人的谮言妄语。

"老竹"早已没了，我时时想起他，而他的长处是怀念他时才更多发现的。

---

① 乡语，义为整齐。

五月初五端午节

中国传统风俗,一年之中几乎每月都有节日。这些节日的装饰点缀丰富多彩,令人欢喜快乐,这是表面现象可以看到的。还有用"眼"看不到而必须用"脑"和"心"方能"看"到的丰富而具有文化内涵的生活意义、民族个性。它们和"愚人节"、"母亲节"、"读书节"等现代意识的 festival 并不一样,没有那种游戏式的、号召性的意味。中国汉字的"节",本义是竹子茎秆上的"环节",每隔一个长度的"段"就有一个突出凸现的"节",形成阶段性标志。此外,在音乐上也有"节奏"、"节拍"这样词语和含义。

眼前又到端午节了。这个节定例是太阴历五月初五。

为什么叫作"端午"之节? 这是因为中国自古纪年、纪月、纪日都采用"十二地支"作为代表"符号":每年正月(第一个 moon)是"寅(虎)月",依次排下去,数到五月是"午(马)月",故此"午"便成为"五"的代词——汉字恰好同音"wǔ"。

端午节的含义是什么? 让我告诉你:它至少有四层意义,是中华文化内涵的重要部分。

第一层意义是纪念中华文学史上第一位伟大诗人——此人叫屈原。他之伟大何在?说来话长(to make a long story short),就是他,是中国"赋体诗"的创始者。中国诗歌的源头大约可分三线:一条是《诗经》(Book of Poems),它名列"六经",地位重要,但它是一部诗集,其中多数作者是不知姓名的,而屈原却是中国的个人个体的著作第一位"署名"诗人,其作品是《离骚》——我记得有过英译本,译者名叫林方庆。"赋"体是兼有诗与文的特殊文体,在汉代至六朝时期,此体的创作最为丰富。屈原的《离骚》对后世的影响极大,又因其人品格崇高,忠直勇毅,向君主谏言不得遂其志愿,愤而投江自尽。因是人们即以此日为节日,恰逢五月端午,遂称"午节"。自古相传,屈原自溺于水,怀念他的人们恐怕遗体被水中蛟龙所食,于是制作了"粽子"或"角黍"①投入江中,蛟龙得此,便不去吃诗人了。

这个风俗,至今盛行不衰。

第二层意义是相伴而兴起的"千日赛龙舟",这是体育赛会游乐观赏的盛大场面。木船雕为巨龙形,可坐多人,集体奋力划船,看谁划得快,先达目的地者为胜。

第三层意义说来更为有趣:中国民俗在这个节日的"表现"是西方各地方所难以想到的,正像《红楼梦》中所写的,是"蒲艾簪门,虎符系臂"——千家万户在门的两旁插上蒲草和艾叶各一枝,蒲象征长剑,艾具有特殊的气味:它们是用以驱毒辟邪的,用今天的科学词语来说,就是驱除消灭毒虫疫菌等对人有害的东西。民间称"五毒",以蝎子、蜈蚣、毒蛇等为"代表"。也制成木版彩画"天

---

① 用黏稻米为食料,以竹叶和芦叶裹成三角形,蒸食。

师挥剑斩五毒",贴在门楣上。还有,民间午节张贴的风俗木版画之一是个大葫芦。葫芦乃是中华医药学的一个特殊的大标志,这是因为,中国古代用葫芦盛草药,略如今日之"药瓶"一般。而四月廿日是中国"药王"①的诞辰,从四月末到五月节,又是药材市场大贸易的季节……这实际是中国古代的一场全民性大规模的夏季到来后的清洁、防疫、保健、卫生运动!

第四层意义是最"潜在"也最重要:农业之国的古中华,到阴历四五月间正是收割晒晾之期,为了庆贺第一场丰收,特借"午日"来举行这种新奇有趣的节日文化活动!

不知何故,有些人对这样的宝贵民俗遗产,渐渐淡漠起来,除了"吃粽子",就再也不去想它的历史文化含义了。厨房里飘出了竹叶、芦叶的清香之气是我小时候的记忆,那不必说;但小孩子的衣服上,要缝上一个布质的小老虎(也是驱邪的表象)以及红布缝成的香草小葫芦……我已多年未得再看到闻到踪影香味了。

《离骚》要读,龙舟要赛,粽子要吃——群体的卫生健康和农业生产的提高,更不可"忘掉"。现在好了,人们对这么多层意义的美好节日,已然重新重视起来了。

也许,"端午节"会变成全球性的 red letter day 吧?那就太好了——希望不久能如我愿。

---

① 非虚拟之"神",是医药之圣人义。

中华民艺第一尊

中华民族的民间艺术，形态多般，而在我津门，音乐推皇会法鼓，妇女头饰数绒花，至于小姑娘练巧手，则要举剪纸为特长。津门的剪纸艺术包括过年的"掉钱儿"(挂签)。这还不算杨柳青木版的年画。真是辉映一方，驰名遐迩。

如今且说家庭剪纸——为了与市售经营的区分开来，我们津沽百姓人家，小女孩从小学剪纸，心灵手巧。过年的"窗花儿"不待多谈，昔时的婚嫁吉事中的"过礼"①，其金银首饰，都要有吉祥图案的剪纸精品衬托在纸板上，十分可爱——俱出女儿巧手，并非店肆中的"批量"生产物。

我今日特别要表一表：沽上女儿学剪纸花样中最重要的是哪一种？据我所见，必须以"支天娘娘"为第一位。

"支天娘娘"？何许人也？她所司何事？有何意义？

这么一问，要详答可就话太多了，如今我只好化繁为简，列一

①　男女双方互送成组的礼品，包括"陪送"，即女家的陪嫁，往往是新房的一堂陈设。

著者在书房查阅书籍。

个"式"如下：

支天娘娘——扫晴娘——女娲圣母

这三位，实一体也。

原来，我们这年纪的一辈人，自幼即亲见家里长亲妇女用纸剪"支天娘娘"，贴在南墙上。孩童好奇，就问：这是怎么回事？大人们给解说：雨下得太多了，总不晴天，要闹水(灾)，把这位"支天娘娘"贴在南墙上，她就能把阴云赶走，天就放晴。你看，她左右手都拿着一根棒槌，那就是支天。

我小时候心里纳闷：为什么赶云彩不用扫帚？天又没塌，为何要"支"它？

记得好像也这么问过，也没得到满意的回答。

长大了，读些杂书，方知：这位娘娘原来叫作"扫晴娘"，文人有所记载。自认为这是个"发现"，很觉得意，可喜。

不知又过了多久，这才又恍然大悟：原来这就是女娲娘娘，是中华最古老最重要的女神，即与伏羲为兄妹的娲皇是也！

《淮南子》载：远古之时，霪雨不止，洪水漂没万物——因共工与炎帝争位，不胜，怒触"不周山"，以致"天倾西北"，故大雨无休。娲皇乃炼五色石，将天补好，雨止，复以芦灰敷地，神州复平，乃以水和黄土塑制男女——是为中华民族的复生重建……

直到读了这些古史话，这才明白：为什么止雨的老母却称为"支天"——把倾塌的天穹重新支好。

也是只有到此，方悟小时候所见的乃是女娲留在民间的无上功德与先民传来的感念心意。

我母亲会剪支天娘娘，不想娶妻后她也会剪，而且形貌全同，大以为奇！

其形：高髻，宽衣，大袖，纤足。是明代古像之遗。心念民间工艺，至为宝贵，应有人重视。

二十世纪的西方学者为了探求人类文化起源，纷纷著书，讲西方最古女神"盖娅"，九十年代盛极一时。也提到中国的女娲。我们却寂然无所研讨。

诗曰：

（一）

支天老母贴南墙，高髻弓鞋认古妆。

古圣娲皇人不识，文家只道扫晴娘。

（二）

闺中巧艺赞津门，金剪镂成华夏魂。

炼石补天重辟世，百般图貌此为尊。

腊鼓催年　人天同庆

　　日月推迁，光阴流转，不觉又到冬尽春来、迎新除旧的大节日。今时，似乎人们称这节日为"春节"了，因为把"年"的字面和概念送给了"公历"（原来我们少小时只叫它西历或阳历），所以要区别一下；其实大家的真正观念中、口语中，还是把这个大节日当作"过年"，买"过年"的东西叫作"办年货"，墙上贴的五彩缤纷的画叫作"年画"，除夕一家团坐的晚餐叫作"年饭"——从来还没听说过有什么"春货"、"春画"、"春饭"的怪话。

　　我们有句古语："腊鼓催年。"似乎也还没有谁出来反对，说这不对了，该改"催春"了……同样，"压岁钱"的岁，还是个年的变换之语义，恐怕也难说成"压春钱"吧？

　　一提"腊鼓催年"这四个字，我就立时耳边响起了那种欢乐的渊渊鼓音——那是村里又为过年过节（这节特指元宵灯节）预先练习"出会"、"社火"的鼓艺了。儿童们已在兴高采烈地奔走招呼，一同去听去看了。这个"大年下"的独特的气氛，就由这鼓音中敲了出来，传了开去。这是一种强烈的感觉、感受、感染，而绝不是语言文字所能"描写"的，——没办法，还是得用"心领神会"这句老词儿最觉合适。

可惜，一直生长、居住在大都市里的人，只怕早已不大明白什么叫腊鼓催年了。大都市里，早就不"兴"这个，而流行别的时髦玩意儿了。

在我看来想来，中华人，炎黄子孙，他们的过年是民族民俗的大演习，大聚结，大竞赛，大施展——最大的一次民族文化艺术大温习大创造。百姓人民的真正的快意、乐趣、享受……都在这一次，而且每一年只有这么一次！

为什么？学究们一定又摆出"天文历法"的大学问来了。不错，诚然没有月亮的十二个月份，地球绕太阳的一周，哪儿来的年？没有"地轴"(看不见的)倾斜度，哪儿来的腊尽春回？等等，等等。咱们今儿不是讲"科普"，是讲中华文化、炎黄民俗。若一定要从天文上讲，我看除了什么月绕地、地绕日之类，更重要的恐怕还是宇宙这个"活物"的生命的脉搏，宇宙音乐①的节奏，人天合一的感情的潮汐起伏。人们在这个伟大的旋律中自然造就的生活节奏点，"板眼"的筋节处。

人们——中华的人们，造就了这个美好而重大的"点"和"眼"，把自己创造的百般的技艺都运用来装扮渲染这个"大年下"。

百般技艺，是民俗的最强音最鲜色。鼓音是百般之一般而已，可谓之最强音。那么，最鲜色又是什么呢？

---

① 其音波振率是人耳听不到的，但实际极为宏伟美妙，由亿万星系的大运行而发生的和谐乐音。

少年书剑在津门

答曰:大红年对,春联!

我从少小时有个怪脾气,喜好胡思乱想:每到腊月三十这天,最迟是傍晚,必须已是把各处的门对、横披、大小福字、四个字的"迎照"(如影壁等处的竖幅)都贴妥当了——我是"监贴官",严格"把关":上下联不能错了左右,福字不能歪斜一丝毫,横披迎照不许上下高低差一点儿……

不但管自家,还要"巡察"我那家乡全村镇的千门万户的年时春联的贴法、字法、句法……一一品评。这是我小时候过年的一大乐事!

除夕黄昏了,我总要站在院里,仰头看那阵阵的从东归来的群鸦,它们有秩序地、匆忙地飞奔向西而去。我心总要默想:它们回家了,天都快黑了,不知它们可也晓得今晚是"大年三十"了?巢里有无"年货"?它们老远开外归来,从天上往下看时,该也发现大地上忽然出了新事——千门万户都贴了大红对子,那景象是如何地宏伟壮丽?

我的这种构想,向谁去寻找"印证"呢?

说来有趣,倒不是乌鸦,是一个人,对我说了一席话:他因访察民俗工艺,跑到了大西北一带,过年不回家,专为赶这大节日亲眼看看那一方的年味儿是怎么一个景象。我问他:"年对还贴吗?"他答说:"贴!那回正赶下了大雪,千里银粉铺遍,在这个大银毯上,一旦之间出现了奇迹:站到高处往四下里一望,只见这个银毯上点缀出了一万个红对子!那绚彩夺目,真难形容!那真是人们自己创造的人间仙境!"

大地上有这般境界?别的地区国度,怎么"想象"?相信不相信?

鼓音、联彩之外,还有一个同样重要的灯辉!

这灯辉,不是西方式的电灯,刺目的强亮光,是中华的绛蜡红灯!它不伤眼,不是浅薄的"亮",而是含有意味的、微微晃动的光明,尤其是罩在灯笼内的烛光,从深处透出的那种把人引入一种新奇境界的烛光,令人心醉,令人神往!

寒夜的除夕,各式各样的灯火点燃起来了,高悬的,成排的,照门映路的……民间的大年夜,讲究每处有灯照亮,平时最偏僻冷落的空屋、放杂物的、马棚猪圈……处处亮了,孩子们像新开辟了无数的新天地,在"探幽寻胜"。

孩子们也打着小灯笼,不怕冷,几个人"列队"的小小"灯会"在寒宵的院里"游行",远近望上去,似美妙的星在流动……这是画也画不出来的。

人们不拘男女老少,在这饯岁迎年的日子里,都换上了一件新衣裳,不管多么"寒碜"、"土气",却是新的。这个新,包括人、物、事、境。过年的真意味,就在这个新上:举凡一年之间看不见的市面、货品、食物、工艺……都在这一时纷纷重现了,又是一年一度,可又是年年觉新。真是有点儿说不出的奇!

人们变得"喜相"了,也更"和气"了。比方平时不甚亲睦的,这时也互相行礼致贺,一片喜乐祥和之气。平时不走动的亲朋、本族的骨肉,到这个节日,也是人到礼到,弥补着人生各自奔忙的缺欠和疏远。

这是一种重新建立更和谐的人际关系的巨大规模的 "运动"。

但是,最最重要的,还有一项:迎神敬神。

哎呀,这不是迷信吗?早该破除并且已经破除了,怎么还提这个?

诸位少安毋躁。迷信,并不是没有,但不一定全在除夕迎神。我小时候对这个风俗和仪式,最有兴趣了,没有什么迷信感,只觉得它创造了一个无与伦比的美妙境界,包含着一片最巨大的和谐之气、吉祥之气。人们的善良圣洁的心灵中,有这么一个想法:在此最美最大的时刻,需要的不是"自我"欢乐幸福——也并不止于是人际的互相欢乐幸福,而是人天同庆!

我记得很清楚,所供的神祇叫"全份"、"全神"或"全圣",我替人写的字是"天地三界十方万灵真宰"。

我深深悟到:我们中华民族的哲思,最伟大的境界就是"天人合一"的认识,这是宇宙真理,人类最高智慧的发现。人们欢欢乐乐、兴兴致致地过年了,不独自乐,却要把宇宙也请来,团聚在一起,共庆同欢!

这就是中华民族所创所行的最博大的思维仪式。中国人的最崇高伟大的民族哲理精义与心灵境界,就由这种民俗活动而曲折地表达、扮演出来。把这一切看成都只是迷信,就失却了这个民族文化的灵魂。

久居大城市,我能看到的过年的民俗工艺,靠它来装点新春、表现欢庆的节令特产,越来越少了,以至于连买一点守岁的红烛也难得如愿。心里总有一种无名的惆怅。如果这些几千年的美好的创造积累,都被别的什么东西取代了,那么我们丢失抛弃的将不会只是那些风俗形式,而是还有更宝贵的精神内蕴。

著者(左)与同窗张金鉴在燕京大学校门前合影。

少年书剑在津门

第三辑 **沽湾琐话**

著者在握笔沉思。

我的出生地

地名咸水沽,著名的"七十二沽"之一,位置在天津市与大沽海口之正中间古海河东南岸,交通要道,天津府古有八镇,此其一也。

史地大师顾祖禹《读史方舆纪要》考明此即南北朝、隋时之豆子䴚(gǎng)。今沽之东端有窦家岗,知"豆子䴚"乃是音讹字异。①

此地村落甚古,旧有明代嘉靖初年之关帝庙,是文化标志之一,已毁。

其地,稻畦菜圃,柳陌芦桥,有小江南之称,风物优美。然人文教育落后,盖自古渔盐之地,读书者少。余年幼时,仅有私立小学一所,设备简陋;另有私塾数家,无老师宿儒可求。

沽之中心为"三里长街",两侧店铺栉比鳞次,商估繁盛,物产丰盈,乃一方之名地重镇。

---

① 史载"平原有滨海豆子䴚"者,"平原"又为"平舒"之误。盖平舒乃今河北省腹地之古名,而"平原"乃山东境,一字之差,沿讹数百千年。

寒家居"长街"之最西端，人称"同和周家"，乃"养船"大户。此地船户巨者为大木船，往来于东三省经营木材、食粮。余家之船最大，遐迩知名，经营规模亦可观，故河滨有专用"码头"装卸货物，名为"同和码头"。

船户子弟，有些许财力，弗知读书。家严与八堂兄，是光绪末科之秀才①，亦当地仅有之"文化人士"。

寒门乃普通百姓，却性喜文学艺术，世代有特异人才，能书、画，尤擅丝竹音乐歌曲。家有亩园，筑小楼，有明清两代花木，小桥曲溪，颇有佳致。故成为此地之唯一"文化家庭"。

家严本名周梦薪，科举榜名景颐，字幼章，因我祖父名铜，字印章(号了俗道人)。擅书法，娴经典，一方问字求文，恳题者络绎不绝。

沽中之私立小学，亦即家严为之"校董"，为之筹措"校产"，策划经费，辛劳备至。

余祖讳铜者，为当地民间文艺之创办主持人，所有高跷、秧歌、龙灯、法鼓等种种艺事，皆其一力扶植，并出资购置衣装道具，亦为津南特盛之名也，艺事水平最高。

我就是生长在这样一个环境的村童——那环境是一个清末开辟"通商口岸"的半殖民地气味的大城市的郊区，此种郊区既不同于市内繁华，又迥异于中原地带的真正贫苦农村，比较不易理解和想象。那郊区虽也诞生了几个颇有才智和发展潜力的文化人士，但其家庭背景均缺少与寒家相似的文化特色。我那寒家，是草野清门，微基薄祚，仅有的那一点文化积累也遭到了彻底的、残酷

---

① 开始"进学"的"生员"。

的破坏。只举一例：我家一株三四百年的古藤(紫藤萝)长成巨树，树本径围数尺，高架数丈，隔河数里外，可以望见浓绿半天——也惨遭斧砍沸水浇烫，毁灭了。我家小书房名"藤阴斋"，有清末著名改良派人物康有为之题榜。连一株无辜的古木也犯了不可饶恕的大罪，又遑问那些地方民间民族文化的人文历史遗迹乎？

总起来说，我虽出身于一个较有知识的家庭，但就其地区文化水平来看，我毕竟只是一名寒微单薄的村童，不会成为风云人物或学术伟人。

我看《天津卫》

　　《今晚报》越办越发展了，版面日新月异，足供读者之"各取所需"了。若问到我："你最喜欢哪一版？"我将答曰："《天津卫》。"理由何在？那就很多了。

　　《天津卫》这个版名取得就让我喜欢。没有八股气，合乎天津人说话的口气。只这一点，已是本地风光，"卫味"十足。

　　其实此三字朴素无奇，不像现代的"洋话"那么扭扭捏捏，曲里拐弯，矫揉造作。好就好在这里，——它让人痛快，爽利，干脆。

　　"天津卫"，是句老话，从明代永乐年到清代康熙，是"正名"，这不足奇，足奇的是从雍正改了府县，百姓齐民，绝对拒称什么"到府里去"，坚定地众口一词地仍然要说"上卫里去"！你看人民的选择与喜爱的力量多么大！这是不可轻视的——有人说这是"守旧"、"落后"的表现，殊不知，从麻姑见东海（渤海）"三度扬尘"，长出红桑来看大历史，到"燕王扫北"，那可"新"极了呢！"守旧"云乎哉。人就怕染上"历史近视症"。

　　大运河时代，南船北上，到天津那叫"转卫"，我在《天津晚报》

上发过专文讲这个"卫话"。

明初设卫,数以百计,唯独"天津卫"三字最响亮。请问何也?

以上说《天津卫》名目就惹人心喜。再看看每期所刊的内容,佳文妙品,情趣盎然,读之心悦而学增——长了多少历史知识、乡土情怀。

就拿最近的一例来说,在首届"妈祖节"期间,就见有一篇好文章,晓知我们:天津卫区的娘娘庙(天后宫)竟有二十座之多。这使我这孤陋寡闻之人大吃一"惊"[①]!

天津卫人供娘娘,意义何在? 那太深刻了:男人漂洋渡海,南至闽广,北到辽吉,靠大木船,靠生命"投资",冒百险以运贩交通,例为年终方能回家团聚一次,他们要在高超的航海经验技术之外,也需要精神的支柱——娘娘的慈恩加护。据传在狂风骇浪中只要桅顶的红灯一亮[②],必能化险为夷,随即风平浪静。

家里妇女们呢? 除了祈祷船与人的平安,还要生儿养女,缝衣做袜……于是娘娘化身为"送生"、"子孙"、"痘疹"、"眼光"数位慈者,关注着家庭中母子们的生死病痛、眼病痘灾。(她们凭油灯微光做针线细活计要到三更半夜,眼是个大问题。)所以,天津卫的老皇会娘娘"出巡"是"五驾"——五座凤轿相次而行,万人候驾,欢声雷动!

这是"迷信"一词能"说明"的天津卫的历史文化、民生风俗的

---

① 此"惊",乃喜之异词也。

② 关于桅顶红灯,可举沽上一项极有特色的民俗,即每届腊尾,几乎家家庭院中要立起一个高竿,上缚柴把,悬一红纸灯笼(有铁丝罩为护);及至大年夜,红灯绛蜡,往远近一望,灿若繁星,我自幼对此印象最深,念之难忘。这就是纪念天后的一大仪式。现代心理学,讲历史的、氏族的,各种遗传记忆,是科学,不是"迷信"。

巨大问题吗？这儿实质上是关系到了人民百姓和民族传代与子孙盛衰的大事啊。

即此一例而观，好文章追记地方的天后宫数目，就是生动而鲜明地反映了天津卫的历史的一个最重要的特点与深刻意义。

太史公作《史记》，首先要"网罗放失旧闻"。没有这个，史何以成？《天津卫》版就是"天津史记"的"放失旧闻"的一个极宝贵的"网罗"。倘若读者热爱不衰，作者支援无懈，积之既久，就形成了一部"天津卫史志"。此"志"与众不同：它不是"死"资料，是"活"记忆——记忆才是生活的最真实不走样不变味的"记录"。

"卫"有历史辖境范围，与现今的市的地理建制是有同有异、有合有分的。讲天津卫的事，要真有"卫味"，恐怕不宜混淆不分。此议不知当否？因为本报的副刊版面丰富，讲"非卫"的事情的文章，尽有地方另占篇幅。

诚悃地祝愿这个独具特色的《天津卫》阵容壮大，笔墨精神。

春秋六百话天津

　　天津人的热点话题之一是天津建城六百周年了，这六百年间，多少风云际会，多少碧海红桑，多少人杰地灵，多少丰碑厚德……那是一时话之不尽的，因而也是兴致无穷的。

　　天津之得名，人已尽知，是由于"燕王埽北"，途次兹乡，渡河而北上，至于今之北京——随即登"基"为帝，朝号永乐，所以他渡河之处，即为"天子"所经的津渡①，故将元代之海津镇赐名天津。这是没有疑问的信史。因此之故，在津门父老口中，"燕王埽北"一语几乎到处可以听到②。

　　可是，不要忘了：这个"天津"二字嘉名并不是明代独有的，其来源甚早。

　　最早的本义是指天上银河为"天津"，我曾有文粗记，今不重复。把银河的"天津"与帝王挂连起来，则是古代京城宫禁正门前的"金水河"上的玉石桥，名叫"天津桥"。

-----

① 即俗语之"摆渡口"也。
② 此指我小时候的深刻印象。

此桥,在诗词中省称"津桥"。在《水浒传》里俗呼"州桥"——是因为北宋京都开封是唐代的汴州,宋人称"东京",却仍然保存了过去"州"的观念。此类历史沿革现象不少,考证、讲说起来是很富人文意蕴与趣味的。

今日之人如欲一见"天津桥"的历史遗痕,恐怕只好专程进京,在天安门前看一看那"御桥"的风范了。

依此而言,"天津"本是一渡口,津门的渡口,以东浮桥那儿最盛,万艘密聚,帆影铺流,樯桅林立……我也有小文略述。如今,浮桥的景象,万般的风光,已不复在,可是"不浮"的固定之桥,自应继往开来,如长虹卧水,如星宿宵明,为津城之主景才是。

我是联想到唐贤苏味道的名篇:"火树银花合, 星桥铁索开。暗尘随马去,明月逐人来。游妓皆秾李,行歌尽落梅。金吾不禁夜,玉漏莫相催。"这是元宵之夜仕女空巷出游,"走桥"的风俗,以天津桥为聚点。我忆津沽此夕,"走桥"、"除百病"的古代民风,特为兴盛。

六百年了,天津的不同寻常的历史,岂止一桥而已。然而桥总是最有代表性的基本风物之标志。这"桥",不同于江南遍地的"小桥流水"式的桥,而是南北通途、咽喉要道的一大桥、长桥、虹桥。如果将整个儿北京城比作宫禁,那么天津地方的大桥,正相应于古代的星桥、津桥、州桥。

这篇小文从桥说起,以追溯建城缘起的往事前尘。因而不免又忆起我之故里的两座大桥,东大桥尤其壮美,确有《清明上河图》中虹桥之流风余韵。可惜均被拆除,那样的大桥,不会晚于明代嘉靖年,是真正的人文古迹。

只要海河万古长流,就必然要有好桥,既有现代高技术建构又富有传统民族文化审美观的"天津桥"。

诗曰：

话到津城六百年，万艘曾聚一桥连。
银河卧地星辉灿，虹影龙光第一篇。

著者(右)与四兄祜昌在一起。

老年人话老天津

刻下的天津城，意气风发，日新月异，我却来话老天津，这有何意义？

此问一发，就暴露了一种简单的不太高明的思维方法。

我们中华诗圣杜少陵①早就写下过感叹之句："古来存老马，不必取长途。"老杜爱马，喜其神骏，为之作诗吟赏，自己也以马自喻。刚才引录的那两句，正是自以"老马"自况。他说：自古人们器重老马，存而不废——不再是要它还作昂昂千里之驹②，而是取它的"识途"：一生奔驰道路的丰富经验。

如今我就拿杜老之名句来破那种疑问，不必担心"老马"讲讲经历、心得、感受、意见就是无益的多口多舌。

我爱家乡，因为天津的风土人情自有特色，我在这样环境中出生成长，感受甚深，不仅仅是难以忘怀，还总想讲讲说说，让年青一代以及外地朋友能够领会而共同享受，借鉴而怀思。老天津

---

① 名甫，字子美。
② 《楚辞》中语。

的优良传统，勿使完全坠失。

"天津卫"，卫本军马镇守之城，但它与别地数以百计的卫不同：它是京师的门户。这就决定了它的"文化结构"。而这种结构的特色异常重要而且可贵。

天津卫的一切，是离不开京师"首善之区"的影响与品格的。可是它又是天下水陆交通的一大枢纽点，而且，所谓水陆的"水"，又应特别标出是兼海运与内航两者的得天独厚之乡。

它的文化层次是多层次、极丰富的，综合南北的优长。这种"文化动脉"是流通的，运转的——新陈代谢极为良好与顺利的。它绝不同于其他的"洋场"式大都市，又不同于巍巍高峙的、"五云"笼罩下的"皇州帝里"。它不僵不滞，不顽不固；活泼生动，自由新鲜。

这地方，人情厚，人心热，讲礼，重友，坏心眼儿不多见，有燕赵豪侠义毅之遗风。

这地方，民风乡俗、时序节令、种种人间喜庆的生活特殊装饰，无一不是极高的艺术创造，令人爱不"释手"。

我是南开中学出身的学生，忘不了那校歌"渤海之滨，白河之津"的声韵和内涵。渤海，就是古人所说的"沧海"，也称"东海"（不是现代的东海地理概念）。我见某书封面（或封底）所印老天津城东门方位的珍图，城墙俱在，门外临水，一柱高竿，上面飘扬一面绣旗，遥望天津卫的气象不凡。小说《施公案》里写及天津东浮桥，那水运帆樯的盛况，今人万难想象（我幼时所见帆樯情景，尚能仿佛一二）；所以元人祀天后的诗中也要咏及"万艘"。

腊尾年初的天津城，那真是一段奇景，其美无伦！

那时"过年"的气氛，无有言辞可以形容，一切装点"年货"，目下还有旧迹遗风的(如剪纸、年画……)无暇赘述;单说津门妇女,在大年初一,"千门万户曈曈日"①,一开门就一色大红色衣装,从头上绒花(必不可少),直到脚下鞋袜,绝无一丝杂色!那才真正表现出"喜气满乾坤"、"万象更新"的巨大景色与吉庆心情——这是真天津人的美好创造,独一无二,他处万不能及!

"杂耍园子"(今日不这么叫了),南市好几座,诸如燕乐升平、天晴、玉壶春……处处开年第一场也必然是"满合红"。红;"是天津色"。

天津出艺人。这已成"老生常谈"。"常谈"常常使人"麻醉":张口念"经"一般,即不再去深思事情、言语的内涵意义。为什么单单天津培养成长的戏剧、鼓书、杂技等的一流人才特多? 能说清吗? ——"因为天津人爱听玩意儿。"这能成为"科学答案"吗?

必定有其主客观的史地人文文化的原因。这要思考、研究,要分门列科写成论著,阐发天津的物华天宝、人杰地灵,而不是空口重复陈言旧语,自吹自擂。天津后起之秀需要的也是前者而非后者。

天津的可述之处太多,这儿用意不在罗列,比如说报界先驱《大公报》、《益世报》,清末民初的名小说家张、刘、薛……书法家的华、孟、赵……那就成了"账篇"。我意在吁请本报多做"发动"和"抢救"的工作:发动是指多请老辈人"忆旧",抢救是指赶快利用现代科技的力量尽量留下录音录像,各种文献资料——无价之宝!这样,老年人才"发现"自己有事做,自己的记忆有"价值"。天津的风貌是中华文化史上的一个重要组成部分,老年人能做出出

---

① 宋王安石之句。

色的、无可替代的贡献。

南开中学的先进精神不是可以请人一讲吗？我四哥祐昌在那儿读书时，那校刊水平冠于当代，他们当学生要学"打铁"，他在老师的指导协助下亲手打成的小铁榔头，带回家，安上木把儿，十分可爱……他还有教刻印的老师。我本人经历的，是大量的社会观察课，记得看过工厂、屠牛厂、"习艺所"①、火柴厂、警察局……学生不读死书，接触民生社会，关心国家大事。这是天津教育的首创。

天津"出皇会"，全城各种民间的"老会"，单说法鼓就有几十家(每地区、村镇均有不止一家法鼓会)，那艺术、那音乐、那排场、那文物(服装乐器等)、那礼仪规矩……样样值得好好追寻、记录、整理。其魅力让我至今念念不能去怀，太美了！

这只是粗略举例，我愿能起"抛砖"的作用。

---

① 救济教育已然改行脱难的妓女之机构。

津卫杂谭

我有拙文提到幼少时在家乡几乎天天要听到"上卫去"这句话。小时候自己的理解如今已说不清是何"妙想",只能说那大约相当于今天的"到市里去"。然而,市的建制早已存在,百姓嘴里不那么称呼,还是叫"卫"。

拙文和别位专家的文章都谈到了"卫"的来历,今不必赘说。单表一点:我过去一直以为那是"明代乡言"之遗存,去年得见郭凤岐先生所赠《新天津市志》等书,于史料中方知天津曾有《三卫志》。可惜此书已佚,令我嗟叹不已。

"三卫"者,即明代设卫,重镇之地总是中、左、右三个卫点,互为联络防卫。今日之天津市中心,所谓"老城厢",那拆毁的古城墙是明代的中卫,这应无大疑问。但天津左卫、右卫到底地点是何处? 我至今还是想知而未知。

《三卫志》不但刊本早无,连木雕原版也不存在了。这是怎么一回事呢? 据康熙修志的序言说,当时搜寻旧版时,回报是"已火矣"!

汉字妙谛,不像洋文死分什么"名词"、"动词"。这个"火矣",就是"烧了"。

可惜,可惜之至!

为何要"火"了它?不言而喻,当明、清易代之际,忌讳多得很呢,"卫"里必有"防房"之类词义,犯了新朝的大忌,于是镇守天津"卫"的"卫"官就把极其珍稀的"卫"志付之一炬了。

那清初时,镇守津门的总兵官(还未设地方行政官署)是富察氏傅清,他两次膺此重任。

傅清何人?就是明义的上辈。明义的《绿窗琐烟集》里有《题〈红楼梦〉》绝句二十首,因此广为人知,但也是晚近的"红学知识常谈"。耐人深思的是下面两点:

第一,明义的手札,现存于天津(那字写得真好)。

第二,听说天津有人到北京潘家园售出了一对铜简,其长恰恰清尺一尺,每简刻有十四个字,共为一首七绝——正是《题〈红楼梦〉》的第十九首,而上款是小楷"曹子雪芹"四字。诗句是石鼓文大篆,平生所见无有如此佳书名手——后查知明义有胞兄明仁,是个大篆刻家,明义有专篇题咏。一切了然:兄篆弟吟之合作真迹也。

——请试一思:为何他家的遗迹都落于津沽?

话再回到"卫"上来:我过去只以为"卫"是明代遗言,这虽不误,却不够精确,因为:在康熙早期,天津并未撤"卫",依然岿然。

这就怪不得我乡之人口中一直沿称"卫里"——此非"宋日派",乃历史在百姓父老中的真实"传统",不是可以由后人的意愿就能一刀切断的。

天津卫,与富察家关系密切,而他家与曹家关系又不简单。他们是世亲。雪芹之祖姑即嫁与傅家。雪芹本人在富良家做西宾。明义的姊丈叫额尔赫宜(墨香),是敦诚的幼叔,是他把《红楼梦》钞本拿给宗室永忠看的,永忠才痛惜未识雪芹之面!

永忠又是谁?他是雍正阴谋夺位被幽囚的胤祯(原定继位人)的嫡孙。

曹家与至亲李煦家(小说中的史家)同命,毁于雍正夺位,惨不可言。李家顺治初就是长芦盐政的运判官。长芦范围包括关内京东一带,其中心后移天津,所以曹、李的顶头上司纳兰明珠家的安三是在天津发的特大"盐财"。李煦将诗人赵执信从水西庄查家请到了苏州……曹家与盐政,也是与此关联不分的。

天津卫,还与《红楼梦》有关联——知者几何人?

京剧里都有"天津卫"和盐务的台词儿,是《连升三级》的店老板教导穷书生的"讲学",非同小可。

"卫"的历史,岂能不讲,理由在此。

从文字学讲"天津卫"三字,津字从"聿 "加"水"而作,聿即"笔"的本字。聿在竖画的左下方加"彡",其字读音与"津"全同,意思是书写佳好,"水"旁表示滋润有味,"彡"旁表示文采多姿——总之是中华文化的高明富美的景象气质。天津文化底子比全国其他古城要薄得多,应当更多地注重文化建设,方不负地方之佳名。

我已提到过:"天津"取义是天上的银汉落于地上,变为海河的比喻。非比等闲也。

"卫"是简体,原字是"行"的当中夹一"韦"字——"韦"又是简体,所以造字本义全不见了——那古篆本是正中一个小四方块,四周各有一个"止","止"即"趾"的本字,代表人的足迹;"囗"的四面皆有"脚丫儿"围着,是即"围"的本字本义。同时四面有人,即又发生"守卫""周防"的意,是即"卫"义了。

歌曰:

　　天津卫,名不废。古义存,史事备。银汉高,海河贵。津沽气,文化味。

　　书画高,曲艺盛,报刊好,学术正。渤海宽,碧空净。桃李艳,仕女靓。

　　科技兴,人文胜。卫有位,品可定。大吉祥,万民庆。

直沽的喜讯

  中华古哲理,《易》有"三才"之道,即天、地、人的相互关系。后世常说的"天时、地利、人和",就由此生发演绎而来。地利,包括地势、形胜、物产、交通等方面。在中华文化思想中,即以盖造一个花园为例吧,那什么最重要? 第一就是"相地"。就是说,这个花园的一切构思设计,都必须以那块"地"的一切特点为大前提。①我们对大直沽的改建开发,正如建一个新的大的"花园"一个道理。岂能抛弃历史地理的特点特色,而"完全"、"彻底"地另搞一套?

  "老龙头,火车道;陈家沟子娘娘庙。"津沽民谣,人人能说。大直沽的娘娘宫东庙,专家考证当建于元世祖至元年间,比现在文化街的西庙早了三十年。这座古庙必须恢复,而且应当更加恢弘壮丽,美轮美奂。这是神庙,与佛寺是两回事。佛门禅院中的情景,如"四大天王"等,不可照搬,否则将不伦不类,贻笑大方。古碑应设法从地下发掘,毁碎的尽可能连接补缀,使之可以重新矗立。此

---

① 可参看《园冶》一书,开卷首章即《相地》。

庙(与药王庙)应充分发挥津沽各行工艺名手的智慧才华,使之焕发异彩。庙,是集艺术大成的殿堂,寄托中华文化传统的一个形态——不应只从"迷信"这个角度去看事情。

娘娘、天妃、天后——是津沽历史的一大发展"碑记",千万不要"鹦鹉学语",改别的称呼。我早就提出过:天后将是中国和平统一的女神。但我不赞成天津人抛掉自己的历史称呼,而照搬"妈祖"一名。我近日重游文化街,一位工艺品摊主与我谈话,他口中竟称妈祖。天津人如此"善变"! 这使我吃惊感叹。妈祖之称,也是地区性的,完全另有其含义与情味,与天津直沽人不同。津沽的天妃、天后,是元代的历史标志,而且是漕运海航的"档册"。这个也改从别称,则天津人自居于何地? 人总得有个本色,有个主根,有个"立足境"。什么都是"外来的和尚会念经",何以自信自尊? "外来的娘娘也时髦"——娘娘绝对不可以"发展"变成"维纳斯"或"自由女神"吧? 咱们天津不是个聪明有志气的地方吗?

直沽一名,始于何时? 前文提到,有专家认为至少两千年前已有了,这个推断不无道理。至于"正史"中始出直沽之名,如《金史》才有"直沽寨",那是另一回事。宋代文士已语及直沽了。宋之泥姑(沽)砦(寨),本是水军习战之地,应为抗辽的戍守营,则沈括也记载过此名此地。那时的直沽河(今海河)即是宋、辽的界河。从大直沽往东,可达东郊军粮城,这一带有个传说:那里有个××淀(我忘了名称),就是人们看戏时唱的那"金沙滩双龙会"杨老将军与辽兵血战之处。这也许只是"齐东野语",但透露了直沽两岸的古史的侧影,虽有附会,也当有它的来源与正解。凡戍守点,必有高地建筑,即后来清代还叫"墩台"的台址。我收藏过一幅乾隆南巡时从京师直到杭州的精绘水道图(连济南的"七十二泉",都是一个不缺的），图上在咸水沽即绘有一个大墩台，上立旗帜。这都可为大直沽曾为直沽寨的参考与佐证。而三岔河口，似乎并无墩台的地势可寻。

大直沽酒的特产，当然是与历代漕运直接关联的，只有"卸粮码头"，才便于因粮造酒。制烧酒的高粱，来自渤海那边的辽东，仍然离不开海运盛行的历史。

大直沽，天津的"老根儿"，七十二沽的首脑，其地位真是不同一般！大直沽的重新振兴，乃是津沽广大地区的共同喜讯。这将是天津发展史上的重要的一页。

豆子觎①传奇

　　王翁如先生的"天津地名溯源"，是我喜读的文章。他以"咸水沽"为题，发表了专文；我是此沽生人，觉得似乎从来无人肯将这个小地方来考一考，写一写，一见王先生之文，不禁感到荣幸异乎寻常。

　　王先生在文中提到了一个一向有争议的问题，即咸水沽是否如清初大地理学家顾祖禹所主张的，乃古豆子觎之地？对此，我自早即留心查考过。恰好前年故乡的区政协编文史专辑的同志向我征稿，我就写了一篇很长的考证此题的论文，已经刊出于第七辑。在那篇论文中，我倒是倾向于同意顾的说法。如今大略举一二要点，再次求证于父老专家学者。

---

① 在地方志书中，村庄名称"窦"、"豆"互代的实例是不乏的，这出于老百姓的书写习惯，如无数的"亲庄"，其实都是"新庄"的代字。觎、岗、港，是一音的异写。古豆子觎面积很广，当然不止咸水沽的范围，大约往东南一带的大港，都本是通连的。古书所谓"负海带河，地形深阻"，即指北是大河（现今海河），东是渤海，而大觎广远，中有高地可居，极不易到，故被利用为"水寨"，略如梁山泊也。

所谓豆子舼在今山东惠民一说,根据何在? 大约远源实出《资治通鉴》,其卷一百八十一《隋纪五》说是"平原东有豆子舼",自北齐以来,群盗多据其中。这就是"山东说"的依据吧。因隋代平原郡南部已入山东东陵一带。

但是,妙处却在同是那部《资治通鉴》,同在一卷之豆子舼传奇内,又有一条记载,说的则是:"河间贼帅格谦,拥众十余万,据豆子舼,自称'燕王'。命王世充将兵讨斩之。谦将渤海高开道,收其余众,寇掠燕地。军势复振。"

你看,河间、渤海,皆非山东之地;而且最关键的一点是在舼中自立的格谦,是称"燕"王的绿林"寨主",而他的"继承者"高开道,收拾兵力,所寇掠的区域还是"燕地"。这个事情就明白了。考古代燕齐两国接壤之地,约在今河北文安、大城一带。那么,请问一句:倘是在山东,那寨主怎么会自号"燕"王? 燕王方得掠燕地,他们能跑到山东去竖起"燕"字旗号吗? 那太难讲得通了。

化繁为简吧,我只举一条,就显示出"山东惠民说"是大有商榷的余地了。

事实上,咸水沽一带,在南北朝时,还是一片大舼(今写作港),一直通连到今日的大港地区,大港亦即古代此一"大舼"。所以《资治通鉴》描述它是"负海带河,地形深阻"。关于舼,我在津门报端多次考述,今不复云。那种"深不能舟,浅不可涉"的海边之"湖(沽)",正是"草莽英雄"占作水寨的绝好"形势"——水泊梁山即是如此。

所谓"豆子舼",又实系"窦家舼"的俗呼讹音的讹写。证据也很有趣——

一、咸水沽有东西两大桥,旧时十分壮观(木构高拱桥,今已

拆掉），在东大桥以南，就有老地名，人呼"窦家岗"。那"岗"，实即
舥字的遗痕。

二、在大港之南畔，恰又有一个"窦庄子"。窦庄子以南出土的
佛像，上刻字迹正是北魏永平五年"章武县"人所造。这说明在北
朝时这个大舥应属章武县境滨海之荒陂。

三、再考《隋书·地理志》，其"河间郡"之下所属，正有"平舒"
地名下所注："旧置章武郡。"故《资治通鉴》所据隋代史料已不用
"章武"，统称"河间"。那么"河间贼帅格谦"占据的"水寨"，不正是
古（汉代以来）章武尽东的僻地吗？

四、由此，我们恍然大悟：原来那前一条《资治通鉴》之文所谓
"平原东有豆子舥"者，那"平原"乃是"平舒"的讹写！

隋称"平舒"者，即"旧置章武郡"之地，它的东边，有豆子舥
——章武窦家舥。这真是若符契之吻合，豁然贯通了！

我小时候见有人写"章武咸水沽"一类字样，并不懂得这是怎
么回事，还妄揣"章武"是天津的别名吧？如今明白，这才是历世
传下来的古史地理遗痕，并非空穴来风，随意牵扯。沽南的巨葛
庄，天津旧志正也说是"章武"的巨家庄。完全对榫了。

我考辨豆子舥的问题，其意义也不即是单为个人的出生地，
而是认为这与天津地区的古地形地貌、地理行政区划的变动沿革
都大有关系。谈咸水沽，并不是"本位主义"。

"文革"以前，我在《天津晚报》撰文列举了很多首豆子舥——
咸水沽的诗篇。后又在《莲西诗集》发现"豆子舥边放纸鸢"的新题
句。其实，前人不少咏及葛沽桃杏花的，那并非"死"义，那地名不
过泛指咸水沽、葛沽这一地区。清代又有一诗人题"咸水沽道中"
云："芦白枫红亦可怜"，怜乃可爱之意，可见那儿也有霜林红叶。

同属津郊的杨柳青,人家石家大院什么的,开办得名传遐迩了,令人佩羡;反观我那"老家"怎么样呢? 老时候的美好景观荡然无存,一点也不吸引人了。是否也该考虑一下,怎么把那古地方研究开发开发,恢复恢复古迹景观,不但可以教育当地的后代子孙,也能为天津的东南半壁增添光彩。何乐而不为? 我看那里镇内的居民,连个可以工余游憩的小公园也没有,想找点绿地也难。这情况不应长此以往,一味模仿"都市中心",还该有自己的"区本色"或"区特点"。绿化美化之外,就连古豆子皉的"文章",也未尝就一无可"做"。事在人为,只要开动脑筋,发挥才智,我看前景未必长期落在西青、东丽之后吧?

佟·傅·李与天津

　　以前讲过一点佟家与曹家的事。于是又想起富家还有不少事与曹家有关,说也"奇怪",并且还与咱们天津有关。如今就再来讲它一回,倒也颇有趣味。

　　这门富家氏,是真正的满族人,但上世出了"李荣保"、"马齐"、"马武"这样的名字,弄得有人误以为是汉族了。"马"字下一辈排的是"富儿"的富字了,可是"富"、"傅"并见。写富字的已举了富良,他就是袭爵敦惠伯的、雪芹的东家。还有一个叫富文的,他有一女嫁与豫亲王[①]的后人,生了一个叫裕瑞的,知道雪芹的相貌、性情、嗜好、风度、言谈、著书等情况,正是由富家那儿传述而得闻的。富文的一个哥哥叫傅清,他在天津镇两度任总兵之要职。说来又巧,傅清有二子——明仁、明义,明义就是最早因见《红楼梦》钞本而题诗二十首之多的一位诗人,他曾随乾隆到过天津,留了诗篇。二十首的末两首,对理解雪芹及其小说,至关重要。天津

────────────

①　豫亲王多铎,多尔衮之弟,其府即现今的协和医院。

著者(中)赴美演讲"红学"后,在哥伦比亚大学留影。

少年书剑在津门

还保存有他的信札手迹。

天津自宋代起一向是军事戍守之地，宋称砦，元称镇，明称卫，其实质未变，只是升格而已。天津设州升府，那是很晚的事了——以前是没有地方行政官的，傅清那样的，就是老天津的最高镇守了。两次镇津，关系不为不密切吧。

富文的二子，明瑞、明琳。明瑞为国战死。明琳书斋叫养石轩，雪芹从江南返京后，敦敏第一次巧碰在明琳家，听隔壁有高谈之人，闻声立刻知是雪芹，急急赶去，惊喜意外，兴奋至极！他为此作诗，竟把雪芹比作野鹤仙禽，而将"富"家人比作"鸡群"！

后来，傅清之弟傅恒，官居极品，曾想聘雪芹入宫廷如意馆，为武将功臣画像，雪芹峻拒，赢得了诗友的高度赞叹！

过去有一篇《曹雪芹先生传》，撰人不明。内称雪芹先世是甘肃固原人。见者哂斥，以为胡云编造。我久思不解。后知傅清率军镇守固原。于是我悟到：有可能是曹家有人曾随傅清驻守其地，因而辗转讹误，把固原当作了原籍。八旗人出征留地驻防，年久落籍，其例不鲜。

曹寅内兄名李煦，两人一切经历略同，共命相依。曹寅有"幸"早亡了，没挨雍正的苦"整"，真是"大造化人"！李煦则不然，做了一辈子好事，人称"李佛"，被抄家后还有数十口孤儿苦女在他家抚养之下！李煦年高七十二龄，竟被雍正下令充发到极边，冻饿而死，闻者无不流涕。

李煦的父亲名叫李士桢，官至广东巡抚，是清初口岸通商的重要人物。他怎么入的旗？原来他家姓姜，是山东昌邑的大族。明崇祯十五年腊月，清兵入侵，万余人围攻昌邑，城破，除了杀戮，拣中意中用的留命作奴。李士桢自幼聪慧可爱，让军中姓李的收养了,作为义子,这才姓了"李"。这真惨哪!——大约曹家的入旗,虽地点不同,情况大致相类。

且说李士祯长大做官的开始,就是在天津长芦盐政上,做过运副、运同。可知李煦幼时也曾随父臣寓津门。

曹寅有一首渡潞河绝句,写及了杨柳之青青。那当然就是天津了。

明清之际,自京至津,从通州起,二三百里的水路,两岸杨柳万株,绵绵不断,舟中人对此风光无不陶醉!所以津西一带的柳堤,不过是部分痕迹罢了。

北京西单牌楼以北的石虎胡同,"富"家府第所在,雪芹足迹尚有可寻。可惜这条胡同已被拆除,我因群众委托,做了紧急呼吁,万幸仅将右翼宗学保存下来了。我记得最后一次重游此巷,故屋宛然,一个大白石雕虎,立在胡同东口,面向来人。那虎是高桩立相,形貌极古,石面已经剥蚀得很厉害。这种前腿直立的石虎石雕,大抵是金、元早期的古物,目中只见过那么两三对。此石虎,今不知在否了。话还要归到天津。曹家的许多亲友都与津沽有过关联,其家当铺在张家湾,从此湾乘舟东下,很快即抵"蓟北繁华第一城"的津门了,不是什么难事。雪芹之曾到津沽胜赏,我看是有理有据之说。

天津祖地——大直沽

　　昔时文史家都说天津(正式得名在明永乐初)本来叫作小直沽。这原不为错。可是往细里讲,就得追源于大直沽。拙见以为大直沽不但早于小直沽,而且也就是"直沽"的本名本义。

　　大直沽在小直沽之东南方,相距不过十里(当然指"华里",那时并没有什么"公"这"公"那的名称)。"大"早于"小",证据不一,而两沽的天妃古庙,以大直沽的始建年代更早,实为最好的史证。

　　建庙年代,数年前已讨论过,今不复述。再一个证据,也是举过的,即明代《长安客话》①明确记载,"直沽"一名,在土著人的口中则称为"大直沽"。由此得知,"直沽"实乃"书面"文字的省语。

　　"大""小"两名,俱见于《元史》,我亦提到实例,又可知这些地名必早于《元史》时代,至晚也在宋代就通行了。

　　《元史》在《食货志》里还提到采(珍)珠是在"直沽口"。这指海口——而又可知"直沽"实即海河(此亦明代才有的俗称)的本名。

----

① 蒋一葵做京师顺天府尹的官,故曰"长安"。

为什么？明代曾给天津题八景诗的相臣级大官、诗人、画家，家住北京什刹海的李东阳早就说明了："沽"者，"入海之小水也"。这很正确，"沽"指入海的小河流，但它又常常连着一片浅水，其名曰泊、曰淀、曰塘、曰海（夸大语）、曰港（本作舡）……而此地居民特名此种"小水"为"沽"。"七十二沽"者，纷纷入海的诸小河也。

海河，即此"小水"的一条，因它早先河形较之别处河形特别显"直"（弯曲小、少），故居民父老就叫它"大直沽"。

从整个河身（随历史越来越长，因直沽海口越淤越靠东了），大直沽这一段水，又最直——它所连的浅水成淀的"片"，又最广；是以"大""直"为此沽之最大特点。

元代海运，先到这儿停泊。粮米之"仓"所聚，因而酒业特盛。

庚子之变、天津拆城以前的大直沽，入诗的最佳篇，见于《莲西诗集》，写得真切如画，有"人家秫酒香"，有"盐马黄"（马，垛也），有"秋水布帆"，有芦苇，有遥连东淀……它距城不远不近，斑斑可考。

我还是主张，早日把这块"祖地"恢复、开发起来，让天津人知根念祖。

大直沽·大红桥·侯家后

　　乾、嘉时期的天津风貌,在著名的梅成栋、崔旭二俊诗中可以寻见痕迹。我在"文革"前为《天津晚报》写过《沽湾琐话》,略有摘叙。在他们之后,就是进入清晚期的道、咸以至同、光年代,写天津的诗句,往哪儿去找呢? 我想,不能忘掉《莲西诗集》这个线索。在庚子大变故以前、太平天国军兴之前后,老天津的风物还未大改的情景,入于诗人笔下的"摄影",在这部集子里颇有保存。

　　这诗人把天津和直沽二名不相混一,分别而用,这是一个特点。他用"直沽"时,专指大直沽了。不像从元代以来以"直沽"为泛称的那样了。引一首窥其豹斑——

> 去郭直沽近,人家秫酒香。
> 晓烟村树暖,秋雨布帆凉。
> 雪刷鲼鱼白,云堆盐马黄。
> 荻花风瑟瑟,东淀望苍茫。

有三点需要说明：一、题目是《秋晚自直沽归》，而诗中"晓烟"之语显然不合，应是"晚烟"之误抄。二、"盐马"下有原注云：堆盐坨，俗作"玛"。这个"玛"字今日无人认得了。三、"秋雨"下侧书一个"水"字，当是原稿后改为"秋水"，以改者为佳。

这首诗，指从大直沽回津城以内的住所（作者京津二地皆有住处）。第二句分明写出大直沽的特色——以"烧锅"闻名遐迩。

秌酒，即高粱酒，其味极香。酿酒以后的粮，叫作"糟"——别说酒本身了，就这糟，从"后甑"抬出来倒在院里，热气腾空，满身酒润，其香扑鼻，真是一种浓烈的香味！一座烧锅四周围都香。所以诗人下字不是泛泛的。

再扯远一步：津沽人家自养猪，就都是从烧锅买糟喂它。你想，吃这个的猪，那肉能不香吗？我家老宅，紧邻烧锅（名叫义泉永），从打幼时闻这种香气，以为"天下之猪，皆食糟而生者也"。后来"长大"了（好几十岁了），偶与同事提起，他吓了一大跳，说："嗬！了不得，那叫'糟猪'，肉特别的香呀！"他口液津津，我如梦方醒，才知道"天下"不都以糟喂猪。听说有用树叶子充拌猪食的，那肉能好吃得了吗？（敝乡不是大直沽，但烧酒生产主要是大骡车往市里送，那叫大直沽酒。这正如"小站稻"，产地在津南一带甚广，不是单指"小站"那一地方，其理一也。）

第一句，就得为今天的一代人细讲：怎么叫"去郭"？郭是城的代词，因格律平仄规矩，这儿必须是仄声（郭，入声字也）。"去"，古汉语都是"离"的意义。比如"去国"，是离开首都或本土而他往；"去官"是卸任离职；"去家千里"，指远出。今天人说"我去天津"，不是"离"，倒是"到一趟"了。

那时天津城还未因八国联军之侵而拆掉，所以诗人说的是：

大直沽离天津城不太远。

那时，大直沽还是堆盐坨的所在。

那时，从大直沽往东，接上"东淀"，到处是碧绿的芦苇，一派水乡佳景。就连道光时满洲名人麟庆，叙他路经天津，也竟知道："……旧名小直沽，其东南十里，地势平衍，每遇霖潦水泛，茫无涘，曰大直沽。……"

《莲西诗集》的津沽杂咏、竹枝词，都有民俗史料价值。今举二例：

> 炊烟晓霁卖鱼苗，杨柳青青入望遥。 昨夜西沽新水长（涨），橹声摇过大红桥。侯家门巷酒家楼，瓷里梨花色不秋。扶上肩舆沈醉后，琵琶一曲解貂裘。

大红桥，这名字本身就带浓郁的诗情画意，显示出天津这地方原是泽国水乡的风味。江南除了石桥，木桥也红漆栏杆，这在唐宋诗词中多有"句证"，就连秦郎少游，也写出过"碧野朱桥当日事"的怀人之句。津门的红桥，现在还是一个区的名称，它描绘着津沽的历史的侧影，至于钢铁桥、洋灰桥，那就是后起的事物，诗味也就荡然无复几何了。"侯家后"是个地名，旧时名气甚大。从《莲西诗集》看，那儿从早就已成为灯红酒绿的繁华地点，歌楼酒肆，柳巷花街，聚于此处。当然，那还都是本土的风情色彩，与"租界"里的洋气是不同科的。这地方，因本人是书呆子，没到过，只从人们口中不时听到它的大名，我想，旧貌应该完全成为历史了吧？

奇文《二吟记》

　　人皆爱其乡，虽离乡已久，总系吟怀。我从庚辰（1940年）秋起，身在燕京大学，那儿藏书在北京也称极富，所以我"得其所哉"，锐意搜寻故乡的文献，那么一个小地方，微不足道也，又有什么文献可征？此疑所在必有。哪知，不搜时"万事皆无"，一搜时令我惊喜，很快积成一个笔记本，抄录的包括古籍和洋书、方志和诗文。此业未竟，横遭侵华日军封闭了燕大。抗战胜利后，1947年之秋又重返燕园，得续前缘——我又在兼攻洋文与"红学"的有限时间，再搜关于敝沽的一切记载。那年岁次丁亥。

　　一日，不知怎么查错了卡片柜借出了一部诗集，看时，题名曰《纫香草堂诗》，共有十多卷。著者自署"绣江葶村李廷棨"。

　　我爱泛览，虽然此书本非所需，既已借得，还是要携回宿舍细看。在几多课程忙碌中，断断续续地闲翻解闷儿。不知过了几日，看到第八卷。这天下午，坐于屋内，倚床而阅之，——忽然，书页自己披翻，露出页末的一行诗题，大书曰：《咸水沽道中》！我几乎不能相信自己的双目（少时眼好极了），不禁狂喜！

这是我平生发现的正式题咏敝乡的第二首诗。有"第三首"吗？愧未能知。

第一首较为易见，就是梅成栋、崔旭二诗人所刊的《津门诗钞》中的《咸水沽舟中闻蝉》。大约采自《长芦盐法志》，诗之作者为乾隆时孟螯司(名淦)。

此二诗，一舟中，一道中，天造地设。我高兴极了，作了一篇《二吟记》，恭楷书写。经过浩劫变乱，久已不知下落，时时念之——因为诗句都忘了。我想寻着此《二吟记》，提供给敝乡的区志编纂者。可是茫然莫知所在，以为无望了。此诗，以至于劳动了北大吴小如教授；但因我记不清书名作者姓名，当然无法查到。

近日，一个奇迹出现了！

这篇《二吟记》隐而复现。看看字迹，诵诵诗篇，真是恍如隔世！——巧得很，我重见此二诗时，又值岁在庚辰——是我首次搜寻乡里文献的年头儿。一个整整的"花甲子"过去了。

孟句：

> 浅深沽上雨初收，特向津门放小舟。
> 借得半帆风正好，绿阴浓处一声秋。

李句：

> 野人苇草堆连屋，小市鱼虾不值钱。
> 莫嫌僻湿村村路，芦白枫红亦可怜。

我请陶心如先生画了一幅《枫红芦白村图》，极佳！上方有张伯驹、启功两名家的题跋，蝇头小字，名贵之至！

这幅珍绘，与许多诗词画幅装裱成一个大册页，幅幅皆出名流耆宿。不幸1987年我在海外时京寓搬迁，被人偷走了不少东西，此册亦在其中。

张、启二公的题诗已不能记忆——是在承泽园即席命笔的，没有底草。那次名家聚会，盛极了，思之真如"天上"矣。

我特重此《二吟记》者，是二题皆正面书明"咸水沽"三字，此最难得。若古人以"豆子䴔"为名以咏敝沽者，那就不少，我曾集录，刊在"文革"前的《天津晚报》，今不赘叙。

关于隋代豆子䴔（港）古时极广大，中有"绿林"的"水寨"，极难攻克——即"梁山泊"的"先声"，那是民间"贼帅"，实际是反对隋炀帝暴君的起义活动。"豆子"乃是"窦家"的讹音。敝乡旧日东大桥附近还遗存一个"窦家岗"的遗语残音，如今恐怕已无知者了吧？

李廷棨是嘉庆乙丑（1805年）进士，历任新城、玉田、宛平等多处县、州、府官，擢升湖北按察使；此次题诗，是他于辛丑（1841年）年由安平到高阳，到大城，到静海，再到天津，并且惠临于敝乡，留下的佳句。我在燕大的题记说他的诗"含芬溢藻，才调绝人"，可见留与我的印象感受匪浅了。

我当时还和了孟、李二公的原韵——

千年古䴔浪痕收，隔柳移帆认过舟。

十里碧秧一万户，江南风物水村秋。

——和孟

春篱日蒀豆花蝶，夏浦行添荷叶钱。

可惜只从秋里过，露葭霜树枉诗怜。

——和李

  这四首绝句，连同我集得的多首题豆子葋的诗，应该求高手书写，精刻于石，建一诗碑，立于我沽的西门入镇之处——也就成了那地方的一处名胜，平添无限文化情缘，河桥景色。

  所惜我不会挣钱，一介寒儒，空存此愿。甚盼出一名富而好文之士，襄此胜业。

渊渊鼓音

时当农历腊月，耳边响起鼓音。

为什么腊月与鼓有了联系？原来腊是古代的一种祭祀之礼，每逢腊月，村人便敲起细腰鼓来，并且扮作金刚力士，举行驱疫的活动。这是古荆楚之风俗，其余地方，虽然有所异同，但总有相当的相类的习尚。古书又记载谚语，说是："腊鼓鸣，春草生。"只此六字，便觉眼前耳际，无限的诗情、无限的生机、无限的良辰美景接连而至。

因此，虽然我不曾见过听过记载上的真腊鼓，可是，只见"腊鼓"这词语字面便十分欢喜，这也许很可笑。对我来说，两者不一定构成什么矛盾冲突。溯其始因，从很小时候，爱读"尺牍"——什么又是尺牍呀？就是古代的书札信简，成为一种文体，也属于今天所说的文学作品。我读小学时，还设有"尺牍"专课，很重视呢。且说我从小爱读尺牍，古人书札里，"季节性"总是十分鲜明，比如临年近了，那么写信时就有"梅魂有讯"、"腊鼓频催"这样的话。这种词语，加上"流年急景"、"岁暮怀人"，或其他思乡念旧的词句，会唤起对童心的惆怅的感情，然而又得到了浓郁的审美享受。我虽不知腊鼓何等样式，但耳边像是响起了渊渊的鼓音。

这季节，这词句，这鼓音，对我有强烈的感情作用，转眼数十年过去了，至今依然如昔。

像每一个小孩子一样，我幼年时没有玩的了，总喜欢翻找家存的旧物——那些"老家底"。有一回，我发现了一个新鲜有趣的东西。那是细铁棍折弯而做成的：上面是一个微呈横方，但又形成八角的框子，下面是一个手执的长柄，柄的下端，套着好几个铁环。一摇动时，琅琅作响。对小孩子的感觉来说，这东西拿在手里，是够大，也够沉的。

我一见它，非常兴奋，就跑去问母亲："这是什么？"母亲说："这是太平鼓的'骨架儿'，上边的八角原是要鞔上鼓面的。"我又问："太平鼓做什么用呢？"母亲的兴致被我引起了，她回忆着解说，好像回到了她的青年时代。她告诉我："太平鼓是过年敲的。虽说正月才是正经日子，可是从腊月，就有练的了。敲的人小孩子居多，大人也不少。和别的不一样，这种鼓，女的倒是真正的好手，敲起来不单是鼓点好听，身段步法也好看。"我这才明白，这是一种舞鼓，是连舞带敲。母亲又说："鼓面是布鞔的，鞔鼓的手艺得很高才行。鞔好了，上面还画上彩绘，都是吉祥的花样，很是好看。闺女们如果三五成群敲起来，那鼓可真是好听又好看。鼓音有轻有重，有急有缓，还得会'花点儿'。配上铁环的节奏，喜琅花玲的，那才叫好呢！"这话中的"节奏"二字，是我此时杜撰的"现代语言"，母亲原话不是这样子的，可我已经不会学说了。

我被母亲的话迷住了。掉句文，就是"为之神往"。没有福气看看听听姑娘们敲太平鼓，小孩子心里很觉怅惘难名。我于是问母亲会敲不会，能不能把那鼓架儿鞔起来？这当然是"不现实的"奢望。母亲笑了，说："我不大能敲。老太太会，敲得好。"老太太是称呼我的祖母，她老人家晚年半身不遂，卧炕难起。敲太平鼓的人，我始终无处去寻了。

后来我心想，这太平鼓既然进了腊月就响动起来了，纵然并非真正的古腊鼓，也就足以相当了吧。于是，我写信时，若逢年近岁逼，就总爱用上一句"腊鼓频催"，自觉这是有情有味之至，而绝不把它当作陈言套语看待。

我又想，原来那种年代的妇女，也是有她们的"文娱活动"的，那形式也很美好。我也想不出它有什么封建性，或者腐败的副作用，不知何因，竟而也被时髦的风习"代替"而归于无有了。那渊渊有金石声的鼓音，里面富有民族的审美创造，是一种最动人的声响，那种击鼓的舞姿与神态，以及所有这些加工在一起所造成的欢乐的节日气氛，总还是值得追记一下的吧！

我上文说的"代替"，新陈代谢，古今更变，理之当然。但是，除旧必须代之以新，而且新的比旧的更美才是。太平鼓不一定非"恢复"不可，可是这一美好的民族风俗革掉了，代替它的又是什么呢？

中国的鼓的节拍是高级的音乐创作。中华民族应该有自己的鼓音，并且逢年过节，有民间的击鼓娱乐的适当形式，应该是太平盛世气象中的一种非常美好的表现。

腊鼓的诗情，华夏的民俗，确实是令人神往的。

前面因腊月而谈腊鼓，因腊鼓而谈太平鼓，虽然太平鼓曾见咏于雪芹令祖曹寅的词曲中，毕竟实物早不可睹，"实音"自不可闻。天大之幸，还有实物实音存在的，另有一种鼓，就是津沽特有

著者(中)与南开校友合影。

的民间绝艺：法鼓。

要谈法鼓，实非容易。何则？一是这种音乐之事，凭"纸上谈兵"很难，比"兵"难得多。二是不知到哪儿去寻"参考资料"，来充实自己的"大作"，前一阵子，看见一小段文字，谈贾家沽的"武法鼓"，已有"稀如星凤"之感。要找学术论文，那恐怕是得洽购一双铁鞋，准备踏破了。因此，本文之囿于个人管见，自然无待烦言。

天津已经排印了《梓里联珠集》，蒙点校者张仲同志见惠而得观。家乡肯印制这种书，真是大惬鄙怀，堪称功德无量。其中有极丰富的关于民俗民艺的宝贵题咏记载。可是，你要想寻找一首专咏法鼓的诗句，也会"废然掩卷"而罢。

我倒是非常欣赏这首七言绝句：逐队幢幡百戏催，笙箫钹鼓响春雷；盈街填巷人如堵，万盏明灯看驾来！

我读了，十分之得意，可谓心胸大畅。这首诗的主题是《皇会》，解题之文曰："天后宫赛社，俗称皇会。"此诗见《津门百咏》，作者是庆云诗人崔旭，他与津沽关系最为深切。

这首诗写得好，诗体既属"竹枝词"性质，所以通俗易晓，但仍饶诗韵，境味俱佳，笔酣墨饱。在我说来，则最高兴的是终于寻着了法鼓的诗痕画迹。这一双铁鞋，总算大有妙用。

诗人的笔触，勾勒出了我们天津出会时那种万人空巷、倾城出观的高度欢腾的景象与气氛。那种境界，自愧笔难描叙。想来，常说"盛况"之言，天津的会，那才真当得起这二字形容而非复虚词套语。

崔旭又用了"赛社"二字，大有讲究。赛即"迎神赛会"的赛，诗人写的"百戏催"，亦即赛义。社者何？即是古语"社火"，后来叫"出会"，也叫"过会"，《红楼梦》也于开卷不久即写那"过会的热闹"。

社,本古时祭奉后土(大地)之礼,凡有人群聚居之所,必先设一社祠,百姓逢年过节,或行礼,或议事,或娱乐,皆以社祠为聚集点。火,非灯火之火,乃是伙字之本义,即聚会是也。出会过会,也叫作"社火",这个话语,也见于《红楼梦》中。其实,现代人说的"社会",此词原来与"社火"互用无别。出会,有各种不同的"伙",高跷、龙灯、中幡、小车会、跑旱船……一伙挨一伙,列队而过,竞相献艺,这就是"百戏催"的含义。那么,高潮顶峰在哪里呢?就在"万盏明灯看驾来!"百戏虽然很是热闹可观,但万人如堵(人海筑成的"墙"),坚守不动,期待渴盼的却是遥遥望见一个端庄而又飘逸的轿顶,款款而来,于是人潮鼎沸——又抑制着各人心中的兴奋热烈,泛起肃敬的心波,不禁争相告语:"驾来了!"

这驾,指的是天后娘娘的神座,被迎出宫外,簇拥巡回,供万人瞻仰,与万民同乐。娘娘的塑像,面如满月,慈祥悦慰,纯粹东方的一种高级的美,与别的女性美(特别是现代的、西方的)迥然不同,令人起敬爱之心,亲切之感。天津崇奉天后,是因为天津的发展史与航运紧紧相连,天后宫是"天津卫"的最古、最美、最重要的历史文化标志。天津的赛社,自以娘娘为中心,一切都是民间的艺术创造,自发自办,要寻"津味",此中有焉。

娘娘驾来,其前例有一项别具风规的社火——即是法鼓。

海大道·柳劫·皇会

我此刻执笔,正值农历四月,雅称清和之月,是北国的一大节令之期。每到此时,我便不禁想起很多诗情画意。有一连好几年,我从京郊燕京大学,分坐几次不同的车,总要赶回津沽,去享受一下故乡的四月之美。沿途的麦田,刚刚铺翠含风,一色如剪,比什么"景观"都令我欢喜。

我坐车的末后一"换",是从下瓦房坐骡车,东南行,直沿海大道回里。这海大道,就是从津卫直沽,直通海口大沽的路,在海河未经"截弯取直"以前,它更是循傍着这条佳水而达海门,故"海大道"之得名,良有以也。这条康庄之路,全长百余里,我的诞生之敝沽,正居此道之中心。此地虽不敢说是"四通八达",却恰恰是个交通枢纽点。敝沽的三里长的街,其实就是这条海大道的一段。我就生长在这海大道的紧边上。我对此道怀有感情,想来是"可以理解"的。

我早年翻阅过桑邦史料,知道这条路本是修得很好的"叠道"。什么叫叠道呢?这不是"引进"的新名词,它是咱们的古语,意思是"凸道"，即路面中央隆起，两侧逐渐缓坡低下，亦即路面横断面是曲线形。这老古时候是很考究的路，因为京师的大街，也就是这样子的呢。那时没有"柏油马路"、"水泥铺砖"等之类，这样的叠道，下了雨不积水，不泥泞，自然是高级的路。若像北京的"辇道"、"御路"，那才能有石铺，浩大工程，津沽无石，叠道所以最善。

古叠道早已无踪，我年轻时却见过有一次重修叠道，规模宏大，质量不低，当时真是人人看了高兴。村镇内，路两侧有小小泻水沟；一出郊，两旁则遍栽了柳树，整齐无比，一望无际。我那年轻的心，充满了"几年以后海大道变成柳荫大道"的美景之"预影"——因为那时我正是诗词迷，最渴望这种诗境！

谁想，"诗人之梦"总是可怜可笑的吧，就在刚栽柳的那阵子，一大队日本侵华军，从大沽那方向西来，直奔天津。他们路经敝沽，看样子已步行得疲惫不堪，只要一坐卧，立时睡如死猪一般，连步枪也不把在手里了。这且不提，偏偏赶上的是一场特大的雨。他们继续上路时，新修的"叠道"正好被这一大批兵群踩得稀烂。他们各个滚得浑身泥浆，其状甚为狼狈！这也不说，最可恼的是他们一个个都把树栽子拔下来，当了泥途中的拐棍子！此军一过，荡然不复再见树影，叠道成了泥坑水洼。此后呢？自然谁也不会再来讲什么叠道与柳荫。我的"诗梦"从此破灭。此事我印象最深，总难忘掉，也总想记一记，因为这也是津沽史上的一页侧影，今日未必有人能知肯记了。

海大道从何时修的叠道？我想总不会晚于康熙年间。因为，康熙大帝到大沽祭海神(那儿有海神庙)走过这条海大道。到乾隆，大约也去过——他是事事要学他爷爷的。这两次大典，就是海大道规格升级的缘由。

乾隆"巡幸"天津，清诗家留下过佳篇名句。天津特有的"皇会"，也正是由此得名而传世的。别地方绝对无此名目。

津沽的会——出会，过会，除小型耍乐会，端推大会，极有特色，盛况堪惊！近年，葛沽的"宝辇"会，方始渐为人所知所重，以至进了北京，名望升高了。这全是由于葛沽人士对此怀有异乎寻常的热情与毅力，加上自豪感，令人至为钦佩。敝沽的四月下旬的药王大会，其声势气派，本来有过之而无不及，然而后继无人，听说到如今一切文物、人才、史料、口碑……什么都没了。那样盛大的民俗文化，零落到如此地步，相形之下，有愧于葛沽乡亲多矣！事在人为，岂不然欤？

敝沽的大会与葛沽分别何在？请听一讲。

葛沽的会，所赛之神是娘娘。敝沽的会，则是药王与娘娘双驾。葛沽用宝辇，敝沽用绿帏八抬神轿。葛沽的"会道"，主要是"九轿十八庙"，不出本乡，路线颇为曲折。敝沽因地形并不复杂，会道只是东西一条三里长街，但盛况的高潮顶点是大会与沿河一带众村的会，又分又合，一齐向津东南（沽西南）的峰窝庙（亦称峰山庙）进香。诸村的会，以"吹会"为多，即笙管乐吹奏会，也有文武法鼓，他们坐船而来，上岸上妆，列队而走过敝沽长街，许多茶棚，陈设装点，摆上点心茶茗，接待客会，礼数隆重，其时满街彩旗幡盖，络绎如林，鼓乐震天。沽中则接亲招友，万人空巷！女眷们夏装倩饰，列坐棚内，并无隙地。本来农历四月二十八为正日，但自二十三开庙门，到二十六实是最盛的一天，大会出动，百余辆车马，声势浩大。车队无数人员，到辛庄下车上妆，这才列队正式走上进香之路。辛庄妇女，为看大会，饭都顾不上做！那日各村诸会早到了，齐集庙前，不能单独入庙乱行，必须等得敞沽大会一到，由它率领，依次进庙礼敬。大会的两行护队人，皆执杏黄小手旗，维护秩序。旗上绣字。为何敞沽之大会其位如此之尊？势派如此之大？据父老讲，只因它在乾隆年间得到皇家赏赞，认为此会的气度风采出众，才给了它特殊地位。不过为避城里的名目，不肯再称"皇会"就是了。

敞沽大会仪仗卤簿文物，价值甚高，皆是良工精制。本沽诸会中有一伙由小童扮为女乐的《渔家乐》，轻歌曼舞，丝竹悠扬，最受欢迎，全镇人尤其妇女，都学唱那些美妙动听的民间雅曲。比如《四大景》，歌唱四季良辰美景，文辞优雅可喜，后来我在《霓裳续谱》里发现了它，完全一致。这起码是乾隆旧曲——实际更早得多。这些，都成了可以引人叹惜的《广陵散》。不知还能出现有心的人为之搜集、整理、记录否？

峰窝庙会极盛，也是津西数百里的季节性"农贸"集市，庙前席棚无数，百货备陈。我只记得正殿供的是三位尊神：伏羲居中，神农、黄帝陪坐左右。伏羲手持八卦图，神农手执金麦穗，黄帝拿的是什么，已说不上来了。望之俨然生敬。

如今回想，滋味转浓，因为年轻时还不大懂事，看"热闹"而已。如今想时则不同了，觉得咱们天津地方竟有这么一座古庙，供的竟是中华文化的三位伟大创始人！这是何等的可思可念，天津人能盖这座庙，其热爱中华文化的意识与心情是何等的可贵！天津人不简单——无愧是炎黄的子孙。

四月"大庙"①之期，大会，古庙，文化，民俗，仪仗，鼓乐，茶棚，

---

① 称大庙，因为四月十六是"小庙"。

粉香汗气的女观众,初夏的风光,荐新的菜果,万众腾欢的气氛……构成一幅比诗画都美的天津南郊民俗画卷。这画卷,是值得画一画的,因为它含蕴和展现了天津人的文化境界与生活情趣,是不应该让它全部化为乌有的。

大王庙·浮桥·城墙

我喜搜集乡邦掌故、桑梓遗芬。记得在燕京大学时,单那一处图书馆,就从中西各书中摘抄了一大厚册——那时目力好,都是蝇头小字,可见资料文献之丰富了。这个"宝册",即使"历劫"未化云烟,恐怕现时自己都看不见那小字了,已无法运用。头脑中零零碎碎的,追溯起来,俱已不成片段,想根据它们写写文章,也难了,念之令人嗟惜。

这种文献不限"高文典册",包括各种杂书,连小说也在内。上回我谈了老残论海河,就是从小说中获得的资料——老残之文孙,刘蕙孙老教授补作的小说补编,但他是从他令祖听过口讲的。如今再举二例:

一例是《歧路灯》,它写到了书中人物从河南开封北上进京,经过天津,提到游览名胜时,却列举了"大王庙,天后宫……"这可引起我的注意,此书乃乾隆时著作,写的是一部"浪子回头"的故事,极可能就是仿《红楼梦》的(如《儿女英雄传》亦然)"唱对台戏"的小说。他竟知道大王庙!则此庙名气应不下于娘娘宫呀,自愧却了无知识。我就请问我二哥福民老人,他地理最熟。他说,确有此庙,原在河北,金钢桥往西,后来就不明情况了。

我于是猜想:这位大王,并非项羽一类,也非"寨主"类的大王,也不是《西游记》里"黑风洞大王"的妖怪类,而是与水"密切关联"的蛇神之称号。水乡之地,供奉龙王以外,就还有蛇大王是一方的"水主"。

前几年我回津门,向民俗专家们请教此事,蒙他们拿着当回事,费事去查,竟然查到了记载。

因提这事,我又想起,在《施公案》里,就也写了咱们天津卫。施青天施大人①,后来做了"总漕"官兼按察使,沿河巡视至津,那时诸路漕舟争过关是个大问题,各路为"帮",互不相让,群斗群殴,常酿成大事……施大人处理此事,来到浮桥,目见那河上桅樯万艘,成为一大壮观!

我以为,这都是忠实的史料,不是"虚构"所能办到的。还写了长芦盐院的满洲钦差,也使我想起身为两淮盐院的曹寅曹楝亭。

过了天津,就写静海独流曹家大奇案。这又使我总是联想起:旧时每逢娘娘、药王庙,敝乡出会,盛况动人,诸会会中(那时我耳中从未听说叫"花会",只说"出会"、"过会"),有一班受人喜爱的《渔家乐》,小男孩扮演小姑娘,极美,有一段叫《推纽轴(碌磋也)》,开头道白就是"小奴今年一十八,嫁到独流老曹家……"

我若有空,写一个影视剧本,就写独流曹步云家这段大冤案,也许能获什么奖吧?——你看,我扯到哪儿去了。

还说天津吧,想看老城"面目",似乎有那部日本奇书《唐土名

---

① 他与雪芹令祖曹寅是诗文唱和的好友。

胜图会》,那里头就有天津城的木刻版面佳图。

对了,还有麟庆的《鸿雪因缘图记》,那也有天津的妙图和文字。等找出来,请本刊影印在报上,能飨读者——应云"看者"才是。诗文的,更多了,且听下回分解可也。

艳雪楼·残梦楼·一层楼

甲辰年冬十一月,作《金缕曲》一词寄与南开老同窗黄裳,是感谢他不时以珍本清代诗文集惠借,鼓舞我不要废弃研"红"的大业——因我也曾一度由于种种挫折伤害而心灰意懒。此词写寄之后,便记不全了,有时想起来,还很思念,自觉那首词可读,也有史迹意义。一次便写信去问黄裳,请他录一份给我重温旧梦。讵料回信使我大失所望:他说不知道有过寄词之事!

这已奇了。更奇的是,今夏无意翻检破书,忽于清宗室名诗人画家弘旿的《瑶华诗钞》中发现一张敝纸,打开看时,正是那首遗失了三十年(今年甲戌呀)的《金缕曲》!

我平生诗词很少有什么"底草"、"副本",大抵即兴信笔,口占随录,只此一份,匆匆写与友好,稍过即不复记忆——其数量惊人,单以津沽一地而言,我写与家兄祜昌、词友寇梦碧、燕大同窗许政扬(南大教授)等人的就不少,可是因为抄家运动、"文革"……祜兄、许兄处的都化为云烟了,寇兄记忆最好,偶于来信中录示我之旧句,我简直像"读别人的作品"那样惊奇——连一字也不记得了!

这些诗词中，当然很有关系津沽桑梓掌故的题咏记叙。如今恐怕"片纸难寻"了，当时不觉珍贵，此刻却真有了可惜的感叹之情。

说来也巧，在同一纸包中，我又检得两种书，都是旧年黄裳寄赠的：一是水西庄查莲坡夫人金至元（字含英）的《芸窗阁诗存》，一是汪沆的《津门杂事诗》。两书皆是清初原刊精本，钤有极美的细朱文的黄裳藏书印，并有他的小行书的墨笔题记，记载得书的时地经过与书册的价值、心情的喜悦。

《津门杂事诗》并非僻书，在津应该很好买，但不是原刊，原刊是陈皋精书小写的写刻本，那字法、那刻工，都美得令人惊叹！真是中华艺术的瑰宝，世界上并无两份。但天津人是否都有兴趣去读读这本《津门杂事诗》？怕又"成为问题"。打开它，充满了桑梓旧闻，对我来说真是"过瘾"极了，因此每首诗都引发我的思绪，不知从哪首诗哪件事哪处景说起才好。

刚巧，上文提到了莲坡夫人含英女史的诗。如果你想"略知一二"，那么翻到第九页，就有一首，其诗云："幽兰夕萎芸书阁，缺月秋寒残梦楼。留得《玉台》诗本在，不教谢女独风流。"

诗后注云："《芸书阁诗集》，予友查莲坡室人金氏遗稿也。金讳至元，字含英，诗格清拔孤秀，不堕粉黛习气，济南赵秋谷宫赞为序以传。平乐府知府佟鋄，配赵氏，二十六而寡，独处一楼，唯耽吟咏，有《祀社》及《题边塞图》二诗为世所传；晚残梦主人，因以名楼。"

我这才"恍然大悟"：原来在天津的佟家是出了两位女诗人，而人们常说的只是佟蔗村（鋐）的妾室艳雪楼。

艳雪楼边，海棠最美；而残梦楼头，则未悉以何花木为景了，那两首名作我也毫无知识。

含英这位才女，自早与莲坡订了姻缘，可是莲坡因科考事故入狱,苦熬九载,狱解,方得结缡,而她于婚后只活了十个月便香销玉殒了。其不幸,与残梦主人形成异样的"反比"。但不管怎么讲,她们确实都是"薄命司"中人物,贾宝玉当时只看了金陵一地的册子,若他肯打开"天津十二钗"的簿册,我想定会看到里边有芸书、残梦、艳雪诸芳的图咏。真所谓"都是红楼梦里人"也。

我们寒家上世是静海人——因为敝沽的古庙中一口铁磬上,铸着清楚的凸字,说是"大明嘉靖╳(五或六、七,不出这三个,年久失记)年河间府静海县咸水沽关帝庙……"此沽与杨柳青都是后来由静海划归天津的。而现今天津名刹大悲院那尊巨大的鎏金如来佛像,却正是由我们静海"老家"移请而来的,这可真是一段意味深长的善缘盛事!

因为想看看汪先生对大悲院又是如何作诗的,便果然找见了这么一首——

> 河东屈曲水拖蓝,五五三三燕子龛。
> 好是一层楼上望,远帆如鸟屋如蚶。

诗后注云:

> 河东佛寺颇多。一层楼,在大悲院后。①

---

① 文内引及的"一层楼"名胜"在大悲院后",我是解释为楼在寺之后层殿宇的。但也许原文是说此楼坐落在寺院外的后面(北边)。若如此,自然与寺院扩建规划不相关涉了。不过,我还是认为:古名刹皆建有高阁,例多不胜举,如北京唐代悯忠寺,有毗卢阁,可眺西山如在眉睫间;明代大慈恩寺亦有镜光阁,可俯眺北城后三海胜景。故建议天津大悲院也应有一高阁,为寺庙增色。

一层楼,当然是暗用唐诗"欲穷千里目,更上一层楼"的句意,并非真是"一层"也。

我这可就糊涂不解了——怎么大悲院跑到河东去了?《津门杂事诗》里讲"九曲黄河灯",倒是把"河北"、"河东"二名并出的,应不致混吧?难道河东另有一个大悲院?我对这个就更无知识了。

记得因为《莲西诗集》里出现了大悲庵,我问朋友晁同志,后来他告诉我:大悲庵原在老南市一带,是尼僧庙,与大悲院非一。如此,则另有个同名的大悲院,也许可能吧?

如果"河东大悲院"并不存在,确实就指河北,那么大悲院已在扩建了,不知建筑规划中可曾包括恢复古迹"一层楼"的项目?

有人说了:人家现代化的摩天大厦,几十层上百层了,你干吗还惦着"一层楼"? 一层,那还叫"楼"吗? 真是笑话!

我说:你老兄先别那么爱"笑",你见过咱天津的老景"一层楼"什么样子吗?若没见过,先别乱张口。既然叫"一层楼",肯定它有点"稀稀罕儿",与众不同。要不,汪沆为何要特为此作诗?那"一层"上看天津的鳞次栉比的房子,都像"蚶子壳"一般! 你小看了这个"一层",行吗?

专家们,请对"一层楼"研究研究,想法儿恢复了它,我看比"摩天"洋厦什么的有趣味得多。

试解艳雪楼

数年前,写文谈及津门名胜水西庄与艳雪楼两处似乎都与曹雪芹有些关系。今日偶忆此题,觉前文未尽其义,因而再申所怀,以务沽上掌故。

津门文史学家皆知,佟氏名铉,其姬人赵艳雪,能诗,筑艳雪楼以居之,遂为吾乡名胜。艳雪楼与水西庄一样,皆久已荡然无复遗痕了。然而一提那楼阁的名称,犹令人深深感到一种浓郁的诗之境界,想见当时的景况,定然不同流俗。

但是,艳雪一词,有无出处? 若非佟家自创而另有所本,那么又是本自何书? 此一疑问,似乎也应试作回答才是。据我愚见,佟氏取名命义,恐怕还是来自曹家。查曹雪芹令祖曹寅的诗集,果然得到了证实。

《楝亭诗钞》别集卷一,有《春日感怀二首》七律,其第二首写道:

一年花事喜春晴,却到花时百感生。

零乱故园飘艳雪，叮咛新树诉流莺。

伤心人醒扬州梦，落日风吹易水城。

千古凄凉只如此，繁华原亦累多情。

这种诗风华不掩，正是曹寅早时自南京回到京师在内务府供职时所做，他父亲曹玺卒于织造任所，他本人又经历丧妻悼亡的不幸，所以情调多见悲感。所谓"易水城"，其实就是北京的代称。

把万点残红，落花成阵，比拟作雪，并不为奇，为奇的是雪上冠以艳字，顿成异样风光意境，这才是天才诗人的文学语言，才是艺术创造。

艳雪，指的是什么花？诗中没有明文，似是泛语。但拙见以为，主要应指海棠。非海棠不能当此二字之美词（也是痛词）。我这样说，有两点理由。一是东坡咏海棠的名句："泥污胭脂雪"，"艳雪"二字是从此脱化而来的。其妙无匹！二是与佟氏同世的诗人题咏他家的园子，也是以海棠为主，最佳之例就是诗人金玉冈的《晓入佟园看海棠花下口占》，开头即云：

绛雪千枝晓偌妍，乱红影里独流连……

后来重过故居，名园已废，他还写道：

艳雪犹名楼已废，海棠一树最销魂！

这是再清楚不过的了。

由此互证，佟园的艳雪楼一名，是从曹楝亭的诗意借取而来的。

　　如拙说可以成立,那么可见佟曹两姓诗家的翰墨因缘,十分深厚。他们两家的文字关系,其实也与"政治来由"是密不可分的。

　　我曾讲过,佟家是自从关外到关内,即与爱新觉罗氏满洲皇室是世代儿女亲家。佟家本是明相宦门;因有一支投降了满族人,以致连累族人数十口被罪丧命。佟养性是管领"红夷大炮"的长官,满族人灭明,大炮是重要因素(多至四十门)。佟养性的孙女辈出了一位皇后,就是康熙大帝的生母,为这个小皇子选保姆①,自然是由佟后的娘家与皇家共同选定的上等少妇人才——雪芹曾祖母孙氏夫人被选时年方二十二岁。这可见,佟曹两家的关系,从在关外也是老亲旧友。

　　顺、康、雍三朝,佟家是京中第一姓望族,官宦高职者,人称"佟半朝",言其多也!

　　佟国舅曾自称原系满族,不是汉人,清康熙帝给他家"抬旗"(升格)。后来礼部大臣议奏,佟家做官的太多了,不能都抬旗,只许皇太后这一支抬入满洲旗,其余的同族人仍然隶属汉军正蓝旗下。

　　文献载明:津门佟铉,正是正蓝旗的政治身份。这就证明,他是后来由于政治原因,避居沽上,也是"迁地为良",躲开是非之地的意思。

　　雪芹家遭祸,也是因受佟家事由的挂累。隆科多②事败之后没多久,曹家就被拿问抄家了,其故可思!

---

①　负责教养的嬷嬷,不是今天所谓的家庭助手"小保姆"。
②　佟后的侄儿。

清人记载,佟后之幼弟佟国维①,虽是政治漩涡中的一名重要主角,但不作威福,退朝喜招文士,共谈书史,颇为风雅。佟家也出了不少诗人,留下了诗集。

我总推想,曹雪芹因为祖父辈与津门长芦的老关系,曾访问过佟氏园亭,因此,也就熟悉了水西庄的情景。

艳雪、麝月、檀云、晴雯……这不正是一流人物的同样命名取义的明显证据吗? 不是曹家的八斗之才,谁能创出这种奇丽异常的女儿名字呢?

---

① 皇子争位中的雍正之敌对党之支柱。

老残论海河

没有海河,就不会有天津。海津镇,这名字起得真好,是大手笔——直到今天,也没离开这两个大字而另有"新招"。

虽说津字本义是摆渡口,可也早就当河流、溪水的代称而运用了。比如,那通往桃花源的水,陶渊明的《桃花源记》原用"溪"字称之,但到诗人笔下,就说成是"两岸桃花夹去津"了。那么,"海河"一名,早由"海津"两字包括在里头了。

海河以什么出名?有人说是鱼虾。我不指这个,我指的是它以弯曲出名。

早先有人嫌海河这么多弯子,可是真够讨厌——不但行船费劲儿,还容易闹水灾。因此,某年某月就实施过"裁弯取直"的治河上策。这件事不难"考证",有确切历史记载,而且实施之后,如何革患收益,如何缩短交通时力,早已成定论,是受称赞的好事与善政,似乎没听说过什么异议。

万事都有例外。谁也没想到,却有一人说是"不然"。

此人是谁?提起他,虽非功勋盖世,倒也四海闻名——就是老残先生。没看过《老残游记》的，也听说过这位奇人。

老残对我乡海河的这么多弯曲的问题怎么看法？请听——

那一回是老残有人荐贤，从上海乘"顺天号"海轮北上，满怀抱负，要为那清末朝廷的颓势危局出谋划策，治国兴邦。海船走了整三天三夜，第四日拂晓，已到大沽口。他听船员对乘客说："这条河道行船很是困难，弯弯曲曲。要改成直河，至少可节省两个钟头。"老残闻言，不觉心中一动，就问船员："此河常淤塞否？"答云："上游子牙河、大清河等常有淤塞，海河倒没听说淤过，只有冬天冰冻封口。"老残暗暗点头，心想：当初开河的人是个行家，深明利用河湾激水刷沙之理。倘是直河，水流快，泥沙慢，不用几十年，河就淤塞了。

你看，由这儿可知，老残是位治河专家，听他此论，果然与俗见大为异趣。我由此才敢"独立思考"：这样看来，当初的那一番"裁弯取直"，劳民伤财不说，还许是个大错误。我之所以"拥护"老残的"弯曲论"，完全是由于我自有一段私心与偏见——我的故乡，那可爱的地方景色风貌，就是因为那个裁弯给裁得日益不像样子，这件事情使我总不能释然于怀。

敝沽之所以被"裁"，大约就因为"敝弯"特大，不敢说属全河之首，也数第二吧。未"裁"之先，那河身原比我所能目见的要宽几倍。从小听父老讲：你们府上的"同和码头"是本地最出名的胜地，海船货物，粮食木材，吞吐量可大啦，而且有几百年的特大古柳，苇塘一望无际，夕阳照着帆樯，影子卧在河水上。洋火轮①一直从大沽通天津，从打这儿过，一到这码头，火轮上的毛子们②就都拿着"相匣子"③照那柳树和你们园子里那楼的景子……

后来呢？现在呢？老柳、苇林、帆樯，什么都没了，河也成了一条难看的"沟"，特美的虹桥飞跨于河边，自然也只能从《清明上河图》里去寻找"似曾相识"了。

闲话休提。如今且说，由老残那话却使我又想起一个题目来：天津本来是叫"直沽"的，而且还有大直沽、小直沽的细分别。这就奇了！既名"直"沽，可知此河的特点就是特直而少曲。再说，自古九河下游，百川汇海的尾闾，几度黄河入海的终点——其水之远势盖不可当！它流到这儿，还会有"工夫"再去"九曲而行"吗？绝不可能，绝无此理。它的"直"是必然的。

奇就奇在这里了——它怎么又变成了那么多的弯子的呢？难道海河两岸的堤土特级特性，能使河水由直流而不得不越来越曲？这岂不是个大谜？

海河是天津的命脉，它的盛衰兴替，它的澄洁污浊，它的风光物象，它的一切，都直接而深切地关系着津门沽上的美好与否，兴隆与否，忧否喜否，赞否叹否。老残是清末丹徒人氏，一进大沽口，便有感怀和见地。我们津沽本乡人，怎能于海河无所关切，无所动心乎？

———————————

① 即后称为轮船者是也。
② 即今称"老外"者是也。
③ 即今之所谓照相机者是也。

礼敬天后宫

　　我跨进天后宫门瞻拜娘娘圣像是在我读初中年代的事情。我的初中母校是河北大经路北段的中山公园内的觉民中学，十几岁的孩子到了卫里，不识路，不敢乱走，只因二哥祚昌（字福民）在宫北大街的一家钱号里当职员，我得他的领路，这才有了一次很难得的进入天后宫的好机会。这次所得的印象最为宝贵和完整，所以记忆也很清楚。

　　那时的天后宫，本地人还是口语称作"娘娘宫"，宫的院落并不宽敞，被一个高约三四尺的砖台占据着。台上的建筑是一座形态十分古老而美观的大牌坊，这就是我平生所见的最为难忘的古代名胜景观——要知道，当时这种大牌坊的四周并没有留出多少行人的道路，并不像今天的大院子那么宽敞；这样一来，那座大牌坊的景象、气氛可就相对地变得很为一般，无甚独特之处了。

　　娘娘宫坐落在天津老城东门内，宫门直对着海河的正东段。老时候东门里外的居民还都得走上这一段路到海河里担水食用。有一幅老天津城东门方位的珍图，城墙俱在，门外临水，一柱高竿，飘扬一面绣旗，上面有"天津府"三个大字。这已然是清代的景象。后来把城墙拆光了，变成了白牌电车环行四周的"马路"了；而我升入高中的南开名校却偏偏又在西北角，这么一来，我向往再进天后宫的机会可就太难得了。这是一个不小的遗憾。

等到我再入宫门，已然是宫南、宫北大街都变成了"古文化街"了。还得让我告诉你：虽然名叫宫南、宫北大街，其实那种窄小、低洼的情景，你今日无论如何是梦想不到的！所以，等到前些年纪念天津从明初永乐设卫以来六百年的活动时，我曾撰一短联：

文化古街天后喜
梯航新港海神惊

提起对联，我又想起今日人们所见到的天后宫正殿里面一对大抱柱上的长联，也是我所撰写的，其联文云：

裁霞曳绣　辇凤翠鸾　士女总倾城　竞香影六街　万盏明灯迎五驾
镊篁凌波　衔龙画鹢　神灵长靖海　敷恬风九域　千艘楼橹会三津

这幅长联，内容丰富，本文只想解释两三处重点：一、为什么叫"三津""五驾"？原来，明代重镇之地往往视中卫为正卫，两旁还有左右辅佐联络的两位，所以合在一起叫作"天津三卫"。至于"五驾"呢，原来每逢娘娘大会时，一共有五台大轿列队而行出巡。为何一位天后圣母却又分出五台大轿来？其实并非真有那么多位娘娘一起出外过会，而是象征性的"化身法"：眼光娘娘、送生娘娘、子孙娘娘、痘疹娘娘，共为"五驾"。为何又要分而为"五"、合而为"一"呢？

要知道古时妇女有五大生命之关：第一，老百姓全家衣服鞋袜都要靠女眷亲手一针一线的劳作，每夜在那灯光很弱的油灯下做细针线活儿，双目若损，其困难之大就难以言说了；其次就是生孩子，母子平安是最大幸福，但往往发生难产的悲剧，送生者是祈福生产之平安无恙；再有，生了子孙却还有一大关，即古时小儿生天花没有特效药和专门技术，生天花非常危险，千万的婴幼儿都会因此不幸夭折。

天津卫人供娘娘，那意义太深刻了：男人漂洋渡海，南至闽广，北到辽吉，靠大木船，冒百险以运贩交通，年终方能回家团聚一次，他们要在高超的航海经验技术之外，也需要精神的支柱——娘娘的慈恩加护。据传在狂风骇浪中只要桅顶的红灯一亮，必能化险为夷，随即风平浪静。所以，天津卫的老皇会娘娘"出巡"是"五驾"——五座凤轿相次而行，万人候驾，欢声雷动！请想，我们这种地方的百姓人家怎能不全心全意地礼敬娘娘，要她保佑？这不是什么"迷信"两字所能解释、所能批判的重大历史实际啊！

我和天后宫的关系还可以补说两点：第一，十几年前我在开纪念天后宫大会时曾向众多朝拜者首次提出：我们天津有两个母亲，一个是母亲河，就是海河；一个是母亲神，就是天后娘娘。当时听众中就反响热烈，非常同意这种提法。第二，我倡议：我们这是纪念对我们天津人贡献最大的一位圣贤，我们纪念她，不应只说空话,应该实行礼拜,表示我们感念的诚意。这个提议也被接受了。我们首次列队鞠躬敬礼。

至于有关娘娘的其他话题,等以后若有机缘再作补充吧!

诗曰:

元朝诗客拜天妃,永乐迁都始北归。

沧海护航津卫福,林家妈祖大慈悲。

行人犹说水西庄

　　我在一部自述性的小随笔书里，提到寒家早先有一座小园子，题名曰"爽秋园"。但这都是后来的雅称，家里自己人则始终叫它为"柴火园子"。因为这是我祖父把一片堆存柴草的地方加以经营改造，居然成为一个小花园子，地方不大，建筑简单，只有一座二层木质结构小楼，一座土山上建有六角小亭，楼前一道溪水，上有木平桥。此处就是以各种花木为胜，有古藤、大海棠树、结果实的芭蕉。此外则是引水分畦来栽种花草，秋天以菊花蔚为大观。此园久废。我和张伯驹先生交往时，忽生一念：他有一个词社，社员都是有名的诗人墨客，而且不少还是进士、翰林，我就请张先生代我招集了一社，题目是"咸水沽旧园"。开社题要有一个启事说明原委，我借此机会作了一篇四六句骈体文，叙的都是我家的家史、园史以及祖父的生平为人，每句之下都有小注，特别是关于海河流域的村镇历史，叙得很清，史料丰富。可能是此文引起了社友的注意，各名家纷纷应题而集成了一个小集，大江南北，各地词客，居然有多家作品运用了水西庄的典故作为比喻。如今仅举二例：

静海的高毓澎先生号潜子，"一口气"就做了四首七律，十分精彩；再一例就是贵阳邢端先生做了六首七言绝句，其中一首写道："西风微度稻花香，小阁迎秋趁晚凉。招取莲坡三五辈，行人犹说水西庄。"这就是这篇小文题目的来源往事。

记得那篇四六文启事，天津吴玉如先生见了大加赏识，此后他每到北京一定要我去见他，共同讲文论字。而这篇启事是燕园老同窗孙铮(晋斋)用他的那笔小字刻蜡版油印后，才得付呈诸位名家的，借此机会，都表怀念。

再说一说邢端先生，他是清末最年少的一位翰林，所以名气甚大，再加上他仪表非凡，生得面白而秀气过人，尤其那嘴唇真是不点而朱，我所见的男性诗友竟会有天生之朱唇，实在令我感到惊奇。因此我曾戏言：假如大清帝国还能维持末运，那么这位朱唇白面翰林可能就是一位高官贵人。他写一笔欧体小楷，工工整整、一丝不苟，不像其他进士、翰林多是颜、柳、赵、董一派字迹。那么，邢翰林他怎么一下子就把寒家小园和水西庄联系起来比喻呢？我说这话不是又要考证，而是说由此可见天津水西庄的名望非同一般。我先交代这一点，非常重要。

上文云云，并非本篇的主题，要细讲起来非有专文不可，如今借它引入此刻的正题。

一提津门名胜，诸老首先都会举出水西庄这个大名目，因此，水西庄对津沽文化的代表性实在太重要了。换言之，如果没有了水西庄，哪里还更会去寻找津沽文化的痕迹呢？对于水西庄来说，我的感情并非是一个单线的脉络，说起来也非常复杂。不知由于何故，忽然水西庄也能和《红楼梦》结上了一层不解之缘，这太惊奇了，连我自己有时也觉得难以相信，何况他人。但众多学者摆出来的有力证据又没法否认这个事实，眼前就闪出一个崭新的火花：郭凤岐先生于本年七月撰有一文，蒙他寄示给我，他用硬证考明天津水西庄的出现并非始自雍正元年[①]，而是早在康熙之末，查家的金夫人题诗表明，她一再去游过水西园了，这真使我有石破天惊之感，史须重作之愿。这不是一个建园早晚几年的问题，而是水西庄出现在康熙年间与出现在雍正时期，两种政治环境、文化气氛都是大有分别的，这和《红楼梦》有极关重要的、尚无人知晓的历史关系，重新唤起了我对水西庄的极大兴趣。金夫人名至元，是一位手笔甚高的女诗人，可惜芳龄不继，早年仙逝，而我对她并无足够的认识，仅仅知道大名家赵执信为她作了一篇简短的墓志铭。于是我在本文先得对赵执信要多说上几句，因为他之寄寓于水西庄与曹雪芹上世的诸多关系太为重要了。赵执信是山东人，号秋谷，他是康熙时代的大诗家，他作为一名雅客就寄寓在水西庄，后来李煦把他邀往扬州巡盐御史署中去了。但赵执信不仅仅是李煦的好友，也是李煦妹夫曹寅的诗侣，他们的交情深厚，绝非一般文士所能望见。这些故事本文是无法备及的，容我有空，专文再叙。现在只说赵执信能为金至元夫人作铭志之文，已然分明可证查家是如何器重这位名家，赵执信后来在雍正十年的时候，回忆李煦的生平和结局十二分沉痛感慨，他写道："……三十年中万宾客，哪无一个解思君。"你再看诗人屈复在乾隆六年怀念曹寅的诗又是怎么写的呢："直赠千金赵秋谷，相寻几度杜茶村。诗书家计皆冰雪，何处飘零有子孙？！"我每读此诗便不禁泫目酸鼻，这样你也就明白了，曹寅当年一笔赠银就是千两的文事……如今我读

---

① 此为旧说，已成"定"论。

郭凤岐先生这篇文章，立刻引起我此处所说而难以说清的千丝万缕。因此我才悟到，郭先生多年来为水西庄与《红楼梦》的某种文化联系必然已有研究成稿积累了，而我却不知，所以今日用此小文来记录我的高兴和佩服之心怀。

末后，我还想给郭先生出一个新题目：我现在住的这块地方就是老北京朝阳门外正白旗所管辖的一片平原，我住的是通惠河北，而相对不远的南岸就是水南庄，水南庄者，就是雪芹公子和他的好友敦敏、敦诚时来聚会的重要地点。因此我总以为水西庄的得名是由水南庄而引起的，他们二庄当时就有来往，不知此意郭先生以为如何？

诗曰：

（一）

爽秋楼与水西庄，沽上游人放眼量。

谁说红楼是一梦，千秋笔墨散芬芳。

（二）

三河怀抱好川原，工巧天人绣一园。

早说雍元始避舍，谁知康末已寻源。

金夫人渺诗如缕，秋谷士存笔作椽。

薄俗至今轻考据，玄黄昏晓任掂翻。

鼓楼颂语

天津卫的风流文采,着落在两个标志:一个是水西庄,另一个就是鼓楼。

提起津门的鼓楼,比别处的鼓楼特觉诗意盎然,涵泳不尽。此因何故? 全是那一副令人击节的名联警句。

天津最出色的诗人梅树君(成栋)先生赋予了鼓楼这个"诗的生命",风流长在,文采不磨。何其美也!

虽然此联津沽之人少有知者,而时至今日,还可以举它为证,证明我们沽河湾内确实不陋不俗,品格超常,非自诩也。

鼓楼是个口语简称,应该叫钟鼓楼。楼上不光有一面大鼓,还有一口洪钟。

如此讲话,有根据否? 当然有根据——就在梅先生那名联的下句:"……听早晚一百八杵钟声。"难道还嫌"证据不足"?

有人生疑了:为鼓楼撰联,不提鼓楼的事,却说108杵撞钟之声,岂非文不对题? 何以还受称赏?

你如果到过北京,靠北城的正中央,两座高楼并起,前为鼓楼,后为钟楼——然而京都人士也从来叫鼓楼,而言不及钟。但这一点儿也不是说钟的不存在。

老时候城里为何要建鼓楼?是为了报时。在那时代,颁历和报时是两件大事。以农为本的中华古国,没有历法,节气不明,那是不行的;而每日的作息时间,也更为人人所需所据——朝廷的听政,城门衙署的启闭,百工商肆的活动与停歇,无不按照官家设置的报时讯息而行事。所以大城皆有鼓楼,钟鼓之声最能达远,故用为报时的最好声器。

不但钟鼓,还有"铜壶更漏",即中华自创的最古老的"钟表"。

因为报时要传达于四面八方,故鼓楼又多建于城的中央(至少是城之一部分的中央——如北京,真中央是皇宫内苑,故钟楼建于北城的中央)。

既然如此,所以鼓楼就成为一个老城的"定位"的重要标记点,在地理意义上是不可忽视的。

听说天津的鼓楼早已拆了。不知缘何?也许当"四旧"而除之了吧?若然,今日年轻的天津人已难想见老鼓楼什么模样了。我却有幸见过一面,它的形影,犹然历历在目。

天津城的鼓楼并不太高——虽然诗咏时说是"高阁快登临"。那楼只有两层,底层是一个四面开门的小"城",上层是悬设钟楼的"鼓亭"。建筑朴素,并不华丽。可是它巍然峙立中央,左右环顾,四通八达,令人起一种可仰可依、宜尊宜重的心情。

这大约也就是中华文化的一种十分美好的具有深厚的表现。

此楼值得重建吗?我看值得。在天津来说,更是如此。

当然,重建必不会是照原样原尺寸的"复原",也许要有一个存古而又显今的新方案吧?

无论方案如何推陈出新，也必须体现中华特色，体现津沽本土的气质。以"洋化"取代自己的文化特质，不管用什么动听的说辞也是不可取的。

　　鼓楼若真能建成，有一个问题发生了：要不要对联？若不要，恐怕无法交代，愧对古人。若要，是用梅先生旧联，还是新撰？或者是新旧并展？

　　若梅联重立，可以引人明了历史，怀旧而思今，更为有助于津门的文化底蕴的发展，似无不宜之处。只是一点，如"看往来七十二沽帆影"这个名句，本是纪实而又富诗意——在我幼时，目中仍是那样的风貌和境界；而今日的津沽，莫说"帆影"，就连水也成了一个巨大的问题。

　　这也令人联想到：沧海桑田之说，并非"神话"，乃是实实在在的"人话"。因为百年未过，变化已如此之巨大，何况亿万年载之事乎？

　　七十二沽帆影，好极了，美极了！我总难忘记这副名联的佳句。但在与时代并进的新天津，重现那种景象已不可能。存旧联以资涵泳品味，可也。必另有高手，继梅先生之后，运椽笔而展为新鼓楼撰出一副更为美好的联语，则津门佳话，诚不仅仅是一个"文字"的事情，其文化意义，要比"对联"的形式更为深刻得多。

　　谨以拙文小记，为旧新鼓楼的颂赞。

盐祖和雁户①

　　天津这地方,早先的居民,有些分类,并且各有名称。提起这些名称,可以令人想象到天津的若干历史地理情况,也饶有趣味。

　　例如,有所谓"亭户"。亭户是晒盐的。这使我们想到,天津地区在早是沿海的"斥卤之地"、"寂寞之滨",远在成为干涸的平地以前(更不要说开河引水灌溉了),本是一片汪洋的盐舵。我少时由于一个极特殊的事故曾到过天津东南一带,犹有遗迹,浅水如湖如海;近舵之地寸草不生,经日一晒,遍地起盐碱儿,四望无际。所以后来居民就以晒盐为业。旧日天津有"丰财场"、"富国场"等许多盐场名称。我曾在一部诗文集里见到过一项记载,是其他书里所未有的:在小直沽②附近地方,有无数盐坨,粲如雪山,其中有

---

① 　这篇小文,是早年所写,那时还无法预知有"大港油田"的出现。今天想来,颇疑"大港"类当作"大舵":港﹑舵音同,纯属偶然现象,其意义绝无相同相通之处。这个舵字一般人早不知道了,又以其与水多少有点关系,大抵误以为是港字,其实是各不相干的。但我没有到过大港,毕竟不知其地是"港"是"舵",姑妄揣如此。
② 　天津旧城地区的本名。

一个最大的堆垛,却从不许动用,名之为"盐祖"。我问过一些乡里父老,他们都不知道这一故事了,可见是一条很宝贵的掌故资料。可惜我把书名给忘了(是否李东阳的《怀麓堂集》),想引原文为证,再也找它不到了。

例如,有所谓船户。这个名目好懂。船户分两种,一种是内河船户,一种是"养大船的",即由大沽出海专跑口外的海船(木船)。这恐怕由宋代开始就有了,不过到元代正式开辟海运以后尤盛,而明清两代则多有跑"关东山"的内海大船,专门载运东北的粮食。

例如,还有所谓军户。这得从明代说起。天津在宋代只名直沽,自元代中叶立为海津镇,明初才改名设为天津卫——到今天还有郊区的老土著不说天津,只说"卫里",这是有五六百岁年龄的古老遗语了。明初创立"卫、所"的制度,把一部分人划为军籍,分配于各卫所驻守。军籍与民籍、匠籍完全各别,自属于都督府(民籍属户部、匠籍属工部),不受一般行政官的管辖;军户是世袭的,一经为军,这一家系便永远要充当军人,住于各卫所。明中叶以后,卫军废弛,又另募民为"兵",其性质和"军"就迥然不同。这话已扯远了,现在要说的是,天津老居民中有一部分就是这种军户。

还有一种"草蛮子旗户"。这是清代的名目。原来清代统治者入关以后,除把民地硬行圈给宗室王公八旗人等以外,又将大片的草洼子拨给王公贝勒作为牧马场地,以旗内余丁看守。天津的俞家庄、小稍子口、孙家庄、秋家庄等地方,是正黄旗的马场地;好字沽、白家庄、城儿上、清沟等地方,是正白旗的马场地。嘉、道时期,牧马地逐渐开垦为耕地,即以看守旗丁承种,他们实际就是各王府的马夫,本是铡草牧马的汉族奴隶,因为满族人呼汉族人为"蛮子",所以管马夫叫"草蛮子"。这些人后来落户为奴隶兼佃农的双重被压迫者了,但在清代,对一般汉民说来,他们还是一种特殊户。

还有一种户,似乎更少为人提起的,则是"雁户"。原来天津秋开大雁极多,就有专门以打雁为生的人,驾小船,往来港汊之间,手持"佛朗机"①,百发百中,所伤既多,嘹唳之声,闻之酸鼻,诗人梅成栋不忍,至为此事请官府下禁令。由此,又可以令人想象到,天津本是"九河尾闾"之地,形势洼下,早年遍地荻港苇汊,纯是水乡风物,故此秋雁来聚——若只看到今天一色柏油马路、"洋楼"大厦的天津城市,那当然很难相信,这地方会有"雁户"吗?

世上的事物永远是在变化中。我常常想,我们古代的一些美丽的神话,实际反映着我们祖宗对事物的"科学认识",例如麻姑就说她曾亲见"东海扬尘"、"蓬莱清浅",就是先民知道大海变内海、内海变浅变小的道理,天津父老就能说上"我们这是退海地"。天津的水乡风貌逐渐消失,也许是"事物变化的规律"之一吧,不过我倒觉得,城市建设,终不宜为求"整齐"、"平坦"、"好管理",而见水就填,使得风物面貌千篇一律,地方特色荡然无余,览之索然兴尽。天津的秋雁,倘有重经之口,尚能认得出一度是水乡的故地乎?

---

① 当时"洋枪"的名称。

乡音土语——天津话

　　天津话里有很多妙语,有的能写出来,有的太"粗",公然"见报"怕不雅相。有的简直不知道那话该是哪几个字、怎么写出来才对。讲方言土音,不但须会俗写,还得懂"六书"、"小学"(文字训诂)、"音韵"等学问,可不是瞎说一气的事。但是谁又有这么多的学问——学问一多了,架子大了,就不去谈方言土话了。还有,"乡土文学"还讲究地方语言色彩,若一"规范化",上"课本",当教材,就"问题"多了……这些,怕就是肯谈"津话"之文稿不多的缘故吧?

　　话,是说的。那么形容说话,词儿就值得搜集,玩味。比如,形容人话多,能谈,而不一定切实有用,叫作"瞎白活"。这有"本字",我们都知道,即"纵横捭阖"捭阖,古书里早有的。但是有点心事,想向谁诉说一下,叫作"叨叽叨叽",我就不知道这该是哪两个字,得自己"造字"了。

　　与此相类的,还有个"遮哩遮哩",也可以形容话语连绵是"遮遮哩哩"。这个词儿我也不会写,只好"记音"。

念叨，不必多讲。唠叨，是话太多而惹厌的讲话法。但还有一个"韶刀"。这话曹雪芹也用过，那是贾芸"评"他舅舅卜世仁的讲话法。我们天津人也很熟悉这话。但南京有读者给我写过信，力言此乃南京土语，——用以证明曹雪芹与南京的特殊关系。这一公案到底应如何"判决"？我也深愧"不敏"，无力"开庭"。

再如，有时遇上厉害的"泼妇骂街"，当众高声喧哗，那叫"喝哩"。咱天津的会"喝哩"的女士，若调查统计，为数当有可观。

擅长"喝哩"的，都是有本事的人。成为对比的是一些"闷腔"儿，他们窝囊，所以最多也只会"嘟囔"——那就是泄愤气的唯一"方式"了。

有点霸气，不好惹，或自以为了不起的人，其言谈往往是"话话巴巴"。叽叽喳喳，咕咕叽叽，咯咯哩哩……都是仿音又记态的，"两人咯咯哩哩，说得有来有去的"，令人如闻其声，也如见其"形"。

"倒末"，是过后"反思"。"倒倒扯扯"，是反复、犹豫，没个决断。

"叽里抓拉"，怪声怪气，好不刺耳，难听。"吭哧别嘟"，真是叫人怎耐，着急。

你看，光是一个"说话"，就有如此丰富的语汇。这些虽不敢说各个都是"天津专用"，起码十之八九是外地人不大说的。此亦可见天津人的"语言天才"是高度发达的，岂不然哉。

天津人天生会说话，"证据"是有一句谚语："京油子，卫嘴子。"这话前一半对北京人有点不敬，姑且恕之不罪可也，咱们只论这后一半。卫嘴子，名不虚传。能说会道，能吃会喝，怎么不该叫"嘴子"？既为出名的嘴子，其嘴中语言，可就不同凡响，定有特色。

所以，日后必然会有大力热心之士，出来兴办一所"天津方言研究中心"，这是天津文化不断发展的前景中的一个不可缺少的项目。

　　能说会道，本是一种长处、一个赞语，而实际上往往带有讽刺意味。此何故也？也颇耐人思索。"谈锋甚健"，以锋比舌，则真应了舌枪唇剑的话。利口如刀，固然可畏，而"舌头板子压死人"，更觉令人悚然。没嘴的葫芦，扁担轧不出个屁来，又太闷得人慌。如何才让人爱听而不惹厌，不生畏？这学问可大了——比什么"六书"、"小学"等的学问大多了。在北京待久了，乍一回津，耳中闻得乡语乡音，觉得亲切爽快。京语是文气，不粗不野，气味高雅。两相比照，各有所长。两地相距不过二百多里，不同之处已然显得突出，何况天涯海角之遥乎？到了异域，才日益感到乡音土语的真味是最醇厚的。

天津怪话

　　一位客人，谈兴不浅，谈锋很健，还时常带点咄咄逼人之势的味道。他明知我是天津人还要问一句，这大概就叫"科学精神"吧。当他"考证"我是天津人这"命题"是"科学真理"以后，就对我说："你们天津人嘴里常有怪话。"我说："是吗？你举个例。"他刚要开口，我又说："你指的是'堆儿咧'这一类吧？"他听了龇牙一笑，不语，眼瞅着我。我说："我在《今晚报》上有一篇拙文，题目叫作《为堆儿鸣不平》，你看了吗？"他的那副扬扬得意的"面部表情"忽然有所收敛，没吭气儿。可巧得很，偏这时老伴沏了一杯茶，拿来敬他，端茶的手上，却有两枚戒指。客人的眼光一亮，面部又有了新表情："你们天津人管戒指叫'嘎子'，这是怎么回事？！"他的眼又盯住我，看我怎么答。

　　我知道他的来意"不善"。对这种人，太客气了，用处不大，给他几句，让他明白天津人未必都是他奚落的对象，是"很有必要"的："你懂语言学、音韵学吗？如若不懂，找明白人请教请教。汉字发音，由于时间的古今之异，由于空间的南北之差，往往有音转、音变、音讹等现象。比如'家',南音读如'各啊 ga',——其实北音也有之,北方的很多'张各庄'、'李各庄',其实就是'张家庄'、'李家庄',所以'基'、'格'互转。'痂'字,天津人口语不念 jia 就念 ga。比如猪八戒,南方念作'猪八盖','介'也念得像'该'……就是此理。'戒'既然也念'盖',那么'戒指'也念成'盖指'。'盖'之与'嘎',只是小小音转,把'盖'的尾音(牙音)省掉了,说成开口音,就是'嘎'。然后,你知道,天津方言把团音字都念成尖音,比如'脂'应读如'知',天津却念'滋'。同理'指'就念成了'紫'。再然后,'戒指'一词,下一个字用不着重读,变成词尾轻读音,自然就像'子'一样了。因为这几层缘故,'戒指'就说成了'嘎',那其实一点也没变,还是同一个词,指同一个物。"

客人面部表情不断地、也像"音转"一样在变化。

最后,我请问他:"你说天津人净说怪话,怪在何处?"

客人欠身起立:"哎呀,时间不早了,您该休息了,再见吧。"

我把"嘎子先生"送走了,心里倒很有点"得意"起来。因为什么?因为平生爱惜他人的面皮,不愿当面锣、对面鼓,总给人留个台阶儿,可别人并不客气。没想到今儿破了例,这回没受窝囊气,大半辈子少有的事,怎么怨得自家沾沾自喜、扬扬得意起来呢?

嘎子万岁!天津话万岁!

卫话杂谈

在过去,北京的"年货"中少不了"卫画"一项。这卫画就是天津杨柳青的木刻年画,那个"卫"字正是代表着"天津卫"。同样道理,也有"卫话"、"卫腔",是指天津卫方言的特点和特色。

天津话基本上是北京语系,大体相同。只是细节上有差别——差别也有主次之不同。主要差别有两大项:语调和字音。

由于读四声时高低抑扬的规律不同,便发生了腔调上的很显著的差异。收音机有时播送一两段相声,利用京、卫二腔的差异而"说学逗唱",对熟悉京卫话的听众来说,确是很有"乐子"。其实,道破了奥妙,也很简单。

卫话和京腔的最大不同只在阴平声上。譬如 "通"、"同"、"统"、"痛"这四声中,京、卫两地读"统"、"痛"二声(上声、去声),直是无异;到"同"字阳平声上,两地有极细微的差别,细微得外地人不易辨识,因此这一声也可以算它相同,可以置其差别于"不计"、"不论"之地(卫音此声径直僵硬,京音此声微有婉曲而声尾微挑)。只是到了"通"这里,问题就大了。

在天津人听来，北京读"通"好像要读天津的"同"声——而只读到半途即微"怯"而至。在北京人听来，天津人读"通"，好像从万仞山巅一下子倒栽下来——那声调只是出奇地往下沉，往下坠，无可比拟（只有东北沈阳等处的阴平声，略有相似之意）。

因此，不妨说，说天津卫话的人想要学北京腔，只要弄"通"了阴平声，便"思过半矣"。

以上是腔调问题。然后略谈字音的纠纷。

所谓字音纠纷，就是尖团音的异同。一般说来，北京团音多，天津尖音多。比方说，"之"字，北京读如"知"，而天津读如"滋"；"齿"字，北京读如"尺"，而天津读如"此"。以上都是前者为团音，后者为尖音。最有"代表性"的例子可举"是"字，因为它最常用，所以在话里最打麻烦。"是"字北京读如"式"，而天津读如"四"。天津人初学京音时，往往掌握不牢固，在"是不是"这样的话里，便会顾了这一头，忘了那一头，因而出现"四不式"、"式不四"的怪话，引人发笑，成为话柄。

这种爱读尖音的例子，在天津个别地区还有"变本加厉"的现象，例如把"说"念成"梭"，把"车"念成"侧（阴平）"，把"上"念成"丧"，等等。故意打趣挖苦天津话的，常常学这种"极端"者，以为"特色"。其实整个卫话并不都如此，不应以偏概全。

把以上两"关"打通了，则京、卫话之"奥妙"可说基本掌握，可以在"考试"时得九十分。

上面所说是"大规律"。至于"小过节"，那就还多得很。天津人管猫叫"毛"，而北京人管猫叫"摸（口语读音，māo）"。天津有"糖堆儿"，而北京却有"糖葫芦"。如此等等，无关宏旨，亦无规律可言，暂不必管；那些零碎，日久自通，所以不在细谈之列。

妙语与妙人

语妙，魅力最大。凡语妙绝人的人，必定是位大天才，是位受欢迎的人，也是位妙人。当然这指的是"真格的"语妙，而不是指那花言巧语，不是指那"嘴是两扇皮"、"狗掀帘子——嘴支着"。光耍嘴皮子、贫嘴、贱舌，俗不可耐，怎么能认作是语妙？那可是太"不妙"了。

语之妙，可以令人倾倒，也可以令人绝倒。比如要想学说相声，想在相声界出名，就得靠语妙。如果你以为相声只是想方设法地逗人乐，而你的"方"、"法"又无一妙处，只会出洋相，那就"猴儿吃麻花——满拧"了。可惜相声新段里，真正够个语妙的，实在还不太多。由此可见，语妙之事，谈何容易。

拙文的上文，无意中就用了两三个歇后语，会创造歇后语和会说（即运用得绝妙）的，都必然是天才和妙人。所以咱们就不妨从它说起。咱天津的歇后语可称丰富——不知哪位专家正在或已然作出专题研究？我看这不但有趣，也值得下点功夫。歇后语往往又是历史社会的绝妙"反映"。举例子来说，天津人早先爱说的，有一句是"老太太上电车——"那"含"在下边的"半截"是什么呢？今天年轻人必然想不到，原来那是"你别吹"！所以你若听见张皇其词、满嘴大话的，你就说他"老太太上电车——"他准脸红。

这是怎么回事呢？原来这就是天津的一段历史。这种历史还是应当知道的好。在旧年，天津有"租界"，大约就是"八国"的"不平等条约"吧，订了的，在租界区主权属洋人。洋人在租界里创办了很多"新鲜事儿"，有轨电车是其一也。那电车可真是冲气十足，远远望上去就像一座木头箱子，浑身乱响地向你驶来，吓得人退后三尺，然后抢上——其实那时候人少极了，每站也不过三五位乘客就是了，为何还要"抢上"？只因"气氛紧张"，它不等你上完就开！这么一来，当时的缠足妇女，尤其是上点年纪的老大娘，那上电车可"惊险"得厉害，那车门窄，车厢底离地也可真够高的，老大娘们(特别是外地的初到城市的)那几乎就是"爬"上去的！好容易挣扎着上车了，那双小脚还不知怎么站才"稳"——就听嘎的一声，卖票的嘴里有个怪声怪气的霫儿，他就鼓动腮帮一吹，这一吹不打紧(那声音活像一只癞蛤蟆让靴子踩扁时挤出的叫声)，说时迟，那时快，只听"哐啷"一声，电车猛开，小脚大娘还没找到座儿，也没拉"拉手"，一下子就或许给"甩"倒在那儿！因此，凡有经验的机灵些的老太太，脚一蹬车，嘴里就先向卖票的"警告"，说"你别吹"！别吹者，叫他慢吹霫儿别开车也。而语言创造天才家却借它来嘲讽爱说大话、专门吹牛的"哥儿们"。

你说这妙不妙？妙的是，妙语双关，活灵活现，反映了当时有意思的社会历史生活情状。

与"租界"辉映成趣的，还有一种历史现象，就是天津曾有相当数目的白俄人寄居。他们因生活无着，男的常常靠兜售推销肥皂来度日。他们抱着这种日用商品上门来求售,因居留年久,也能说几句汉语,所以当上门求售时,口中常说的一句话是"没法子"。于是乎,津沽一带,便又出现了一句歇后语:"大老俄卖胰子——没法子!"每当说自己到了无可奈何之际,便引这句话来解嘲,让人听起来又好笑,又带着苦味,甚至令人难过。

时至今日,那一切都成了异样的历史陈迹,后人逐渐不懂得了。真让人可思可叹。

以上是租界一带的事。老天津卫城里,歇后语也不会少。有心之士,记上一记,总比吃饱了摆麻将牌桌子要对子孙多有点"念心儿"。

至于市中心以外,那也十分有趣。我是南郊人,小时候听的妙语就很多。比如,黑云密聚,雨势将临,突然觉得有水滴浇到头上身上,那么语妙之人并不是干巴巴地说什么"哎呀,大雨即将开始进行啦,我的皮肤已然有所感受啦"等八股调,而是说:"嘿,二姑娘的棒槌——点儿来啦!"这怎么讲呢?这又是历史呀,早世间年,哪有什么"洗衣机",农服布帛靠人工搓洗,且都要浆洗"鼓立"了,要用棒槌在"捶帛石"上捶得板板生生,挺挺头头的。这种活儿,照例是妇女——"二姑娘"者,代表她们也。这就是古代说的"砧杵",诗词里常见的,一听这种声音,就会引动游子客寄的深深乡思。而以杵捶砧,是有一定的节奏规律的,捶得好的,也十分动听,也是一种艺术呢!这就是"点儿",即"鼓点儿"的同一意思。天才的歇后语创造者,又把雨点儿和棒槌点儿巧妙地运用起来。真是天才,令人绝倒。

可是,今天还听见过"二姑娘"的节奏的老乡亲,也屈指可数了吧?

少年书剑在津门

我年轻时,听过一个歇后妙语。那时候,地方(天津县)官府常常"出告示",就是把印好的"命令"晓谕于民众的方式。一贴出这种东西,人们早已熟知,十之八九没有好事轮到百姓头上,不是加苛捐,就是新摊派,变着法儿要东西要钱。这日,一张新告示又贴出来了,一伙人围着看"新闻",有他乡中父老马大爷,名字里有个"显"字,故此人称马老显,其人老实巴交,木木讷讷,人都和他友善亲近,他不识字,却也参加"围观"。有一调皮的,明知他不认得字,偏上前问他道:"马大爷,您看这告示说怎么着?"马老显答道:"嗬,又够呛!"那人又道:"上边还写着您老呢!"马老显答道:"我也够呛!"这番对话,传为大家苦笑的一桩话把儿。乡中常听人说这句:"马老显看告示——够呛!"总是逗人大笑一回。

　　够呛者,犹言吃不消,够受的。那年头儿,官府告示一出,人人都知是又加重负担,所以是"又够呛"。此言包含着多少辛酸在里面。

　　由此可见,民间的歇后语,不仅仅是群众的智慧创造,同时也是一种历史见证,人们的心声——也就是一种辞章之类以外的另有风格的"典故",研究起来,大有意义。轻看了它,以为不过闲文取乐的"低级"趣味之品,怕未必公道吧。

"吴歌"和"转卫"

　　天津这地方,自明代设"卫",故一直沿称天津卫,天津话也有了"卫话"的戏称。因谈到"卫话",使我想到天津语言中所受外来影响的问题。由此,又想到天津的历史、地理和交通等问题。由此,又想到"海运"、"漕运"以及"转卫"这些事情。

　　正像《列子》所说的:"冀之南,汉之阴,无垄断焉。"处在"赵北燕南"的天津,往南一望,真是"一马平川",毫无拦挡,近连沧、盐,直通山东地界:这可以明白,为什么津南一带语调逐渐接近山东味儿。往东一望,无论是大路引向榆关,还是海船"跑关东山",殊途同归,都和关外打交道:这可以明白,为什么天津话和辽宁地区的话有瓜葛。往西一望,直望到连绵迤逦的太行山如列屏障,就知道天津话的语调和字音大概和山西话关系不大。

　　但是,天津话里却往往有江南吴语的影响痕迹。远隔山川,千里万里,这是怎么一个道理呢? 起初,很以为奇。

　　后来想,这恐怕要从"海运"和"漕运"上去寻解答。

　　海运是元代的事,元建都于今北京,其时要以大木船出海,运江南粮米北上，以供封建统治者及其庞大集团食用消耗，即以直沽为出纳口，而南粮到达时，又以直沽海运米仓为交卸、储藏之地。所以元人作《直沽谣》，就一再说"去年吴人赴燕蓟，北风吹人浪如砥"，"今年吴儿求高迁，复祷天后上海船，北风吹儿堕黑水，始知溟渤皆墓田"，"明年五月南风起，更有行人问直沽"。可见当时的"吴儿"多乘海船，备历艰险，径达直沽。又元人傅若金亦有《直沽口》诗，说：

　　　　远漕通诸岛，深流会两河。鸟依沙树少，鱼傍海潮多。转
　　粟春秋入，行舟日夜过。兵民杂居久，一半解吴歌。

　　这就说明了，天津之所以成为"五方杂处之地"，由来已久，杂处的结果，"一半解吴歌"，则天津话里有吴语的影响痕迹，就不是奇怪的事了。其实，尽管我国幅员广阔，语音多歧，但通都大邑，交通辐辏，语词的汇流，早就打破南北之限了，我当初的奇怪，只不过是个人的鄙陋和欠通吧。

　　明清两代的"漕运"，道理和元代无异，不过海道改为河道——由运河自南而北。明清时候的士大夫坐船进京的，谁也不能绕过天津去，因而他们也给我们留下了大量的诗句兼史料。那时候，船到津门，是怎样一种情形呢？请看一项文献：

　　　　一月水程才转卫，孤帆日落津门闭；豺虎数辈横食人，蒲
　　葵半面都抽税！乍蒙霁怒放船行，一篙两桨早潮生；船单追索
　　百钱去，舟子踯躅行吞声！
　　　　　　　　　　　　——《楼村诗集》卷五《转卫歌》之一

什么叫"转卫"呢？诗人云："舟至天津谓之转卫。"这转卫其实是过关，连乘客手中的一把蒲扇都要上"税"；临完，还要向船家追索一百文——这对穷船夫是多大一个数目！

　　所以，天津卫，在那时的南方来的旅客，特别是劳动人民的心目中，并不是一个多么"可爱"的地方。"一半解吴歌"，那歌声中还夹有吞声之哭。不过，津门的万艘云集的盛况，古代运河的上下的情景，到底是引人入胜、系人想念的。我真盼望我们新时代能把南北水路交通恢复起来，既可为经济建设服务，也增加了祖国大地的美好的风景——一条长河，万行绿柳，把北京和西湖连接起来，这是何等可喜的事情！到那时，天津的"新转卫"，当又别有一番情景了。

第四辑 地杰人灵

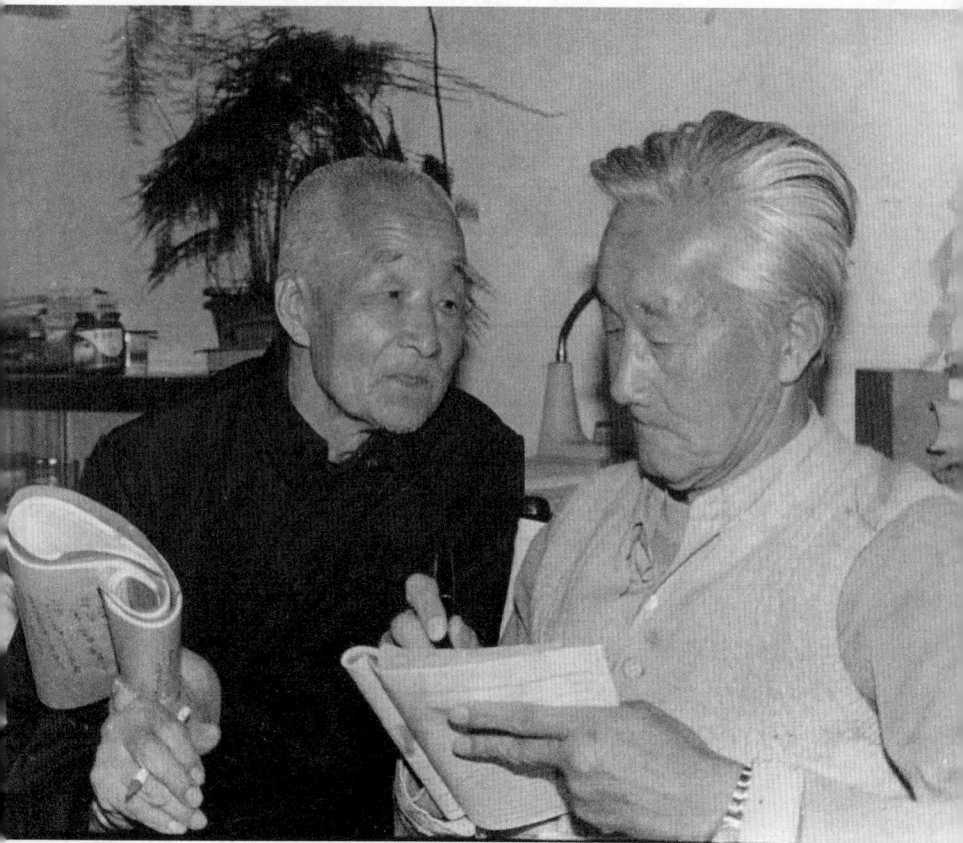

著者(右)与四兄祜昌在一起研讨"红学"。

世间曾有这么一个人

——悼亡兄祜昌

我写下这个题目，已是心酸目润。我原不忍也不能撰述此文，因为感情上文笔上都不容许我落墨于纸上，词不逮意，更对不住逝者。但故乡政协诸位热情人士，要为祜兄编印纪念文册，使我感激不已，如我不能贡一言，又何以对沽中父老亲厚？是以再三延搁，今始下笔，其不足以副题，更无待多陈了。

我们兄弟五人，祜兄行四，我居最幼。长兄为震昌，字伯安，深造于德文，为外籍师友盛赞，不幸早亡。二兄祚昌，字福民，三兄泽昌，字雨仁，二人皆在津市"学生意"，一为钱庄行，一为木行。此两兄亦俊才，其珠算之精，无不叹服，而浮沉于旧社会，一无建树，识者惜之。二兄寿至九旬，无疾而终。三兄遭"文革"之难，其卒也至为惨痛，余不忍言。先父鉴于祚、泽学徒之无成，采纳至亲的劝说，于是祜昌兄与我，皆得升学(天津市内中学)，以求深造。我与祜兄年最接近(相差六龄)，故自幼形影不离，心迹最密。——这种不离与最密，不止幼年，而是直贯于后来的数十年寒暑炎凉，曾无少改。

除长兄早逝外，活下来的四兄弟，感情融洽，相亲相敬，大不同于有时常见的同室操戈、反目争吵，是以乡里之间，多有称羡之语。一次，我随雨仁三兄晚间散步于河畔上围墙上，田家坟小学校役名周海福者，过而见之，自叹曰："看人家兄弟，从没见（他们之间）红过脸①。"可是，一般乡亲却很难想见我与四兄祜昌的这种非同寻常的手足之情，棠棣之切，更不知道我们在学术上的密契。

从三十年代后期起，熬到抗战胜利，我挣扎回到了燕京大学，一段时间内，经济十分困难，是祜昌按月寄钱给我。更重要者，也是他将我引入了研究《红楼梦》这一巨大无比的中华文化课题上来的。

从那以后，我二人来往书信，数量之大，内容之富，大约世上兄弟之间是罕有的！每封信都以研究"红学"、"曹学"为主要内容。我把新收获及时告知他，他欢喜无限，除了给我鼓励，也有启迪建议。这种特殊的通讯直到他永辞人世，其间从未中断过（不幸，这种重要文史资料，动乱中毁失殆尽）。

拙著《红楼梦新证》的出版，四十万言的巨著，稿如山积，是祜兄一笔一画工楷抄清的；对于这个事业，我也一度心灰意懒过，想不再做这吃苦而挨批的傻事了，祜兄则不以为然，一力劝我坚持努力，探求真理。1974 年受命重整《红楼梦新证》，也仍然是他到京，做我的左右臂助。功绩辛劳，片言难尽。

1954 年，我奉中央特调由四川大学回京，从此，我二人又得每年一度相聚。因他后来做业余中学教师，故暑期假日，一定来共研"红"业。联床夜语，剪灯清话，总到深宵不知疲倦，不愿就寝。我们

---

① 谓怒恼争执也。

同访西山雪芹足迹,同寻敦敏槐园残痕,同入石虎胡同右翼宗学,同绕什刹海恭王旧府,左右四邻……凡古城内外与雪芹相关之地,必有我二人的踪影,而祜兄的痴心笃志,远过于我,往日见我工作忙不得抽身,他便独自出游,重到那些地方,徘徊瞻眺,依依不舍。我们写稿,我们作诗,我们论字……晚上散步,我们在古城墙拆后基址大石土块上共坐,互相讨论,许多好的见解,都因他的启发而愈谈愈获深切。我们走过的胡同里,有老太太看到我们形影,就说:"你们是弟兄吧?哪儿去找这么老哥儿俩!"言语间流露出赞羡之情。

就是这样,他每次来,都"住恋"了,不愿离开。回沽后来信说:"在京像在家里,回了家倒像是在客居中……"我读了他这话,十分难过,

而每当他走后,我一个人顿时如离群之雁,踽踽凉凉,倍感寂寞,总要赋诗寄给他,满纸的怀念之音。他三五日必有信来,从无间断。有一年,时入寒冬,祜兄来信中提到,近患重感冒咳嗽甚剧。我遥念不释,作诗相慰开头说:"每读子由诗,恻然肝肺动"①,"只身念老兄,寒嗽畏风冻"。中言家室之难,力作之苦,幅末勉以梅馨暗动,春光不远。他看了深为感动,回信说:"余阅之,老泪纵横矣!"

我们弟兄,就是这样度过数十年的炎凉寒暑。我想追写过去的种种经历,悲欢离合,患难忧思,那是写一部书也写不尽的。

我们都酷爱文学艺术,书画、戏曲、音乐、民俗工艺……祜昌在兄弟五人中,聪敏颖慧稍逊于雁行昆仲,但他的审美鉴赏能力

---

① 苏子由与其兄东坡感情最笃。

极为高明,远远超越同侪流辈。他做小职员时,薪水微薄,可是他节衣缩食,攒下钱买的都是些与艺术相连的物事(什)——红楼宫灯,年节悬上,红烛生辉;弦子鼓板,模拟鼓书,弹唱;法鼓铙钹,过庙过会的用品……祜兄以此为无上至乐,以为艺术生命比物质生活重要得多。

祜昌的为人,也是罕见的,其忠厚老实,世上大约难得同样的,口讷讷不能言,言则时时憨直,惹人误会、不快。他表里如一,心显于面,赤诚待人,不知人间什么叫坏叫恶。以致有些人把善良软弱过分的祜昌视为傻瓜、窝囊、废物。

我们弟兄命途都不怎么太好。但祜兄一生尤为坎坷,他由于主客观的多种缘由,所陷入的困境,是外人难以想象的,他承受了极大的考验,没有垮倒。他忍辱含垢、耳闻不忍闻之言辞,身受非常人所能堪的对待,他一股脑儿吞咽在肚里……

这是一位最让人倍觉可悯、可疼而更可敬的少与伦比的好人。

他为寻求真理,几乎耗尽了所有的力量,他的后半生,可说就是为了《石头记会真》一书而奋斗到底的。这是一部颇为求真的巨大工程,其艰苦实难以我拙笔表述。只说一手抄写之工,已逾千万字,这是一个常人万难荷担的沉重担子,而他竟以那达八旬之弱躯,一力完成了这项崇伟的巨业!

现在他的这部《石头记会真》正在我面前,只剩下付梓前稍为加工最后一道工序,而我与女儿由此所感觉到的这点加工的艰巨,才更深地体会祜兄一人在清贫孤室中,完成这项巨业是如何的艰难。

祜兄耗尽了他一生的心血和精力。他溘然长逝了。我至今不大能相信：这个与我不能分离的人，怎么就没有了？他分明在沽中活着——我上次还看见他……

但是，祐昌的信札，再也来不到我的书案了。我还在盼着……

他对我这弟弟的深情厚望，那更非笔墨能宣，他把所有的理想、愿望、慰藉、欢喜，都寄托在我身上。

愿我们二人，如有来生，仍为兄弟。

乔家大院老同窗

见故乡晚报有文追念老同学铁民乔兄,不禁勾起我的心绪如潮,前尘似梦的惆怅情怀,忍不住要写几句拙文,向铁民兄致以悼念之诚悃。

我与铁民是两度同窗之谊。若要询问何以"两度"？那就得从日军侵华说起。前不久我曾有文回忆"入武韩柳墅",正是那回军训之后,侵华炮火毁了南开,我们青衫学子从此流散,黄裳、铁民皆在此劫之中者也。黄裳何往是无从探寻了①;出我意料,我经过了坎坷曲折,考插班转入了工商学院的附属中学之高中,令我惊奇的是见到了铁民又与我同班!

他是走读生,我住在大学(学院)部宿舍,因此除了上课,一下课就没有太多的谈聚机会,我已记不清是否问过他:你怎么也才又续学缘的? 说心里话,却真想聆听他的与我"异曲同工"的传奇经历。

---

① 后知黄裳做了随军记者,在抗日盟军中当了翻译官。

铁民的面容清晰地在我目前，一如旧日：总是带着和蔼亲切的微笑，可是话语不多。照我看，他是个深沉而有涵养的青年，无富家轻浮浅薄之气。等到快毕业了，同学们自发筹印纪念册，从那上面看他的照片旁侧，是自题——而百分之九十九者是请同学赐题。由此可见他有点儿落落于众中，不求群赏："知我者，二三子。"①

他自言自语，六个字，似乎是借用了辛稼轩大词人的句子，当时就让我十分注目，心说："看来铁民真是不俗。可惜竟无深谈的机缘与场合。"

这之后，就又是天南海北，各不知闻了。

忽然，有一天《北京晚报》转来了一封信函，拆封看时，却是老同学铁民的赐讯，欣喜意外，以为奇迹。再看来信所为何事，就更有趣——

原来，那时正上映《京华烟云》电影，晚报即登出一篇介绍林语堂英文原著 *Moment in Peking*，我见文中把乐家的故事说成是姓"姚"的，那是不知北京"乐仁堂"老东家"乐"读音如"要"（不是快乐的乐，也不是音乐的乐）②，那念去声，而"姚"是阳平声。此外，也评议了"京华烟云"的四字译名竟然都是平声字，与汉文传统要强调平仄的考究已然背离了，以为若是林氏自译，或许不会这么不懂华夏语文规律了吧？但拙文中却把一个年头说错了，前后矛盾难解。铁民兄来信，特为指正。

可是，其时正为出版社赶一项紧急任务，心中计议铁民信并

---

① "二三子"，出《论语》，本义是相当"多"，而后来借此语者却变为"只有两三个"的语义，强调了"少"而"仅此二三"义了。乔兄所用，当属后一义。

② 老北京的东西南北城、三街六巷间，到处都有"乐家老铺"的中药店。今日的同仁堂、天津达仁堂，都是老乐仁堂的分支设店之例也。

无时间性,等我忙过再复谢不迟。谁知七事八事跟着都来了……长话短说吧——等我忙乱完了,要写复信了,却不知来信何在了,找不到地址,我只有徒叹奈何,无限懊悔。

今日回忆,还只记得他是从"宣武区"写来的信札,宣武区也是北京城西南角部分,自古名流居住于此。那时,我想不出有何办法再去探明他的详址,以致至今深抱遗憾。

对不起他,每念独自愧疚。

诗曰:

　　百年家国几沧桑,谁识津门事渺茫。
　　两度同窗悲与喜,二三知我语堪伤。

我与黄裳

　　南开高中的同窗契友黄裳,著名散文、杂文随笔作家、国内一流藏书家,与我同庚,他出版的著述甚多,可列成一个很长的书名单,当世亦不多见此等才学兼优之士。我们之间的文缘甚厚,而文缘中尤以"红缘"为丰富多彩,若将资料搜齐,大可写出一部十分可观的"红学史"来。

　　我们的"红缘"从同窗(在校住同屋,不是泛词)时开始,我已多次写及此事,而不久前他的新书《海上乱弹》中的一篇《读〈红楼梦〉札记》,也提到了我们当年每晚散步于墙子河畔,往返途中大谈《红楼梦》的热烈情景——印证了我的回忆完全一致。

　　正巧,日前他专函告知:上海发现了一本钤有曹雪芹印章的书;近日又接一函,说刚刚收到我的新书《我与胡适先生》,因而想起早年他为我的《红楼梦新证》书稿两次洽寻出版的经过。他信中说:

　　得寄示《我与胡适先生》,深感喜悦,卷头所附书札照片

著者(左)与黄裳在南开读高中时的合影。

尤可珍也。

提起《新证》，因忆旧事，我曾为此去找"婆家"，先是找叶圣老，意在开明，因书店方与"中青"议合并，此事不成（我致兄书信中曾及之）。后又力荐于巴金之"平明"，巴公方注意翻译西方文学，且见"考证"而头痛，亦不果。后由棠棣刊行，畅销一时，其弟采臣主"平明"，乃大悔。后乃抓住梅翁之"四十年"而不放，果亦畅销。此又一事也。

又曾找到兄赠我在燕京演《春秋配》戏装小影，风神宛妙，惜又不知放在何处了。他日找到，当奉上一观。

可见他一片热诚为《红楼梦新证》贡献而不遗余力。

其实，在《红楼梦新证》出版的前前后后，那事情太多了，这儿无法尽述——恐怕就连我们自己也难记清记全了。如今只拣几件明白易叙易晓的事例粗说几句。如考雪芹家世而不可或缺的《楝亭集》，那时珍稀至极，公家图书馆只天津有一部全的，胡适先生当日也是只能求阅天津藏本，而我之得以运用，却是黄裳的慨然惠借。

他是藏书"大户"，凡发现有关诗文史资，即高兴地录示于我。有一次周末，笔录来了罕见的《红楼梦》七律诗四首，使我惊奇感奋不已。我立即给他回了一信：

> 裳弟富藏书，谙掌故，恒于秘笈中得红楼诗料，辄复名笺，俊字亲为写示，此岂俗人所能得味之事哉？今晨更得一函，则录寄新获花屿读书堂咏花韵庵红楼传奇六绝句，殊堪宝贵，即赋三小诗为报，时方病疲，他事未尝能动笔，此则力疾而有虽不能佳，亦可原耶。一笑。

（一）

春雨楼头夜读书，杏花消息渡江赊。

篝灯写寄红情谱，庾岭梅邮恐不如。

（二）

花屿堂还花韵庵，才人情种事春蚕。

十年五报红楼故，点检交情碧酒醹。

（三）

降心常是烬星钉，一梦人间绝少双。

晓起为君拈句罢，槐花如雪落南窗。

这样的事例，也难悉举。

另一方面也很重要，即凡见我有新文新意寄与他，他必在他当时主持的《文汇报》迅速刊发。这种支持的力量，非同小可。如争议雪芹生卒年，就给我足够的版面得以畅论雄辩，终于获得了学术胜利。

更有趣者，如六十年代之初隆重纪念雪芹逝世两百周年之际，我考证清末恭王府之遗址前身，即是"大观园"之素材"蓝本"之所在，也是黄裳刊发了头版大标题新闻——此一发现，周总理首先表示支持，随后当年中央领导人纷纷到府园去观览赏鉴。种种盛事，咸称佳话。若非黄裳之力，亦未有后来乃至今日之流传不绝也。如今恭王府花园已成国际贵宾莅临之地，旅游者更是视为首都名胜古迹之一大"亮点"。

当然，因此之故，也遭到"四人帮"的注目与迫害，吃过苦头。幸而，我们的鱼雁传书，谈"红"说"梦"的函札还有遗存。希望整理付印，足资文史专家、爱好者披览，也是一份颇有价值的"文化礼品"。

我们同窗时，黄裳还是个十足天真的少年，生得大眼睛，长睫毛忽闪忽闪地透着灵秀气；秉性耿直，看不上那种不高明的人和事，出言讽刺，也与人雄辩，绝不"和稀泥"，因此同学们给他取了个绰号"小牛儿"，谓性情执拗，犟气难回也。所以我喜欢这样的人，和他谈得来，形影不离。

我们对京剧有同好。记得有一次他要到中国大戏院去听梅兰芳的好戏，是晚场，我就嘱四哥祜昌为他提供了方便(四哥在城中心的一家银行当小职员)。他喜欢小翠花的花旦、侯喜瑞的花面，高了兴就学几句惹人"倾倒"。

我们在韩柳墅接受二十九军的军训,爱国情绪高涨。不料,侵华日军的炮弹首先落在南开母校,从此拆散了我与他的亲密之友情学谊。八年之久,地北天南,空劳梦寐。抗战胜利后,第一次恢复了联系,我高兴极了!故人的豪情依旧。"红学"的旧梦又得继续,于是他也触发了当日的情怀,兴致高涨。仁人嘉惠,助我良多,至今不敢忘怀,故以此小文略志一二,岂能备悉乎。

我们同庚,都是"米寿"之人了。他还赐信,已很简短。听人说他老境沉默寡言,非复少年逸兴遄飞,高谈雄论了。这大约是数十年的人情世故将他磨炼得"炉火纯青"了吧?

片纸零笺,皆存红史掌故,人所鲜知,弥足珍贵。

十二生肖·钱吉生·四兄

与咱天津关系密切的画家之中，不能不提钱吉生。如果你到杨柳青石家大院，进了年画展厅，其迎面正墙的中央，所悬的那一幅，正是他的佳作。自然他并非只画年画供与木版套色印制之用，但杨柳青确实保存了不少这种木版年画。他对天津年画的独特风格造诣，有重要的贡献与影响。可惜现在想寻他的痕迹，却十分困难，提起他的文章，似乎也同他的画一样难得了。这原因何在？问我自己与别人，也都说不太清。世上说不清的事很多很多，何况一个钱吉生乎，也就不必"研究"了。

我与亡兄祜昌（我的四哥），自幼酷喜钱绘，爱他那清瘦脱俗的人物，衬着屋宇草树，一笔尘鄙之气皆无——还不止此，他最吸引我们的除了他画在纸上的线条、色彩、景象……还有一种奇特的清寒秀润之气，扑人眉宇，溢于纸上！我们很奇怪，他这股清气由何而生？又是怎样用手"传"到纸上去的？

我与四兄非常迷他的画。我们常常临摹习绘。在津沽之地，凡能到之店铺或人家，无处不留神看看有无钱绘的踪影。

有一次，晚间同游天祥市场，在一家店内看到了珍宝！——记得像硬木四扇插屏，每扇"开光"三框，每框内镶着一幅精绘《红楼梦》人物，钱吉生！

我们俩惊呆了。徘徊不能离去，可是祐兄是个小职员，我是个穷学生，怎么想也没可得之理。多少年后，提起来还共同赞叹惋惜：不知落于何处？命运如何？那比印出来的《杨柳青年画》内附印的红楼画要好得多。以后再不可能有此奇遇了！

又有一次，祐昌在天祥旧书店得了一部钱吉生插图的《聊斋志异》，虽然书品不佳（有光薄纸，印刷不精），可是钱画全部插图的小说此为初见，仍然是个罕遇的珍品。此书后来也因故失去了。我多年来留心，在京城旧书店摊上，再也没有它的影子。此书之失，实在令我怀念不忘。

钱吉生，名慧安，别署清谿樵子、双照楼主。题画爱写"新罗山人有此本"，小瘦字有几分像元人倪高士。他的衣纹特别擅长，瘦硬方笔细线，重叠折复，为别人所未有之风致。有专家写晋代大画家顾恺之（虎头）的传，临末了提到了明代传人只有陈老莲——而到清末，钱吉生却是老莲的遗脉，这个千年的古传统，太宝贵了！

但我还认为，从"衣纹学"来看，"吴带当风，曹衣出水"，两大名派，那又表明：钱吉生的衣纹，实在是北齐曹仲达的远系弟子，这比顾虎头更对榫合符。

钱绘似以中小幅为多，大的更罕见。可是，等到四十年代中，祐兄在津忽然发现了他十二扇大屏！这十二扇大屏，尺寸特大，得在很好的大客厅墙上才挂得下。而且钱绘以淡雅为主调，而这十二巨屏则破例用的是重彩金碧，既艳丽又辉煌，入目令人惊动！

祐兄知道这万万不能再遇了，把节衣缩食攒的钱，还变卖了什么,终于买到了手。他简直高兴极了,捎回了老家,先严也最喜钱画,见此奇迹,如获重宝。 悬在墙上,那才真体会到"蓬荜增辉"这句话的意思。

十二扇大屏,画的什么?曰:十二生肖。有人听了,或许会说,钱吉生画十二个动物?断乎好看不了!怎么是珍宝?想错了。这十二扇屏,仍然是以他拿手的人物画为主景,而巧妙地配置了十二属相。举个例子吧——

转眼也是数十年的事了,我已难记其全了。比如丑牛吧,那是画的牛郎织女,隔着天河,云霄缥缈,牛则依于牛郎之身边。辰龙更奇,画的是大画师"画龙点睛",那龙破壁腾飞而去!巳蛇呢,画的是汉高祖刘邦初出时,斩蛇起义破秦的故事,那蛇向他吐"信",他则拔剑相向……

每一幅的构想配合,都出人意料,那富丽的景色以至让人生震惊的心境。虎怎么画的?是"虎溪三笑",慧远等三贤的佳话。猪怎么画?那是关公,夜坐寐于营帐之中,梦见一头黑猪进帐来了——这是一种吉兆!古语不是说"猪入门,百福臻"吗?这好极了!

我离开老家久了,1987年秋,从海外归来,我第一次回乡看望四兄。他见了我,用以表示欢迎我的,不是别的,乃是一幅钱画。那是一个卷轴。他放在老屋子我住过的炕上,展开了……我一见,大吃一惊:正是那十二扇的末一扇。我问还有呢?答:就这一扇了。

原来,他的一点儿"宝物",也都被当作"地主财富"抄走了。落实政策后,退回来一堆破纸,七零八落,伤心惨目——从中拣出了这一张破画。

那幅画,黯淡敝旧,一点也不与昔年所见的相同了。我不忍再细欣赏了,就把它卷起来了。从那以后,总也不想再去看它。四兄是个痴心人,耗尽几十年的心力,作成了一部数百万字的《石头记会真》,眼见可以付梓了,他非要将钱绘红楼人物选一幅印在卷头不可,这是他一桩大心愿。他念叨着早年《世界名人画谱》上有一幅《宝玉栊翠品茶》图,乃清谿樵子得意之笔,极是合用。我们就费了大事重寻此书。寻了很久,托人代访,皆归失败,这老石印,也找不到了。

现在四兄已不在人间。他那轴关公梦豕屏,应在侄辈之手,但我一想起亡兄,心中无限酸楚,手足之情万言难罄,而我们早年共同寻购欣赏的那些并非"文物"的书画、乐器、文房、宫灯……也随劫数俱尽。钱吉生的绝活,只存在我一人的记忆中了。

政协委员怀旧篇

　　我任全国政协委员自第五届为始，连任至第八届方退位让贤。历时二十年整，所会尽是各界名流。政协是个"聚宝盆"——这宝不是金银珠宝的形态，而是国之俊才，珍贵实非金银所能比拟。这些名流，今日追怀，谢世者指不胜屈，真有哲人其萎之悲，故又零落之感。

　　第五届，可不是一个等闲的"届"，那是拨乱反正之后的最新一届。那一届，两千余位，聚于郊西的友谊宾馆，不禁想起古人的名句："十旬休暇，胜友如云；千里逢迎，高朋满堂。"①当然那远远无法与我们的"第一届"相比，我们那真是"一元复如，万象更新"的气氛境界，人人精神焕发，洋洋喜气，很难以言辞形容，亦非今日诸公所能想象。

　　那一届，我是文艺界特邀人士之一员，以后转为文艺组、社科组、无党派组，俱有可叙的往事前情。记得曾写过一篇草草回忆的

---

① 　王勃《胜钦王阁序》。

小文,已然写及的即不复述,只凭记忆中印象较深而人已辞世的几位老同组委员,各记其一二遗容旧貌,或亦不为无益乎。

这些谢世的,计有宋振庭、单士元、唐弢、吴祖光、管桦、王人美、袁世海、张君秋、骆玉笙、姚雪垠、胡絜青、潘素、李可染、杨向奎……这么一数,虽不能尽列,已令人深感老成凋谢、音容难再——而且也无法于一篇小文中尽所欲言一了。

袁世海像一口钟——讨论会上端坐如铜钟,发言声若洪钟。纯正的京腔,洪亮的语音,数他第一。他的话题多是围绕京剧的保护、振兴这一主题而谈起,有时感念恩师郝寿臣,还有梨园老辈风范。

骆玉笙的嗓音不逊于袁世海,不像女者,很是少见同样之例,难怪她的鼓曲孤擅一时,别开生面。她的风格是不多言,也无甚参议之见,常听到发言中响亮的一句话是"跟着党走"。(川剧"鬼才"魏明伦也提到这一特点,印象很深。)

我与她同组的时间很长,记得有一次小组散会刚出会议厅,她拦住我一直邀往她的寓室,打开带来的名曲《丑末寅初》的录音,让我欣赏。这个鼓书段子是她得意之作——与鼓王李宝全的同一杰作各有千秋,并不"千篇一律"。艺术是"个性",于此益信。

她年高了,看来身体不太好,怕风,寓室门窗关得铁桶一般。我是个必须得有新鲜空气"流通"之人,坐在那儿聆曲,虽然耳音享受,却闷得我透不过气来,要出燥汗——这是仲春气候,她总戴着毛线帽,可见体质之弱了。

在屋里,她提起梅花大鼓名家史文秀演唱我所写的鼓曲《秋窗风雨夕》,说唱得不错,只是她(史文秀)太逞嗓子好,时常跑调"冒高"——"我真受不了!"她这句话,使我深悟凡是艺术家没有不是耳闻目色极其敏感的,分毫之差也不允许"走"了谱;创新并不等于"随心所欲",一切"胡来"。

其次,会场是香山宾馆,我对她说我又写了鼓词《曹雪芹》①,是京韵大鼓书,希望你创谱配音,唱一唱,可破俗套。她很痛快,答云:"你把词儿给我呀!"我依约而行,会后寄给了她。后来她来电话说:"年老记忆实不行了,词儿长了已记不住;我把段字给了陆倚琴(她的女弟子)……"陆女士果然配谱唱了,送来录音。

又一次,她来长途电话,说:"党的生日七十周年了,请你写个庆祝的段子——不长,是个'曲头',我再演唱作个开场的短序幕。"

我应写去了,但未知她唱了不曾。这"曲头"我未留副本,亦不知在否。因为这是我们艺术交谊上的一个"史页",外人不知,故在此一叙原委。

到第八届大会闭幕,我心知我们这一代委员该退席了,可能是与同组者的"道声再见"的聚会了,就请她与我照了一张合影——那时,她穿着一身厚厚的冬服,头裹得紧紧的,已不再开口说话了,健康状况更不如前了。

我从少年时就听她的演唱,其时她艺名小彩凤。在"白派"京韵鼓曲的基础上开创了"少白派",独树一帜,终于成为一代首席,人称"大师"。

诗曰:

> 津门鼓艺女中杰,少小弦歌早所知。
>
> 谁料同为参政会,一堂言论忆当时。

---

① 此作已发表于津门《说唱》期刊。

曹寅题画与天津鉴藏家

　　故乡的报纸为我所喜闻。不久前,曾读到一篇关于曹寅题画的文章,颇觉眼明心喜。其文末,提到这件马湘兰的名绘,复经曹寅加之题记,乃艺苑珍异之品,却不知何时落在津门,有探究无从之慨。这使我想起天津的一位了不起的书画鉴藏家黄子林来,并且以为马绘曹题之珍所以落在津门,很可能与他的鉴藏有关。

　　黄子林,名浚源,一生酷爱书画,收藏甚富,而且入藏者皆非凡品。他的眼力极高,传世古书画名迹,一入其目,立判真伪,百无一失。其鉴定力的高明,收藏品的精粹,堪称冠冕群流。他的藏品,早年上海有正书局印制的《中国名画集》屡见选辑——那还是珂罗版刚刚传入中国印刷界的年代。这也可见黄氏的身份年辈之崇。

　　黄子林是天津银钱业的巨擘,名气很大。昔年天津宫南北,钱庄银号林立,是一大观。黄氏即在宫北开设慎昌银号。宫南宫北,同业者不下数十家,他的慎昌字号是最响亮的。银钱业鼎盛时期,他身任银钱业公会主席。大约在 1919 年顷,因受"安福系"之影响而停业。今其后人情况何似，则愧未知。

我以为，天津如编纂各种地方史志，无论是从银钱业兴衰的历史角度，还是从书画文物的保存功绩的意义来说，给黄氏这样的人物以应有的地位，都很有必要。

前面提到的那篇文章很好，只有一句话我想应当澄清一下：当提到曹寅的题画原文时，作者说看来曹氏也是"情场中风流人物"。这话易滋误会，让今天的读者发生错觉，甚至以为曹寅也是一位"冶游子"，是"花街柳巷"的"内行里手"。其实不是这么回事。曹氏门风，爱才好士，尤其注重有才华的女流，马湘兰正是这样的才女，不幸沦落风尘。曹寅久住金陵，多与前代遗老交往，所以熟知明末的遗闻轶事，"合子会"等，也不过其中之一目罢了，并非他的"躬亲阅历"。到后来，他的孙子雪芹写作《石头记》，第二回中就特别提出"奇优名倡"这类人物之足重，那思想与其令祖正是一脉相通的。不明此义，则《石头记》也就容易与流俗的写妓女的小说等量齐观了。

提起这，还该想到，那位为《石头记》作批注的脂砚斋，我曾论证过，实是一个隐姓埋名的女子，她所收藏的那块小"脂砚"，原来是明代万历年间的名妓薛素素的遗物。薛素素也是一位名气极大的才女，书、画、琴、棋、骑、剑、弹、诗文无不精诣，有"十绝"的称誉。她留下了一块小砚，也为这位女性批书人所珍藏，并即以"脂砚"为其斋名和别署，把这一切联系起来，才更理解曹寅的题画记，当然，也才更理解雪芹的《石头记》。

过去有人对雪芹小说理解得很低，说是"情场忏悔"之作。我恐怕"情场"一词的含义可以出入很大，容易引起误解，特别是对历史文化知识较少的青年一代更是如此，故稍稍申说以为文苑艺坛参考之资,或者也可为吾邑文物考鉴界提供一点线索。倘能如此,则不胜幸甚。

黄子林先生本人草书亦佳,师法右军《十七帖》。他当初家住龙亭西箭道(今华北戏院为其遗址)。他除银号之外,又在毛贾伙巷开设当铺,字号是"裕昌当",其铺面对过,有小山东馆"四合楼"。

我是1918年生人,自然没赶上过黄先生的年代,只因家兄福民自幼在宫北"学生意",深知黄氏一切,我才得闻梗概。草为小记,亦有味存焉。

津门鼓艺名家赵学义

　　回忆鼓艺大师白云鹏之嫡传弟子阎秋霞去世时,我皆以诗文悼念于她,同时勉励白派的再传弟子赵学义,努力承传白派高雅艺术,以免成为广陵之散。没想到,我前几天还在写给王济老(曲艺)团长的信中,托他转向赵女士致意,而今日女儿为我读报时,竟然发现一则消息:赵女士已然逝世,年仅六十二岁。

　　这使我非常惊悼,而感伤的同时又想起那些值得记的往事前尘,在津门鼓艺史上,也应当占有相当的地位。

　　我初次认识她,是她和韩宝利、史文秀、籍薇四位艺术家一同来小舍访问。当时我住北京东城南小街南竹竿胡同①,胡同西口,坐北朝南,第一所高台阶四合院,是夏衍旧居,院子是明代建筑,游廊四达,正房前厦大红抱柱,院中有杏树和枣树,在老北京来说,却只是个中级的老式住宅。那时已是"文革"后的"小杂院",东、西、南三面分住着三家,还有两家住在两处小屋里。我住正房。

―――――――――――

① 原为明代的"把台大人胡同",后讹为"八大人胡同",距朝阳门甚近,胡同东口即是古城城墙⋯⋯

他们四位曲艺名家,为何光临小院?原来我写了一段梅花调鼓词《秋窗风雨夕》,唱的是黛玉正自秋情难遣,丫鬟报"宝二爷来了"!冒雨而来的宝玉,戴笠披蓑,足登棠木木屐,好一个英俊的小渔翁……二人见面,话语不多,宝玉提灯护伞,渡桥而去,一片诗情画意,唱来是可听的。

承蒙津门曲界友人热心建议,要请史文秀、籍薇二位梅花"歌星"演出此新曲,所以是来让我讲解歌词语意的;而赵、韩贤伉俪是为此而制配新腔、精心伴奏之协作者。

当年情景,历历在目:那正房大间,正中做了客厅,迎门正面是长沙发,左右各一单沙发。籍薇坐于下手单座,赵学义坐于上首单座,史文秀坐于长沙发西端,与籍薇靠拢,听我逐句讲解鼓词中不易一下子领会之处。这时,韩宝利独自坐于房门旁东侧的另一沙发。赵、韩两位无开口机会,只在旁静听。

——"问题"正出在这里:

史文秀是个敞快人,可也有点"大咧咧",不太讲究细节,她并不向我明确介绍赵、韩是何身份,为何同来——更不言人家是夫妇。她也许以为我都"清楚",其实全不是那么回事。到后来才明白,赵是创腔家,韩是琴师。

虽然如此,我这人最怕冷落了客人,等到史、籍两位的问题稍清之后,当即转过头来和赵学义攀谈——那时还不知她的名字与身份,因无人为之介绍。

我问:"您是专攻哪一行的?"此时,她一直静静地坐在一旁,见我问她,就说,是唱京韵,老师是阎秋霞。我听了这两句话,就高兴起来,表示:白派传人太可贵了!你赶上过师爷白云鹏吗?她答,没有。我说:"阎秋霞是谨守师法,只是稍欠活泼,有点'死板'。"

此时史文秀听了插话，说："评得对！"然后我接着说："没赶上白云老，太遗憾了！……"赵女士静聆，不轻言笑。

因此，我又向韩宝利说："你看白云老的伴奏的那把弦子——静极，谨极，密极，精极，全神贯注，一丝不敢轻忽，简直'如临大敌'！"他也是静听而无言。

"如临大敌"！这是什么话？给主角做"随手"，是绿叶红花，相得益彰，怎么是"大敌"？须知，在"比喻"这个修辞格讲用心到极精密时，对"主"对"敌"是异曲同工，这是辩证的遣词之妙理。

后来史文秀正式登台演唱《秋窗风雨夕》段子了，我专程赴津去聆听，大约坐在第七排之后，该是王毓宝的时调上场，忽有人轻拍我肩，回头看时，见是两位女士向我打招呼，当时我辨不出是谁，而我这个钝绝之人也并不曾想到是赵、籍两位热情之来临——我耳又不灵，生怕一问一答语声太大，惊动邻座和场上的关键（亮相）时刻，就回头轻声说了一句："等等再谈吧。"只见那二女士再不答言，起身走了。这之后，我又听到她的演唱新段子。

过后，弄清是怎么回事了，深为愧怍，心想人家必然误会我如此傲慢，有"大架子"——但就到那时，我仍然不知赵学义是《秋窗风雨夕》的制腔人。

这事每一念及，便不自安，于是写了一封信向赵女士解释实情。信去之后她也复了一信，一场小小的"事件"，方得愉快结束。

追忆往事至此，不禁又想起我与她会面的另一场合，情景也历历在目：那是 2003 年，他们通过郑重的渠道联系，要我给他们的《鼓曲音乐创作集》题写书名，并云此书不久即将出版。我闻悉之下，十分高兴，因为据我所知，津门鼓曲从未有做过这样的双重创举——既自创新腔，又自为新腔制谱，鼓板丝弦，寻声留谱，传承师辈的声音韵味。我虽目坏，不辞字迹之难看，遂题好交去了。话要简洁，等到书稿临近出版之际，夫妻两位专程来访，送到题字的润笔之酬。我不敢受，但其诚意不容推让。

就在这次晤谈之间，我忽然灵机一动，又想起一件不无意义的艺事：我写了一个京韵鼓书新段子《燕市悲歌——曹雪芹》，尚未正式"问世"，就和她说明了此事的原委，希望她能配腔演唱——也不妨为曹雪芹逝世两百四十周年纪念增添一项很好的项目。

这种建议，本来是不揣冒昧，未料她回津后寻到了我发表那段鼓词的期刊，并很快就将创作完成了的光盘寄给了我。他们的热情使我感动，他们的才华让我佩服。

及至韩宝利先生再次来访，已是新书梓成，送到两册，我们彼此同享欣慰的情怀。我即为此新书做了四首绝句，随后又为《燕市悲歌——曹雪芹》的谱成也做了绝句，但只是两首。

谁知，津沽报纸上忽然传来了曲艺名家赵学义逝世的消息，我真不敢相信。但随即接到韩先生的电话……事实就是事实，无法不承认了，但还是在伤悼一代才艺名家，不该这么早就辞世而去，因为她还要给后一代艺人留下更多的艺术财富。

特别令我感动而不能不记于此的是，4月9日韩先生打长途电话相告：天津卫视将有纪念她的专题节目，我即按时观看，在荧屏上重见了她的声容，更意外的是她所唱正是《燕市悲歌——曹雪芹》那段拙作——见她的演艺歌声，俱臻上乘，不禁又喜又悲。

再寻六首诗，底稿不见了，我无此诗，何以表我之悼念之诚？舍悲重作——然而只写了五首，无从将六首的内涵全部复现了。

诗句如下——

(一)

东浦斜阳唱雪芹，西山何处吊诗人。
应存一段评弹史，遗韵重听一怆神。

(二)

三条弦子见神思，拢捻拨挑指法奇。
此曲不应广陵散，津门薪火要传师。

(三)

鼓板从容弦索忙，清歌一曲九回肠。
芳声未远人千古，忝在知音句可伤。

(四)

妇唱夫随雅韵和，津门佳话自来多。
刊成曲谱宫商粲，高山流水送微波。

(五)

乍分离处最伤情，白老遗韵那忍听。
不见秋霞云易散，赵家才艺再寻声。

"戏法"大师罗文涛

中国的传统"戏法儿",并不与今日所见西方"魔术"一样,它不靠灯光、机械、幻影、电力等来迷幻人的眼目;它靠的是真本领加上"手彩"——是手上身上的功夫。功夫并不绝对排除技巧,但终究不是一回事。

使我难忘的是罗文涛的"大戏法"。

怎么为"大"?大是指气派规模,他一个人做主角,只有另一人(偶多出一个,但从未有四个助手),不到一刻至半点钟,能"从无到有",变出满台的大件东西,让你眼花缭乱,让你"目瞪口呆"!

罗文涛是功夫本领,他一语不发——全台的精彩表演——即通场节目的"精气神",全在他的助手一个人的嘴上。这事很难用"文章"讲,我只能粗叙大概。

罗大师出场之前,是副师于得海的"小戏法"作为前场,此场虽"小",作用却大。最常遇上的是他的"巧女认针"。这是他手捧一把绣花针,右手一个一个地把针送到嘴里,要"嚼"几下……针都进入嘴,他再"嚼"动,还要用双手"拧"那两腮,表示不怕扎——针已"吃"下去了。

然后,他给台下看一根白线,把这根缝衣线也送入口"嚼"了。

这时,他从双唇缝中用手摸出一个线头儿,就往外拉。奇!他拉出的线上穿满了几十根花针,在那灯光下微微抖动,闪出的光好似一串珍珠!

台下每个人都睁大了眼,不转睛地看那根"巧女"认(纫)上的针!

——恰巧就在这一刻的工夫里,于君的身子后边已然有个罗大师站在那儿——可谁也没顾上看他,更不知是什么姿态走出上场门的!

原来,这时罗大师身上带着几百斤的重负荷。他不是"走"上台,是一寸一寸"挪"上来的!

"巧女"认完了针。罗大师这才上场开口,露露一二语后,即将一方布毯展示于众目之前:而此时助手紧贴身旁,二人"对话",大致如下:——

罗:"挖单面上没戏法。"然后将布毯掉转,反面朝外:"里(儿)上藏不住!"

"怎么个变法呢?""毯子往肩膀上一搭——"此时将毯子搭在罗大师的右肩。略如僧人微披袈裟(俗呼"偏衫")——"要这么一拉肩——"此时助手将它往下一拉,同时就从罗大师接过一个大瓷盘,内盛果物,"这就是玩意儿!"

"别回手,又来了玩意儿——"又一大盘。"接过去——碗掌(哪)——开!"又一大盘……

如此接七连八,观众屏住气,目不暇接,紧张至极!

几大盘之后,"大小还得配点玩意儿——"

接下去，一件比一件大起来，到了最后，简直就是大瓷缸——里面"满满当当一下子水"——于君一面说，一面用手从缸里捞起水花儿。

眨眼之间，大小瓷件不下十几个，已摆满了一台！此时，罗大师的黑大褂儿方感显得"耷拉"了——原来这么多、这么重的"玩意儿"都在他身上"挂"着，全凭极巧极快的手法在一瞬间(毯子拉肩)摘下来"掌(哪)开"！

从头到尾，于君一张嘴，把一整台大戏法"说"活了，他的精气神比戏法本身还重要——因为不然那罗大师就成了"泥胎"，什么彩头也没了！

我每次看，深深叹慨：这一对老搭档，谁离了谁也"没戏"了，可谓相依命艺(艺术生命)。

我有幸赶上罗大师两次绝活：一次最后变出一座塔式玻璃八角座灯，里边的红蜡正在微微跳着亮光。

又一次更奇：大褂脱了，光着上身，一个翻地斤斗——从手里捧出一个大盆——也是"一下子水"！

这是东方的功夫。

东方的一切文化，讲的是功夫，与西方的魔术乞灵于"声、光、化、电"全不是一个性质。

我总觉得看罗文涛大戏法有回味。

鼓王刘宝全

侯宝林的《改行》编了刘宝全卖早点"吊炉烧饼扁又圆……所为传名我叫刘宝全——"忽然砂锅碎了！招大家一乐。刘老是公认的鼓王，名高望重，落到"敲砂锅"的惨境，确是又笑又叹！

实际上的刘宝全并非如此。他身材不矮，但不肥胖臃肿，丰神秀逸。头发是剪辫子留的"帽缨子"。慈眉善目，气味可亲。他自言是天津乡亲。上台很谦虚，还是以"学徒"自居。又有时风趣地自嘲，说唱鼓书的都是年轻的小姑娘，哪儿又来了这么个"老大梆子"！台下报以掌声。

他虽谦虚，但上场时却有他与众不同的派头儿：出场时一定要穿马褂——这是当年的正式礼服。刘老是向听众表示恭敬，而献艺不是嬉笑玩乐，是正经大事。此为对待艺业的高尚精神、负责态度，一片至诚。

到"开场板"，一套极为飘逸的鼓套子奏罢，向台下用京白表过了一段亲切"叙旧"之后，将要开篇演唱正文时，这才把马褂脱了，露出可身的坎肩来——这方是唱时手势指挥时的便服。这一番礼节,别人所无。连白云老也只穿坎肩上场。

除了这,他的另外两个"派头儿"是:唱前必将一方很大的白绸手绢搭在鼓架上,脚下则检场人给摆一个痰筒——他不是吐痰,是唱时要饮口水润喉漱口,将水吐在筒内,以大手绢拭嘴。

刘老对上台的一切准备十分认真,比如晚上贴出的段子,白天一定要温习一次,这绝不省事——一为溜溜嗓子,凡唱曲的不溜嗓子是不能到台上运喉如意的;二来是与弦师的配合,一定得丝丝入扣,不能闪失丝毫。

刘老的拿手绝活是《大西厢》! 他唱时也是要表明:这该小姑娘唱莺莺红娘,我不愿唱并非"拿手""不露",是总觉得不合适……

其实,这是遁词,他的《大西厢》唱莺莺红娘二人"对口",太绝了! 又庄又谐,又灵又动,妙趣横生,叹为"听止"!

此外记忆最深的是《闹江州》。这真好听好看极了。最神的是唱到浪里白条张顺与李逵水战,张顺的"水性"甚高,把李逵灌得直翻白眼儿!

鼓王学大江里船上拉大篷时的"起号"(船工劳动号子),那条亮嗓,令人心醉——尤其津沽人熟悉早先养大船的那些风俗、听过"号子"之美的人,更是倾倒,莫可名状。

可惜,可叹——《广陵散》已绝,谁来收拾?

鼓王的成就,一是天赋高,二是功夫到。他的过人之处不止一端,只因大鼓书的琴师,一把三弦,一个四呼,出神入化,都是他亲手"调理"出来的。因为他本人就是弹琵琶、弦子的高手。

他还能唱各种各样的"俗曲",这些曲调盛行于明、清两代,极为丰富美妙。后来大都无人继承,俱归泯灭。刘老一次自弹自唱,让隔壁的梅兰芳听见了,梅先生回忆说,那唱的是什么曲调全然不懂,只说令人心醉,无法形容。

两位大王,契赏折服,今俱往矣! 人间天上,哪复能闻,而后生之艺品如何? 企予望之,也是"我愿老天重抖擞,不拘一格降人才"。衷心祷之。

年画·大观茶园·荀派·王紫苓

丁亥年腊月廿三、灶王爷上天的那一晚上,我除了照例吃糖瓜①之外,还作了一首怀念儿时祭灶的小诗,诗曰:

> 一片饧香九十年,灶王依旧上青天。
>
> 小龛立在锅台上,存到今朝值万钱。

然而除了这些,那天晚上我又多了一层享受,就是友人正好送来了一部《中国木版年画集成》之《杨柳青卷》,于是立刻展卷快读,不禁喜出望外。因为其中的内容太丰富了,勾起了我百般的思绪。这些思绪我都想写写,可那将会太繁乱了,成不了文字。只好先就

---

① 这里我还称呼"糖瓜",其实是个代词,糖瓜的形式,我在京城一般商店中已然多年不见了,故乡如何,无从得知。又,北京人管祭灶的麦芽糖叫作东糖(古称饧,xīng),天津似无此称,通俗称为"大糖"。旧时供灶王的小龛,市上有卖的,都是用高粱、玉蜀黍秆编制的,灶王升天焚烧神位时,就一齐烧掉了。我家的小灶王龛则是木质的,小巧可爱,假如能保存到今天,亦是一种民俗文物了。

几个最难忘却的片段暂记于此。

第一，杨柳青年画是我平生最珍爱的民俗艺术瑰宝，那真是一种民族智慧创造的奇迹。我几岁时，慈母就唱民间俗曲给我听："天津城西杨柳青，有一个美人柏俊英"；"巧手丹青能绘画——这家人，十九冬……"从那时起，我就把杨柳青的这位才女柏俊英和年画联了一起。后来我一直想在讲年画的书上寻找柏俊英这个美好的名字。如今这部《中国木版年画集成》里是否有她的芳名，我还抱有发现的希望。

第二，这部《中国木版年画集成》里的佳作，篇篇幅幅都令我爱不释手；可是最令人惊奇叫绝的竟然有一幅是我青年时期常到的大观茶园。一经发现这幅奇作，我就把书合上，心里自言自语地说："行了，够了，有了这一幅，别的不看也就满足了。"读者也许要问，你这话什么意思呢？我答：这个茶园标志着我生平百般曲折坎坷中的一段重要变化。简单地说，理由如下：这幅年画的右侧就显明地记有"官银号傍"四个大字，而官银号在我心目中实在可以称为具有天津特色代表的一处地方。我十几岁时，读初中是在河北大经(中山)路北端的觉民中学，每逢星期日，准许住校生外出游玩，我所能到的唯一一处地方就是官银号。但那时我这个少年学生是不能进茶园戏馆的，只能到老商务印书馆去买一两本古典诗文。官银号实际是天津老城的东北角，到我升高中进入南开中学时，却转到了西南角，从此再无机会重游官银号这处可喜的地方。说来令我至今心有余痛：从"九一八"事变以后，我很快失学了，回到郊区老家又经过百般的苦难，盼到了抗战胜利(1945 年 8 月日军投降)，可是那时候国家政府并无能力派军政人员到天津地区受降，我在故乡(天津东南郊)耐心地静候了疑闷难明的一段长时间,这才有盟国军方由大沽口入境,来到天津举行受降礼——这些经过对我这篇小文又有交涉吗? 答曰:我这样的叙述正是要说明,我从此才得以又到官银号来重温旧梦。这样一段大悲大喜的复杂心情,今天读我这篇短文的读者如何能体会其中的真情实味,那就不是我所能想象的了。到此,我这小文也方能回到本题,我重游官银号,已经是十多年以后的事了。我这时才有机会常常坐在大观茶园里欣赏我最喜欢的京剧和古书的民族艺术。

我常到的这处茶园名为大观楼,就是杨柳青年画上左侧标明的"大观茶园"。园子不大,还都是老式木建筑结构,园内气氛清雅,并无喧嚣庸俗之陋习,台上先是古曲、单弦牌子曲等献艺,然后开锣是两三出精彩的京戏,令我这曲迷戏迷十分过瘾。据《中国木版年画集成》书内的说明得知,这个小茶园始建于清光绪二十四年(1898 年),年画所表现的上场、下场门,上方有彩绣凤凰的横幅,下方有粉红色的绣帘,绣着梅花。而园内台上正演的是什么戏呢——是《连环套》中的《天霸拜山》,有趣的是,天霸的身旁竟有一匹真白马。

从光绪二十四年到我坐在大观茶园内赏戏,已经是经历了近五十年历史的时光了,而我所看的戏不是《连环套》的武戏,而是文戏,其中有一位年幼的花旦角色,年纪大约不过十五六岁,然而演技却非常出色,大方而自然,端庄而流利,这是难得兼有的优长之处。我和四哥祜昌对这位小姑娘都非常赏赞,闲谈时常常提起这位"小花旦"。

这位小花旦是谁呢? 原来她本名王紫苓。据她自述,出身于一个贫苦家庭,自幼酷爱演艺,冲破种种困难障碍,终于得到了舞台献艺的机会。如今早已成为四大名旦中荀慧生荀派的继承艺术家,也是天津地方戏曲人才中的佼佼者。

四大名旦是梅、程、荀、尚,梅、程以青衣戏最为擅长,尚以武旦戏演来精彩,荀则不同于梅、程、尚,独以花旦戏见长。我最喜欢荀慧生的《小放牛》和马富禄的《牧童》,演来真是人间绝唱、天上更无。如今王紫苓的戏路似乎要更宽泛得多了。

我和王紫苓女士素不相识,她因在报纸上看到我在拙文中赞赏过她的艺术,故以信函前来联络谢意,由此得见她的毛笔字写得非常工整,而且给我写信时,一定要用中国宣纸,繁体汉字竖写,一笔不苟,文辞表达能力亦深有造诣,足见这一辈老艺术家文化水平不同凡响,应该向她学习。我也多次敦促她写写自传,给梨园史留下一份宝贵的历史资料,我也盼望不久能在天津电视台看到有关王紫苓的专题节目。

文末缀以小诗,诗曰:

(一)

慈母歌吟忆幼时,柳青年画忒珍奇。
美人柏俊英何在? 细向新书觅旧姿。

(二)

城隅东北号官银,小小茶园地可亲。
题曰大观深有味,小中见大古犹今。

(三)

荀派传人在紫苓,大观楼上管弦清。
回眸六十年前事,绣幕重温史可惊。

与郑板桥结缘

　　一提郑板桥,他的书法评价如何?就麻烦了——高级专家,看不上他,认为左道旁门难登大雅,但他又很能博得艺坛上的声誉,有人喜欢,说:纵非最上乘,毕竟有其"个性"和"奇趣",不能说他也堕入"恶道"……

　　寒家并无真正的名家墨宝,因为"养船户"营运关外木材,又开设了一个"同立木号",所以家里铺子里到处是木头:大木料,宽木板,各种木块,随手可得,不当一回事。因此从祖父起,屋里喜欢陈设木匾联:把得到的木石本联字刻在木板上,字槽里涂以青碧色,又朴素又清雅,真是寒素之家的一种创意和性情风格。
但奇怪的是,不知何故,木板联竟有三四副是郑板桥的联文。

　　我还能记得的就有:

　　　室雅何须大　花香不在多
　　　秋从夏雨声中入　春在寒梅蕊上寻
　　　春风作意来梳柳　夜雨瞒人去润花

作画题诗双搅扰　弃官耕地两便宜

这样，我从很小，一抬目便看见这些匾联，自然要受此影响——是些什么，那一时说不太清。只是对郑板桥这个人写字的与众不同、独辟蹊径的表现，感兴趣。

说来更有趣：我们全家并无一人想学他的字，也绝不受他影响，只有我是"学"过"郑体"，例外。

家无藏书，我自幼有"文化饥渴"，到处乱翻，想找点"书香"、"墨韵"，偏偏又从父亲那儿发现了一部《郑板桥全集》，一函四册，是木雕版，就是照郑板桥手书自家所作的精校本，内分诗、词、道情（俗曲）、家书四卷。

这下子，引发了我的很大兴趣，对板桥其人，其诗文韵语，其笔墨性情，都首次大展"全图"，觉得此人确是不俗，有奇气。比如写那种字，世人不习见，便难"入眼"，非有大勇气，是不敢那么干的。心里佩服，就拿它当帖临起来。

父亲的家教是"信任"、"随便"，从不立什么规矩，发什么教训——写字也不"教"给人，凭他自悟。所以见我临板桥体，也不加干预，见我临得很像，还有欢喜之意，只说了一句："只临他，不行，还得有正经功底。"

这个"功底"，须自寻，不是硬规定，错了不行……于是我就"参悟"郑字的来由。逐渐明白：他是汉隶的根基功底，似乎受过石涛的影响，在隶、楷之间自创变格，不主故常，可以出新格，立新"架"，长短增删，夸张节简，以意而行之。但他实在又是暗取了北宋苏、黄两家的用笔特点，这样糅合融会而建立了这种"板桥体"，颇为当时后世所赏重。我曾戏评他：太爱伸胳膊踢腿，有点"作态"

过甚,是其一病。如长撇拉长了,已到"出锋"之际了,他却忽又一按,写个"反捺",弄得像"脚骨"式,不可取……

　　我家旧藏有他一立幅,画一丛兰,旁立一把三弦子,构图奇甚!上题一诗,惜不能记忆了,此画已付劫数。另有一幅大字信札,是写给门生朱青雷的,因此札得知:朱君原在慎郡王幕下,后移往平郡王府。平郡王者即雪芹大表兄福彭,而慎郡王又即书中北静王也。

地杰人灵

印缘念旧

忽然传来了徐嘏龄先生遽然化去的消息。故乡印友，年高而仙逝的已有两位了——另一位即刘维哲兄。对徐老，我旧年在津报发过专文评介他的篆刻功夫；而对维哲兄，早想写几句怀念的拙文，然百端牵率，至今也未及着笔，于怀久抱歉然与愧对之意。如今则将他们两位与我的印谊石缘粗加叙写，聊代悼词，兼存掌故。

从时间讲，给我刻印的最先是徐老，其次是现今年逾古稀的牧石张兄；刘兄则居第三；徐、刘两家的金石学，不是一个路子，可谓各有千秋。他们两家虽然都已享名津邑，但起初却皆默默如高隐，奏刀击石，原为自怡，无心名世。凡艺术的事，大抵须经历一段寂寞自守、甘于淡泊的人生道路，自家闭门磨炼功夫，方能博得日后的成就，我所知的徐、刘两家，在这一点上是相似的。

徐老如何为我治印？说来话长，好像超出题外了，然而不说则我为此文将成为泛泛虚词，平生不愿作此浮文虚句，读者看了也觉索然乏味，不如实事实叙，真真切切，方见一片诚恳之内心。

徐老生平我不知晓，只知他与亡兄二哥是同事——他们是个什么"单位"，我连这也说不上来，又只知他们二人可能是"难友"——即在"文革"中俱为"黑五类"，受严管劳动改造，所以常在一起"干活"之故。

家二兄原是个宫北大街敦昌银号的职员，精于珠算，同行骇服；新中国成立后因我出版了《红楼梦新证》得了一笔稿酬，他说要和朋友筹办实业，盼我支援，我将稿酬的主要部分从成都汇给了他——没料想这倒害了他：被打成了"地主资本家"，大约因强力劳动所致，他的腰弯成了九十度，走路极为吃力，将我所赠拐杖下端竟磨得短却了二寸有余！落实政策，定为"小业主"，这时他才来信向我介绍说同事徐君，喜刻印，热情，自愿惠刻，要我"出词"……

由此"一发而不可收拾"。徐老连石带工，给我刻了几十方，积成一册，专题"印谱"。我所著之"红学"书上，皆有他的印迹。这种深情厚谊，岂敢忘怀，但也无有很多机会细述种种经过与印文实迹。

认识刘兄则完全是另一情形——

从日寇解散燕京大学，直熬到抗战胜利，我方从"隐居"中正式出来就业，当时津海关招收"助理员"（为了接收"敌伪"物资），我报考录取，因试卷成绩九十七分，杨主任（能唱昆曲《长生殿》……）特准改为"内勤"，坐办公室（而不随大车去查仓库）。同室数人中，结识了好友商文藻——我们是戏迷、大鼓书迷、民族乐器迷、书迷，十分投契要好。我到商兄家去做客，认识了刘维哲兄。他体质好，喜书画，能唱昆曲《山门》鲁智深的曲子——他一眼看出我那时写的小行楷字是"唐人写经"（我确实是对写经下过点功

著者(右)与老友在一起亲切交谈。

夫）！我们同处时间不很多，因为彼此住得相离太远。他唱《山门》，我和商兄都吹过笛子，很是相得。

这些情景，谁知道呢？——包括商、刘两兄的后人在内，他们也不曾尽知，何况别人？

新中国成立之后，我与商兄还有一些断续的联系，而对刘兄则一无所知了。事隔六年，忽得维哲来札，恍然如见故人风貌——皆旧时二十多岁之人的记忆印象也。从此，我们又续了旧缘交契。他首先赐刻的印文是"响晴轩"，这是因为他在京报看了我的随笔小札，以后也是源源不断地惠寄来了佳石美印。

刘兄法寿石工先生，而能自出新意，善于运化。徐老以功力特深见长，不走风流潇洒一路，才华不显，而巧思全在章法构局，罕有能及，尤其擅长多字印文。我"出词"特难，而他总是"履险如夷"，章法之美令人叹佩。

刘兄晚岁坏了一目，而依然奏刀如笔，神采无违，难得之至。

徐、刘二老为我治印还不算新奇，最奇的是他们都还给我特制了"通灵宝玉"——石是自然形态，有穿孔可以贯绶佩之于身，刻的篆文是"莫失莫忘（wáng，阳平），仙寿恒昌"以及另外的上下款诸字，大约在印家是个创举新闻，另而知者甚少。徐制"宝玉"为黑石，刘制则赭黄边透红晕，美甚。我曾赋七律题咏之，惜已难记其全句——刘兄哲嗣名长兴，曾将此诗录来，亦已不易检寻了。

长兴是位贤孝子，已为他父亲印了书画篆刻集。徐老曾拟在天后宫办书展，我为助兴，答应附奉字幅以志墨缘；但后闻徐老展品因故未及办妥，主持之友人无奈只得改成了我的书展——因而简陋不成规格，观者纳闷。这却是我与徐老缘分中的一个小小憾事。

再说,在亡兄尚在时,总还通过他向徐老致意(困难时期他所嗜烟酒不易得,我自京捎一二品以慰其情);但后来他搬了家,好像说是灰堆一带,靠"下边"①了,其确址问家兄也不得而知,于是断了信息。前三年,我到津门,徐老步履艰难,夜晚赶来一面——未意此即永诀矣。

　　刘兄苦思故交,因我之故,也访得商嫂(因商嫂念旧,访投书信于我);后来决意进京来看我,连礼品都已备齐,不料就在此时,心疾猝发,长眠不醒。他满腹要叙的话,随之而往。

　　我写此文,本不忍执笔,因为怕动真感情。可是追怀这些老亲旧友的前情,又不可不稍稍记下印痕,以免连这百不及一鳞爪点滴也无人能晓。老子云:美言不信,信言不美。追悼印友、商兄商嫂以及亡兄福民,撰此小记。王右军之言曰:"后之览者,亦将有感于斯文。"

---

① 这是乡语,指东南郊。

乘风尊国粹　扬帜化西洋

——悼念季羡林先生

7月11日的上午，女儿告诉我电视里在直播两岸经贸文化论坛大会，正想倾听有关内容，忽然传来季羡林、任继愈两位大师同日化去的消息，一霎间如雷霆发雨晴空，大星陨落于天际，使我惊魂外逸，悲绪内腾，忘其所思，不知所措……迨至晚间，心魂少定，这才抓笔写下痛悼季老的一首七律诗：

古历己丑闰五月十九日惊闻季羡林先生谢世

痛悼不已敬赋小诗略展悲怀

大师霄际顾人寰，五月风悲夏骤寒。

砥柱中华文与道，渠通天竺梵和禅。

淡交我敬先生久，学契谁开译述关。

手泽犹新存尺素，莫教流涕染珍翰。

其中第六句"学契谁开译述关"，说的是我为季老一篇论文作过英译的往事。1950年我在燕京大学读西语系时翻译了季老的

《列子与佛经之关系》一文，被刊载于 1951 年第六卷 *Studia Serica* 上。此文颇为国际学者所重视，而拙译英文也连带获好评，与有荣焉。其时，国人英译汉文学作品者已不乏其人，而英译先秦诸子与佛教典籍之例似未多闻。拙译之例所以能获佳评，此亦原因之一。附记于此，亦学苑之旧闻矣。

悼诗的收联"手泽犹新存尺素，莫教流涕染珍翰"，是指我尚存有季老赐我的手札书信一封，十分珍贵。今日季老已去，我将原信发表，愿世人得以借此窥见我们二人文化思想之交流切磋的遗痕，或者对于当前文化教育界的有关人士不无参考意义。我觉得用这样的方法悼念季老更有价值意义。

汝昌先生：

大札奉悉，如从天降，喜不自胜，非空谷足音所能喻也。先生所论，多与鄙见相同，十分钦佩。唯"第二次文学革命"，恐已不能实现，盖生米已成熟饭，"挽狂澜于既倒"，非吾辈所能也。今之"文人"，多有不通"文"者，在大学中文系任古典文学教授，不讲平仄，不通韵律，不明典故，不解对仗者实繁有徒。如此而言"艺术性"，实如水中捉月，南辕而北辙也。往岁羡林曾建议在大学中文系中开中国古典诗词入门课，庶学生对上述诸点能略有通解，对将来研究工作，实有极大裨益。闻清华曾进行尝试，而北大中文系则置若罔闻，言者谆谆，而听者藐藐，吾辈"老九"唯有苦笑，今之主文衡者间有不学有术之辈，对教育实极昏昏，以己之昏昏，焉能使人昭昭哉！环视中国士林，如先生者已不多见。唯望为国家前途，为中国文化前途，善自珍摄。

余不一一,即祝

康吉

季美林

1996,3,16

请看,先生手书开端写道:"大札奉悉,如从天降,喜不自胜,非空谷足音所能喻也。"我捧读季老此纸,一下子惊住了:第一,季老长我六岁之多,对于我这个小生后学,笔下竟然用了如此不同寻常的文辞语句,实出意外。我何以克当?于是就陷入深思,细想先生如此落笔的深层内涵,一定另有缘由并非简单之事。我直觉感到他那时十分孤独,无有可共语之人,见我拙函,不禁触及衷怀,因此笔墨之间就流露出他的精神活动、内心处境。不待往下续读,仅此数句我已然悟出,大师满腹经纶,见了我的书信即引起他如此沉痛沉重的心情。我自惊自愧,又有些担心我那种冒昧的投函,如若使得季老蒙受了我的不妥当的影响,岂不罪责实多,那又如何能够对得起季老的安康愉快呢?

多年以来,我怀于胸中的一点儿想法无人可谈,故此想向季老一诉。我曾写过一文,认为自从胡适先生开创"文学革命"或称"文学改良"运动以来,"白话文"已然成为了中国唯一的一种文体。胡先生的改良口号十分明确是对于文学作品而言的,但实际上"白话文"却成了不可触犯、不可违背的法定文体了。我们中华文化传统最为重视的"文各有体"(如六朝陆机的《文赋》与刘勰的《文心雕龙》,其主要部分都是强调文体论的,即"文各有体"之意是也),面临化为全无的境况。在给季老信中流露了我的一些想法，而季老信中的"'挽狂澜于既倒'非吾辈所能也"，就是回答我那冒昧想法的一段文字。

季老来信的后幅涉及彼时高等院校中的某些情况，季老直言不讳，可知感触甚深，非同一般小节。由于我曾忝为政协委员二十年，每次发言总离不开"文化与教育"这个主题，以为是百年大计。季老见我去函所叙多年来为文化事业的言论，感同身受，思绪万千。季老写下那样的话是在 1996 年 3 月，屈指一算至今已经十三年了。知今日高校已与彼时大有不同，但我仍然把季老信函公开于此供参考，未必全无裨益。

我敬佩季老，积有年所，非一日之情怀；但近些年加深了我这种情怀的激荡，不能自已。因为什么？自然不是无端无故。这种情怀，感受上异常复杂，而讲起来只能从"简"。简到一句话：季老提出的许多文化主张，都让我有切肤沁脾之感。比如，20 世纪九十年代初，季老谓打出"国学"的旗号是需要勇气的；又如，季老强调东西文论的根本差异，呼吁破西方文论的枷锁，建构我们自己的话语体系，取其精华，为我所用等。季老说过：治人文社会科学的，年到六十岁才刚刚明白道理，有点学术成就的由六十岁起步——所以须至少活一百三十岁，才可望有较大的心得贡献，也就是说，九十岁还很年轻。季老的这一席话，使我感慨万分。他说出了许多我心中想说而不会说、不敢说的"大言"。在我看来，他是今日中华文化的指示路向的人，具有完足的代表性。他独敢重提"国粹"一名，独敢标出"东化"这个伟大的文化理念。这表明他大智大慧，大仁大勇。他是宏观的凌云壮志者，而非庸常卑陋的小儒所能梦见。借佛家教义作比，他是修大乘(shèng)菩萨果的大善知识。我深服季老的胆识和慈怀——大慈无私，异于那些自谋私利的"学者"、

"专家"。

2005年，我撰著了《我与胡适先生》一书，原不敢向季老求序，因他年事已高，岂忍加以劳力；但念目今曾与胡适先生同世共事的前辈学者已无第二家，因而冒昧请以其旧文《站在胡适之先生墓前》作为代序，同样光宠无比。经蒙季老不弃，慨然惠允，感激之至！盖此一事，非止我个人之荣幸，亦且关系当代研习中华文化的重要史迹之一端，足以启沃后来，所谓朝花夕秀，辉映长春者，亦借此可窥踪影也。

2002年，在季老九旬晋二祝寿会上，我作为第一名向季老献寿申贺。又曾撰文赋诗，表我崇敬之忱，盛赞先生的学术成就和正言匡俗的磊落精神。我为季老写了一轴祝寿诗条幅，其句云：

> 何以奉公寿？微衷一瓣香。
> 乘风尊国粹，扬帜化西洋。
> 鲁殿灵光重，燕郊绛帐祥。
> 南山当采菊，古句其称觞。

"乘风尊国粹，扬帜化西洋"，意思是说我自己"乘"季老之"国粹"而更加畅言中华文化之事。下句"扬帜化西洋"，是说季老倡导之"东化"，我在多次讲座中都引了。记得《北京大学学报》龙协涛主编对我的一次访谈中，对我原本是学西学的，却许身国学而联想到季老等著名学者，问："此种现象只是一个兴趣转移问题，还是从治学道路方面可以寻出某些规律性的东西。比如说，从中到西，又由西归中，就比从中到中注定具有某些优势呢？"我回答说："高层知识分子的出洋留学或肄业于外文西语系者，大抵初

著者(右)与季羡林在一起亲切交谈。

慕欧风美雨,想从彼方寻求美好理想的东西;但经过一番阅历之后,方知美的好的高明的本来就在自己的文化中,胜于他人。于是顿然思'归'了。这在禅宗叫作'透网金鳞',鲤鱼落网前后的境界,大不一样了,是故跳出罗网复归江河的金鳞方有'神通'而非复凡鱼。禅家有诗云:'镇日寻春不见春,芒鞋踏遍岭头云。归来却捻梅花笑:春在枝头已十分。'"

我自幸与季老有很多共同语言,真是"相视莫逆",欣快无比。如季老提出美学应该是有中国特色的美学,而我正好也有《中华美学的民族特色》一文;又如我撰写的《感受中华民族文化精义与汉字独特启蒙功用——三才主义》,是从"三才"这一中华文化理念而讲到和谐精义的思考路线,以为可供目下热谈"国学"者参酌而加深研索其间的丰富内涵和深远意义。又撰《汉字繁简之思》一文,则是对汉字的繁简问题,对促进"两岸"文化交流提出自己的见解。季老曾对我说:"你的文章我都拜读过了。"我听了季老这话益发感到我们在学术上早有感悟的交流。

诗圣杜少陵说:"古来存老马,不必取长途。"这个"存"字下得异常沉重而沉痛。老人家不能总是"昂昂若千里之驹",我们虽然渴望先生为中华文化而永存,可是先生不待,离开我们而去了。我的悲怀只用这一小文怎能表尽,异日有缘,还当再为敬挽之文。

欧体真功讲砚田

　　我从小受父亲的熏陶,喜欢书法,书法之中最喜爱、最敬重的是欧阳询正楷书,因此,时常留意天下擅长欧体楷书的书法家。我是一个乡村寒士,限于见闻,所知不广,心下总觉得精于欧楷者似不甚多,未免是一件憾事。有人会问:你也写字,还有专著,最尊奉的是书圣王右军,这大家皆知;怎么今天忽然又说你最爱的、求之不可多得的却是欧楷,此为何故? 请你解说一下如何? 我答:这很简单,我重欧楷其实就是竭尽可能地追寻右军的书法。右军书法痕迹如今传世的不论是唐摹、石刻、法帖、集书……却是行草书了,正楷几乎成了凤毛麟角。据说,六朝时代梁武帝最爱右军书,把天下所有王书网罗馨尽,金玉装裱,分门别类,蔚为大观。可是,当陈破梁时,梁武帝一把大火把这些平生聚集的无价珍宝整个烧毁,悲叹道:"文武之道,今夕尽矣!"从此,天下再不见右军真书的半点痕迹。那么,我们追求书圣楷法的学习者,欲学行草,范本甚多;而欲求真楷的间接传本,就只有一条渠道,这就是欧阳询的楷书遗迹。北宋大书法家米襄阳评欧书时,特别标明:"真到内室",

这是何意呢?就是说若论真书(即楷书),那么只有欧阳询学到了,达到了右军的法度、精神,这是一个最好的证据;既然如此,我为了寻求右军楷书的遗法就必然要想尽一切办法学习欧楷。刚才说过,多年来我遍求天下精于欧楷者,没想到正如唱京戏的道白所说:"远在天边,近在目前。"原来,精于欧楷的名家就在我的故乡天津卫,他的大名是田蕴章先生,身为南开大学东方艺术系教授。

我刚才说过,天下学各体书法者,为数不可胜举,而独独擅欧体正书者少,若问此又何故? 答案只有一个:难。问者又进一步追诘:此难又在何处? 我答:那难处可不止一端,你得具备很多条件:第一,你需要有足够的腕力,否则你表现不出欧楷的那种美学特色。我的老师顾随先生是二十世纪北方一大书家,我问他:您的学书大致线路如何? 他答:草书且不说,正书我本来是从欧楷入手,欧书用笔变化最为丰富,学起来很难琢磨,然而还得有天赋的腕力,因我腕弱学欧楷就觉得吃力,难到好处,于是我才改学褚书。这一席话对我的启发引导的作用十分重要,而深有所悟。原来,唐初四大书家号称:欧、虞、褚、薛①,褚遂良书法家雅称褚河南(原是学欧书的弟子),他早期的书迹如《孟法师碑》其楷书笔法原保存着欧书的很多特点,后来,才运化形成了他自己更成熟的特有风格。我说这些,用意仍然只有一点,通过顾先生的话,你可以悟到学褚书看来比欧法更多变化——我所谓褚书又比欧书笔法更多变化者,是说两大名家比较起来,笔法变化在形迹上表现出来得更为

---

① 虞名位原在欧之上,为什么反列欧下呢? 这就是汉语四声的奥妙,常人不知讲究;他的次序阴平、阳平、上声、去声、入声,所以如果排四个人的名次是以四声为次,而不是单据他的年龄名位。例如,宋代四大书法家:苏、黄、米、蔡也正是如此,例子太多,今不枝蔓。

地杰人灵

明显,而欧笔的变化隐含在内是不易察觉的,殊不知学褚较学欧反而容易多了。千言万语我是说,我在故乡突然发现了欧体楷书名家田蕴章先生不觉喜出望外,这是一位真正的书法家,我仍借用米襄阳的话,我看他的书法成就可以说是"真到内室"——内室者是指王右军的又一变称。我这篇短文题作"欧体真功说砚田",这个真是双关语,欧指真书正楷,又指田先生的真实不虚的功力,我觉得这个"真"字才是我们理解中华书法艺术史的一个最为重要的关键词。然后,我把文房四宝之砚,比作耕耘之田,这个比喻修辞由来已久了,但我又特别用它正是为又一双关语,这个田又兼指田蕴章先生的贵姓高名。我和田先生的书法之缘是与田先生并无晤面的机会,就转烦亲戚替我求田先生书写了一幅佳作,其内容是一首我的九十自述律诗:

> 年少风华比并难,何期伏枥笑衰残。
> 平生志业归文史,一味情肠怨恕宽。
> 借玉通灵深有愧,为芹辛苦岂无欢。
> 良桐与我同焦处,珍重朱弦忍亦弹。

这幅楷书装裱好有近四米长,是田先生的力作,他素来也不肯为人书写这样的巨幅,因此,我特别感念他的高情盛谊。田先生不但是在书法实践上功力过人,而且著述丰富,有《九成宫醴泉铭探源》、《欧楷解析》、《田序欧阳询楷书兰亭记》等大作,在天津电视台、互联网上都有专门的书法讲座,给芸芸学子带来学术知识和艺术营养。

我幼年十五岁以前,没有离开过父亲身边。父亲在故乡那一

著者出席首届国际《红楼梦》研讨会议。

带小有书名,求者甚多,而我就是父亲的小书童,研墨、抻纸,条幅、春联、对联、四扇屏、《朱子治家格言》等。应该提一句的是,父亲还善"榜书",即给商号题大匾额。当时并无放大的技术,一律是用特大斗笔,也称大抓笔,只见他抓起斗笔不假思索,毫无迟疑之态,三个大字一气呵成,笔笔到位,绝无弱处,更无败笔,当晾在平地看还不见奇特,等到刻成悬起来,那气概才充分显露出来,令人感觉真是不同凡响。他这种榜书的真功夫来自何处? 正是欧公范例,并无后世俗书的夹杂成分。再说父亲还是赶上过清代末年科考的人,他必须还得会写考卷的楷书,而清代考卷书人人皆知,讲的是:欧、颜、柳、赵,而真正能写欧书考卷的只有清代最初顺、康时期的举人,稍后比如到雍、乾时代写欧楷考卷的人就越来越少了,绝大部分都是颜鲁公、柳公权、赵子昂这些人的面貌气质了;从这一角度来审视书法史也可以看到中国书法史上欧楷之珍贵不是一个人的爱好、感情问题。所以,归根到底,本篇拙文要表明的就是故乡天津卫高等学府有了田蕴章先生这样一位欧体真功的名书家,真是地方文化领域上的光彩,而通过他来沟通古今由欧书正楷而上溯右军的风貌、笔法,就成为一项更大的书法成就。我这样说不是空话,只举一例,你今天看到的欧书正楷的方笔硬尖①完全是从右军那儿得来的,证据就在你看唐摹传本《兰亭序》中,"因记所托"的"因","向之所欣"的"向",这两个重笔掩盖字以及"游目骋怀"的"目"等,这几处特有的侧笔尖法是何等的赫赫夺目,这种方折尖法在右军之前的楷书大家钟繇笔下就是无法找到的,明白了此点,书法之道思过半矣!

———————————

① 硬尖者有棱有角的方肩。

附录

著者与本书编者父女情深。

少年书剑在津门

文有七要①

　　文有七要,此论从何而来? 答曰:不是来自权威、专家理论等等之类,而是我这大半辈子与"文"打交道的心得与感受。我养成了一种习惯,无论是自己写篇把小文,如杂感、随笔之类,还是打开书刊看人家著作时都有集中注意点,都离不开我自定的所谓"七要"。"七要"者何? 一曰"醒";二曰"警";三曰"颖";四曰"炳";五曰"领";六曰"酷";七曰"永"。这是七项标准之名称。不管重读自作,还是读人新著,我都以这项标准特意留留神、用用心——让我声明一下,标准是七项,但并非是指每一篇文我都运用这全部七项来检查衡量,而是说假若此文之中有那么一二项合乎敝意,就感到非常愉快高兴,如若结果比一二项还要丰富些,那可就真是喜出望外了。

　　何为"醒"? 就是醒目的"醒",是说你读了之后有一种眼明心亮的快感。反过来说,你读完了之后没有那种快感,只是觉得迷迷

---

① 　此文是父亲在晚年双目失明、双耳重听的极端困难情况下的口述稿。——编者注

糊糊，说了很多到底不知大旨要害端在何许。比如，《老残游记》的自序是在清光绪三十四年，天津卫的《日日新闻》上首次发表的，这篇序文第一次把《红楼梦》里的"千红一窟"、"万艳同杯"给解破了谜底，就是"千红一哭"、"万艳同悲"，这篇自序就让人眼明心亮起来，又欣慰、又兴奋、又佩服、又赞叹不已……一句话，这是一个大发现，这太让人"醒"目了。

二、"警"者何？这就是晋代大文豪陆机《文赋》里说的，有时候(大意)一篇文章里出现一句"片言以居要"，却成为"一篇之警策"，这个"警策"往往就是我们常常学习、背诵、众口流传的名言佳句，它能打动人心，震撼情感，力量非凡。

三、"颖"者呢？大家对它比较明了，无须引经据典了，你只要看：聪颖、颖慧、颖秀、颖发等词语就能思过半矣，那意思就是出人头地、脱颖而出、高人一筹、出类拔萃、超群越众……在同类群众中只有他特立独出，此谓之"颖"。还要指出，在慧秀过人的同时，"颖"还表示一种"英气"，凡称得上"颖"者，都不会猥猥琐琐、萎靡不振，所以要理解出类拔萃的含义，不仅是生长高大的问题。

四、"炳"又是何也？简言之是光彩照耀，不是灰溜溜，也不是苍白枯燥，而是有光有泽。在此，不妨参考"文采"二字，我们古汉字的"文"的本义是五色组成，而"章"又是五音组成的，所以中华的"文章"是有声有色、有律有韵的艺术作品。

五、"领"者是纲领，是引导、是开创的一个代表字样。

六、"酩"是饮酒而醉，陶然自得其乐的精神享受状态。

七、"永"这个字，大家都很明白，就是持久而永远不断、绵绵千古的含义。你读完了一篇佳作好文，掩卷之后，觉得它的美感还在你心中萦绕，所谓"绕梁三日"，余韵绵延不尽。

以上七点,就是我所说的"文有七要"的内容纲要了。

末后,因为我开头讲一个"醒"字,就想起一则老笑话来:两人买卖一头小驴,商议成交,要立一个"卖驴券",于是请来一位秀才给他们写券文。这位秀才提笔构思,洋洋洒洒写完了三张纸,纸上还没有出现一个"驴"字,大家传为一个笑柄,就是所谓"三纸不见驴"的故事。这则笑话告诉我们的是:为文要"醒","醒"才能目豁心活。因此,我把"醒"列为七要之首,如若文不能"醒",那么其他的六项特点又从何而能表现得出来呢?

话说葛沽①

　　我是海下人。海下有三沽,是哪三沽?曰:葛沽、泥沽、咸水沽,这话在我小时候的人们口中时常可以听到。我出生地是三沽之一的咸水沽,这已人所尽知,所以不想再作任何补充。我此刻想说几句的却落在葛沽身上,原因何在?就是多年以来,我总觉得谈谈葛沽的文章最少,也很难遇到。今日我来充此补空者,并非因为我是一个葛沽的"行家里手",相反,我对葛沽并非知识丰富。上文纯粹是想抛砖引玉而已。

　　葛沽对我来说,首先是从书本所得到的知识,至于亲临其地平生只有两次。这两次是去干什么呢?说来不怕您见笑,我是去看正月十五的葛沽大会的大热闹。葛沽的大会至今还能保存历史传统,一提起这个我就深有感慨。

　　葛沽的会(现在叫作"花会"了,这是南方话,我小时绝不采用这种称呼……)不但海下闻名,就是卫里、府里(老时候也不称天津

---

① 　此文是父亲在晚年双目失明、双耳重听的极端困难情况下的口述稿。——编者注

少年书剑在津门

市……)也是声名远振。咸水沽的皇会俗称大会,与葛沽的大会差异不小,这非数语可了,就等异日有缘再叙吧。此刻我要说的是葛沽的另外重要特点。

"葛沽"这个沽名到底何所取义?我请教过很多乡亲以及外地学者,却都没有给我一个满意的回答,因为这三沽之名有的强调其水味之咸,有的强调其水混浊而多泥,唯独葛沽略有水草之美了。在我们海下人的口中"葛"不读作"格"或"割",而读作"歌",若如此,这个"葛"字又与草类没什么真正关系了?总之,此谜还待方家帮助解说。我所知道葛沽的时候,此为一美景之处,每到芳春淑景,卫里、府里的人皆乘船泛河而到葛沽去赏桃花。只要翻一翻天津的地方志书和一些诗人的题咏,就可证我所言不虚。可惜后来我看到的葛沽到底哪儿有桃林美树?却没有留下印象。

葛沽的乡亲们另有自己常常挂在嘴边的一个俗语,叫作"九桥十八庙",仅此五字却是引起我童年时代的无限想象和憧憬,这种地形地貌真是太好看了,这和我的出生地咸水沽来比,恰好一个是曲折变化,一个是平直豁达,两种美是那么的不同。咸水沽自豪的是什么?曰:三里长街。海大道两侧一百几十家商号店铺是密密麻麻,街上人烟阜盛,热闹得很;海大道旁有四座庙,曰:关帝庙、娘娘庙、观音庙、玉皇庙。建筑年代都很久远,但与桥景水景并不接近。正因此故,我特别喜爱向往葛沽那种"九桥十八庙"之美,那种美决定了地方的人物性情、生活习惯、事业生涯等,这都会与敝乡咸水沽有同而又有其异。

记得我到葛沽那一回,逛了一下大街,看看景色,印象果然与咸水沽是两种境界,那是一个老海河的大拐弯之处,弯儿拐得很硬,河面很宽,水势甚急,堤岸修筑得十分坚固完好……这又和敝沽成为鲜明的对比，我所见到的散乡海河因为"裁弯取直"年代已久，河身水面已淤得很厉害，又窄又缓，没有可赏玩的景象，由于两岸未经人工修筑，所以河之两岸芦苇特别茂盛，如同连绵不断的翠帐一般，这却使小孩时的我感到别有风貌。

我于1947年秋重回燕园续我的未完之学业时，曾对故乡一带的文献作过一些探讨，知道在明清时代，葛沽设有巡检关，地方的重要性比咸水沽高一层；但到后来，我见过一张乾隆南巡时候的由北京到杭州的水道水路的全貌细致地图，彩色绘制，还有个别的立体形象，如北京城，如天津城，而海下并无再画立体村镇的标志。在咸水沽画上一座小小的墩台，墩台上插着一面小小的旗帜。我方大悟：海下村镇地方的重点已然由葛沽移向了咸水沽。

再后来，我所见的一张民国四年的天津地图，其海河南岸上，咸水沽画得就更大了一些，而且注明"天津县"三个大字，这就越发显示出咸水沽的重要，而葛沽却居于次位了。此因何故？我尚未明，留给地方掌故专家去研究一番。

既然提到天津县，那我再赘述几句：那个"天津县"者，只是在地图上画在散沽了，真正实际的天津县衙门并未迁至此地，它始终还存在于天津市内河北地区的一个角落里，我们那里的人要到县里去办点事可麻烦得很呢。

这些往事前尘趁此机会向今天的年青一代说上几句，大约不太无用吧。

末尾，我补说一段小故事：我的母亲有两位堂妹，一个我叫二姨，一个我叫三姨，都与我们亲热得很，她们想念姐姐(我的母亲)时就来住我家，这是我童年时最为高兴的事情。姨们给我带来好吃的东西，其中令我难忘的就是葛沽的点心，那种"小八件"，俗呼

"杂样儿"，真是天下之美味，比我们沽中同类食品要好出许多——我们沽中的点心已然是海下一带出名的好品种了。

附录

红楼龙话①

　　时值觅兔迎龙之际，就有红迷朋友前来问我：龙又正当其位了，不知《红楼梦》里也曾提到龙的事情吗？可以举一二小例以开我心智吗？我说问得很好，我就假充内行，从头说起。

　　"龙"字首先出现在《红楼梦》第三回黛玉进府之时，书中写黛玉进入荣国府堂屋，抬头迎面看见一个赤金九龙青地大匾上有"荣禧堂"三字②，又见屋内"悬着待漏随朝墨龙大画"，这确实是第一次看到有"龙"的形象。从林黛玉的两只慧眼中，看到有两个人的服饰与众不同，曹雪芹特别加以细写，头一个是王熙凤，次一个是贾宝玉。此二人我早就提出过，只有他们嫂叔二人才是一部《红

----

① 此文是父亲在晚年双目失明、双耳重听的极端困难情况下的口述稿。——编者注

② 这种九龙匾额，我是亲眼见过的，就在北京福佑寺康熙大帝幼年之小府里，我看到一个旧匾，真是九龙缠绕，九条龙的龙头不是连着身子刻在木头上的，而是另外雕成又用有弹性金属丝接在龙身上，使其微微摇动，如有生气。

楼梦》的真正两个主角，所以黛玉一见面就被他们二人的梳妆打扮给吸引住了！

然而，我此刻却不能细讲凤姐是如何一个模样和气派，因为这儿没有龙的事——龙是不上女装的，它只能在男装上显露，然而也是要受到一定限制的。这是因为在帝王时代龙的象征性会与皇帝交结在一起，怕犯了忌讳。那么既然我先提到凤姐，还是应该说几句题外之谈才算不至于支离破碎。我要乘此良机告诉读者：早在清嘉庆二十四年(1819年)，就有一位英国人把黛玉眼中有关王熙凤全部服饰的描写译成英文，发表在伦敦期刊上了！这真使人感到又惊又喜。这表明曹雪芹的一支彩笔描绘出凤姐的形容姿态，立即就可以引起西方读者巨大的兴趣和重视。我总认为《红楼梦》是一部中华传统文化的小说，从此一例中我们就能体会到，你看是否有无道理？

话落到主题："龙"在宝玉的服饰上如何表现呢？原来宝玉头上戴着束发嵌宝紫金冠，额头齐眉勒着二龙抢珠金抹额，这是俗称"二龙戏珠"的图样。在贾元春于正月十五元宵节之夜回家省亲时，省亲仪仗队打头的就是"一对对龙旌凤翣"。大观园里一派"天上人间诸景备"的豪华气象，其中十分重要的一点就是"只见清流一带，势若游龙"。这些例子或为图案形象，或为修辞比喻，总是把"龙"提到了一种不同寻常的位置、意义。

上叙小例只是本文的一个引绪，写到"龙"的真正妙笔却在书文的后面，即第四十三回宝玉在凤姐生日的那个清晨，与茗烟主仆二人偷偷地飞马来到北郊的一处水仙庵，是为了怀念和祭奠屈死的白金钏姑娘。你看曹雪芹是如何落笔的：他先从宝玉一进庵门便先看到那座水仙的洛神塑像写起，说那塑像真有"翩若惊鸿，婉若游龙之态……"须知,全部《红楼梦》中特笔写到洛神,引用《洛神赋》中的名句,并且特笔点明说古来本无洛神其人其事,是曹子建的谎言等这些话,清代的评点家早已揭明:曹雪芹是指他的祖上曹植,又是暗比自己,灵妙之至。但我此刻注意的却偏偏不在此点,而是庵里老尼姑听说宝玉来了,"就像天上掉下个活龙来的一般……"这里面内容丰富,更为重要。

且说水仙庵的老尼姑见荣国府宝玉来了,真是梦想所不及,其惊喜的程度好比"就像天上掉下个活龙的一般……"我每读至此处,总是觉得可以大笑一回,笑过之后又陷入深思,感觉这句奇言里包括了多层次的内涵意义。

第一层,天上本不会真的掉下一条活龙来,若是假龙也不会是从天上往下掉,所以按照常理而言,这本是一句文理不通的怪话!

第二层,如果真是一条活龙从天而降,也不能说成是"掉下"来的。"掉"字所表现的是它没有生命能力,换言之,只能是死龙一条才会有这样的景象。

第三层,老尼姑为什么把活龙和荣府公子来比喻呢?这让读者领会宝玉的身份是非同寻常的,他是难得一显真面目的,他所到之处是光环围绕、荣幸异常,他若来临必有祥瑞,是大事一桩……

第四层,为何当时社会上都把宝二爷比作一条龙呢?须知他在社会上的声名价值,也就是反映出他在家庭中的地位与境遇都超出常人十倍、百倍。

第五层,这个比喻的真正由来,除了上述者之外,还有一条根本的缘由:宝玉的原型,即这个素材之历史人物,本来就出生在龙年,这一点读者多已熟悉;若依拙考,雪芹公子实生于雍正二年,岁在甲辰,时当一七二四年,所以在书中所写到的那桩造园省亲的"烈火烹油"、"鲜花着锦"的大事,正是贾宝玉年方十三岁之时。因为当时曹雪芹家里是家运不幸、人丁稀罕,等到曹𬤊生下这个男孩,他属大龙,这下子可把全家从老太太到仆妇都乐坏了,这真是一件天大的大喜事。

说穿了吧:"天上降下活龙来",本是荣国府亲友常说的一句庆贺之词,这句话渐渐流传到社会的各个角落,因此就连佛门的老尼也都熟知此意。

你若明白了这些层次的种种关系,你才能欣赏曹雪芹的那支妙笔,能从一字一句之间传达给你多么丰富的内涵。

既明此义,方悟曹雪芹幼年之尊贵,被人比作一条小活龙,不仅仅是文学家的虚构比喻,早在第四回书中的"护官符"里已经出现:"东海缺少白玉床,龙王请来金陵王。"这是书里最早用龙来比喻王家的例子,今不多赘。

末后,可能被读者忽略忘记用"龙"比喻人物的还有四大家族中的薛家,有一位公子名薛蟠,在此我要提醒读者:曹雪芹写人物总是用"捉对子"的手法来作出妙文,比如老太君是和刘姥姥对比对写;王熙凤和李纨又是对比对写……这个举之不尽。归到本题和宝玉公子"捉对子"的又是何人呢?曰:薛蟠、薛霸王、薛大傻子是也!他名字叫蟠,而他表字叫文龙(又作文起)。这位薛文龙就是又一条小龙,在他家是活龙一般的珍贵。比如书中薛蟠北城门外苇塘挨了柳湘莲的打,衣衫零碎,面目肿破,似泥猪一般,贾蓉笑道:"薛大爷天天调情,今日调到苇子坑里来了,必是龙王爷也爱上你风流,想要你招驸马去,你就蹦到龙犄角上了。"这样你才更明白,写薛蟠的种种情节都有反衬宝玉为人之笔意。不懂得这一点,你读《红楼梦》还有什么滋味可言呢?

本文草草而成,到此住笔。《红楼梦》中还有有关龙的例子,我就不再啰唆了吧!

斗柄回寅　虎年吉庆

北宋词人有一位名叫秦观（guàn）字少游者，乃是东坡门下的一位出色才子。他写出了很多名篇名句，至今为人传诵。有一篇叫《望海潮》，开头写道："梅英疏淡，冰澌溶泄，东风暗换年华。"眼前又正是年华暗换的时候了，大家引杯饯送己丑，迎接庚寅。

提起庚寅，它可不是一个寻常的干支纪号。例如，中华的最早辞赋家屈原，他的《离骚》开头自叙就说，在一个"吉日辰良"的好时刻，他降生了。另外一个例子，就是单取一个"寅"字作为大名（古称学名）而区别于"小名"。人们最熟悉的就是明代的江南大才子唐寅。唐寅字伯虎，这表明他排行行大，是属虎的生人。而《红楼梦》作者曹雪芹的祖父，其文学成就、人品贵重，在清初时期可真不亚于唐寅，且有过之——所以，曹雪芹写书时要避爷爷的名讳，就想尽了办法，拐弯抹角地来表达这个"寅"字，不能直说。这是古代的伦理礼法，不许混乱。这个例子等我下文略举一二，以供谈笑之资。如今先说"寅"字的本义到底是什么？它有"清"义、有"敬"义、有"真"义……所以曹雪芹祖父——曹寅，其表字，正是"子清"二字①。

转一个话题和角度：中华文化中的十天干、十二地支，"寅"是地支的第三位。所以我们饯别了金牛，就跟着迎来了斑斓美虎。这还不是我们的主题，主题必须又转到天文历法上来。我们的古历叫作"夏历"，夏历的寅月正是正月。如果你在饯旧迎新的时候，仰观天象，就会看到"北斗七星"的那个"把儿"，正转到"寅"的地位，这就又是"正月建寅"的来历；也许你已然读到过"斗柄回寅"的古句，这也就是我们写春联时常把"新正月"和"寅"连起来的道理。明白了新年新月是和"寅"在一起的吉祥字样，因此我们对这个"寅"都怀有十分欢乐吉祥的情怀。

说到此处，既然讲到十二地支，就必然又要联系到十二生肖。让我们看一看，老鼠也罢，金牛也罢，良马也罢，以至鸡犬猪羊等都是古代百姓人民家庭生活中的亲切伴侣，它们占了十二生肖的绝大多数；剩下的只有龙、蛇，是变化之物；兔是单独的一类；猴又是另一单独分类，而只有虎才是与龙相敌相配的重要对象。因此虎年的到来必有另一番的生机勃勃的新气象。在我少年时还能时常见到一个形容词：虎虎有生气。这就证明：我们对虎的印象不单单是一个凶猛的野兽，而是一种生命活力特别强盛的图案象征。那么，斑斓美虎又与文学艺术有什么关联交涉吗？君不见：我们的书圣王右军写出的字法，其风格就有"龙盘虎踞"的双重气象。右军是晋代人，比他略早的一位大文豪就是曹子建曹植。子建号称

---

① 典故出在《书经》里，今不繁引。

"八斗之才"，意思是说，天下的才一共才有一石，而子建一人就独得了八斗之多。这个声誉古今以来堪称独一无二；然而他还又有一个称号，就叫"绣虎之才"。你看，虎怎能不与文学艺术有着密切的关系呢！

我们由"八斗"、"绣虎"的曹子建往下数，到了他的后代，居然又诞生了一位"绣虎之才"，这就是曹寅了，曹寅生在九月初七。有一年，苏州的尤侗①给曹寅做寿词，填了一首《瑞鹤仙》，开头就说，曹寅是子建的"转生再世"。曹寅小时候绝顶聪明，他四岁就能准确地辨别四声平仄，所以，人们不仅称他为"神童"，而再升一格，叫他作"圣童"了。他比康熙小四岁，二人像手足兄弟一般形影不离。长大后到苏州江宁两地去做织造官，在任上刊刻了《全唐诗》……成为清初一大文学重镇。话不宜繁，只看这样一个世家，孕育出曹雪芹这位奇才和绝艺，就不是偶然的事情了。

有一回，宝玉夜里醒了，听见自鸣钟响了四下，在此句旁，脂砚就批道，这是避讳法。怎么就是避讳法呢？原来，在清初之年代西洋钟表传入中华，这昼夜的二十四小时还只是分为十二点，而钟响四下的后半夜，正是天刚刚要亮的寅时。你看，如果不是脂砚点破，那我们也许就永远不明白为什么要写自鸣钟自响的四下，不知这是怎样的"文章"啊！此外，还有一个曲折繁杂的例子更为玄妙：在一次宴会上，薛蟠说他看见一幅名画，是"庚黄"画的，宝玉就说，从来没听说过有个叫"庚黄"的画家——你是否认错了字？他在手心内写了"曹寅"二字给薛蟠看，大家都笑了。请看，这儿也不会也不能用口说出"寅"这个字音，而是写在手掌之内。我

---

① 康熙大帝称他为"正才子"。

想说:读《红楼梦》可不是一件容易的事,必须具有一定的文化知识才可行。

好了,天上的斗柄正在旋转,它转向何方? 它正在转向"寅"位;同时这个"寅"位又表示我们迎来了新的寅年,种种吉祥喜庆都聚在一处,让我们一同为新年新月新气象而举杯欢庆。

谈 哭

　　旧年《幽默与讽刺》创刊时,要我写稿,我交的卷是一篇《谈笑》。听说刊出后还颇有佳评,并曾收入一些书册中。但我初意,原不在"笑"而是想借此表示一点愚悃:咱们中华语文之丰富与情趣之美妙应当得到较好的认识与学习,不要自满自足于现时一般报刊上仅有的那一点点老生常谈的词汇。可是说来惭愧,事过这么多年,除"佳评"之外,并未引发任何深一层的反响,我那番抛砖的诚心,并没有引出玉的响应来。有时念及此义,自然是不无抱憾之心的。

　　俗语云:"可一不可再。"此真警教愚顽,大有深意。但我又想,"打墙也是动土",这话也同样有情有味。于是我决意来一个"再"——以哭为题,自效已辇,以续旧文。

　　悲欢哀乐,自古并举,有笑必有哭。若到了"哭笑不得"的境界,自当另论;拙文倘若让您"啼笑皆非"起来,那也就会收到"双美"、"兼全"的功效了,——正好,一句话就出来了一个"啼"!

　　有一歇后语云:"徐聋子玩鸟——满没听啼。"是说别人的良言一点也没入耳。这可见啼该是鸟类的事情,或者是"两岸猿声啼不住"的猴国之音。然而,人自以为比鸟比猴都高级多了,可是却忘记了自己也要啼上一啼——这就是为什么《打渔杀家》里萧恩劝桂英:"儿吓①,不要啼哭,随为父的走。"

因此,哭也叫"悲啼"、"啼泣"。

这又引出一个泣。按本义而分,应是有声为哭,无声为泣。但无论是哭是泣,都流泪的。不流泪的干哭,那叫"号"了。所以心不哀而应酬礼仪的,叫作"号丧"。

哭的声音不同。有失声而哭——克制不住而哭走了音。有放声大哭——此乃悲痛之甚。不能、不便、不敢放声的,就变成了泣。文学中的抽抽噎噎、抽抽搭搭,大抵属于泣时的用语。若是"号啕",那就是感情激烈之处,声动四邻了。雪芹写大族丧礼,全家上下数百口人一齐举哀,那种哭声竟至于"摇山震岳"!这当然是现代人和国际友人很难想象的情景。

古人说哭,说落泪,抆泪,雪涕,掩涕,挥涕;也说"雨泣"——这儿雨是动词(去声),而泣则转为名词(即泪)了。"泣不成声"与"泣数行下"不是同一个"词性"用法甚明。

泪痕满面,泪如雨下,这种词语你可以在古代小说中常常遇见。

说泪,也用"涕泗"二字。"涕泗如雨",这话很古了。这好比俗话里的"鼻涕眼泪一齐流"。但也有连泪也不敢流,怕叫人看见的——那叫"饮泣"。这就又如俗语"泪往肚子里流",其情尤为可伤可痛。

---

① 戏词中此字不是"恐吓"那个字。

"痛哭流涕",是成语。又有悲恸、恸哭的恸字,可说是哭的专用字。欧书名迹《皇甫碑》中有云:"哀恸里闾,邻人为之罢社;悲感衢路,行客以之辍歌。"是其佳例。

与哭相连的,还有唏嘘、呜咽、哽咽;还有酸鼻。还有眼圈儿红了——《红楼梦》里是不止一次用过的。

雪芹的笔,绝不"洒狗血",他写宝玉悲感,曰"恸倒"、曰"大哭起来",就是很厉害的了,其余则只言"滴下泪来"、"含泪施了半礼"。词义的感染力,并不在字眼儿的张皇卖弄。

文人提到心伤,说"泫然",就是眼眶湿润了,但还没有"陨涕"。上年纪的人,则说他"老泪纵横"——单是这四个字,就让人为之难过,这就是中华语文的力量。

举其他例,一时也难全备。我不过信笔而书,并未预作功夫。此刻想到的,如"泣不可印",如"泪涔涔下",如"潸然泪下"。更厉害的,乃有"泪尽,继之以血"。旧时的讣闻(报丧帖),孝子皆书"某某泣血"。鸟中唯有杜鹃有"啼血"之名。至于古人特重亲丧,所以有"呼天抢地"以及"躃踊"等用语,如今早不见了。

读罢此拙文,祝你"破涕为笑。"

父女情深
——清明遥祭父亲
周伦玲

"燕子来时新社,梨花落后清明",这是欧公《破阵子》中的词句。中华二十四节气,春分连接清明,正是一年春光最堪留恋的时节。可是在这最堪留恋的清明时节,思念父亲的那一颗心让我梦系魂牵。

岁月不居,时间飞逝,父亲离开我们已经一年了。然而,他的音容笑貌时时浮现在我眼前,我分明感觉到,父亲没有走,他还与我们一起生活、一起劳作、一起分享他老人家晚年的天伦之乐。

我排行老四,是最小的女儿。听母亲说,我出生后,爷爷见了高兴地逢人便说我长得跟父亲一个模样。最为蹊跷的是,我的出生日竟然也被安排在与父亲同一天。应该说自出生的那一刻起,我便沾了父亲的大"光"——每逢诞辰,别人为父亲祝寿,我也没有"虚度"。

父亲的生辰是农历的三月初四,前一日三月三日为蟠桃会。父亲有一段佳话,曾戏谑自己是"昨日蟠桃会上人,连宵谴逐落兹辰",嬉说自己是被王母娘娘贬到人世间,故落世已为次朝矣。因

为我与父亲同诞日,父亲就写了这样一首诗:

> 上巳连朝锦绣春,我辞王母降红尘。
> 不知小女缘何事,也做蟠桃会上人。

如此看来,我们的父女深情定是不同一般。

我时常忆起幼小时父亲给我扎起两根小辫子的模样,回忆(沉醉)父亲带我游蟠桃宫、逛庙会的乐趣,遥想父亲示我如何抄写棟亭资料的兴奋,体味父亲教我如何面对人生的坚强……那一幕幕的往事亲情总是浮现脑中,挥之不去。1969 年,我响应号召上山下乡到延安插队,才不得不和父亲分开。1979 年,濒于目盲的父亲希望我能回北京做他的助手,这一请求很快得到胡耀邦的批示。1980 年我终于回到北京,自此,就没再离开过父亲,一直陪伴父亲走过了三十多个春春秋秋。

记得进入八十年代,父亲六十岁出头,恰同今日我的年龄一般。那时,父亲"枯木逢春"、"风华正茂",他的文章连篇累牍,他的著作日渐高垒。有人说,父亲八十年代走向辉煌,我却说,八十年代才是他的起步。不是吗?自此后,父亲挥毫不止,出版了六十多部著作。父亲的才华、父亲的风骨、父亲的为人、父亲的魅力……通通烙在我身心的深处。我发誓为了父亲,一定要精心地守护,百倍地付出。

父亲晚年目疾愈来愈重,终于双目失明,什么也看不见了。但父亲目盲心明,老骥伏枥,勤奋不已,每年还能出版二三本新书。他的坚韧毅力,他的不拔精神,感染着我也必须催马加鞭,为父亲做得更好。父亲常常以诗言志,抒发抱负与情怀,内中有时也流露出对我的一片爱怜与鼓舞：

> 著书岁月千秋志，伏枥心期万里游。
> 灯下吟诗谁打字，女儿劳累未能休。

我尽力收集整理出版父亲著作，他的喜悦之情溢于言表，他写下一首诗赠给我，诗曰：

> 残篇断稿太纷纭，助我编成百卷文。
> 人赞中郎真有女，深惭比古仰高芬。

父亲的晚年很幸福，他始终享受着儿女带给他的天伦之乐。我们五个子女一齐上阵助父亲著书，我们五个六七十岁的"老"人一直围在九十多岁的老父亲身旁嘘寒问暖，这是父亲得到的最大满足，也是他人无法享受到的快乐。这种愉悦心情时时流露在诗句中，仅举一首以为佳例：

> 淑景阳和清且嘉，韶光一片好年华。
> 九旬不老兴隆世，五秀齐全孝顺家。
> 闭户著书心坦荡，叩扉投札语矜夸。
> 竹木双星来祝寿，也惭王老卖甜瓜。
> ……………

今年的清明到来了。这一次父亲没有在我们身旁。可是父亲写下的清明诗还在耳边萦绕，道是：

少年书剑在津门

阳台小立过清明,好鸟相怜送语声。

物我同怀难间隔,春风浩荡遂群生。

心祭亡亲酒不供,坟园无地任西东。

人言郊甸万车马,有谁赞香一室中。

　　我站在父亲遗像前,默默凝视着父亲,我告诉父亲:心祭亡亲酒定供,坟园觅地万安终①。人言郊甸聚车马,五子跪拜共心声。

　　万安山,是北京入西山的门径之地。父亲早年远游过万安山,那是因为他确信曹雪芹的履迹还在西山,曹雪芹的身形兀自往来于穿花渡柳之间。我们最终选定父亲充满感情的这处地方,想父亲定能颔首快慰。

　　最后,我把建临弟的一首《清平乐》,以及贵麟弟与之唱和之词一并录在这里,以告慰父亲:

神瑛陵墓,莽莽西山路。苦海情空苍碧处,离恨赤瑕宫驻。

谁能留住春风,凭它飞舞飘零。燕子来时新社,梨花落尽清明。

西山陵墓,望断天涯路。旷世知音相聚处,解味芹溪同驻!

海河无语东风,魂返故里飘零。杜宇声声归去,伤心泣血清明。

----

①　父亲将安葬于北京万安公墓。——编者注

编后记

周伦玲

最早为父亲选编这册随笔集，是在 2010 年。那时父亲还健在，他很高兴，也盼望早日出版问世。孰料此后这事一撂几年就过去了。

今年 10 月，百花文艺出版社出版了《周汝昌与胡适》一书，此书责任编辑徐福伟先生希望能再次合作，于是我重拾"旧业"，将父亲旧稿略为加以整理，交与百花社，重续因缘。

这册书的书名取自父亲一篇随笔的题目，是因为我很欣赏，也特别喜爱之故；序言则是选定父亲的一篇文章以冠之，这样做，是希望能表现出父亲满怀的豪情与幽思、心路与历程。

书分为四大部分：沽水年华、津门忆旧、沽湾琐话及地杰人灵。除此外又增加一组附录文章：一、有几篇是父亲极晚年口述之作品，希望读者能了解高龄九十多岁双目失明、双耳重听的父亲头脑之清晰与"作文"之不易；二、《谈哭》一文，是我在整理本书书稿时新发现的一篇未发表过的文章。

　　这一次编书，父亲不在我身边，没有了他的指点，我诚惶诚恐，很担心出错。但一想到他赠给我的诗句——"残篇断稿太纷纭，助我编成百卷文"，就信心百倍，披荆斩棘，勇往直前。

癸巳立冬节